Rose Snow

3 Lilien

Das erste Buch des Blutadels

© by Christine

Hinter dem Pseudonym Rose Snow stecken Ulrike Mayrhofer und Carmen Schmit. Zusammen sind sie um die 77 Jahre alt, haben zwei Männer, sechs Kinder und drei Katzen. Schon während ihrer Schulzeit begannen sie, gemeinsam Geschichten zu entwerfen. Inzwischen haben sie bereits über vierzig Bücher veröffentlicht und schreiben trotz der Distanz Hamburg – Wien miteinander. Bedeutet: Unzählige Stunden via Skype, schallendes Gelächter und das Teilen tiefster Geheimnisse, auch wenn sie noch so peinlich sind. Mehr über die Autorinnen gibt es unter www.rosesnow.de

Erfahrt alle Neuigkeiten rund um Rose Snow und ihre Bücher als Erste:

Homepage: *www.rosesnow.de*
Instagram: *www.instagram.com/rosesnow.de*
Facebook: *www.facebook.com/rosesnow.de*

Rose Snow

3 Lilien

Das erste Buch des Blutadels

Ravensburger

MIX
Papier aus verantwortungsvollen Quellen
FSC® C111262
FSC www.fsc.org

1 3 5 4 2

Postfach 2460, D-88194 Ravensburg
Erstmals erschienen 2017 bei Amazon Publishing

Dieses Buch wurde vermittelt durch
die Michael Meller Literary Agency GmbH, München.

Umschlaggestaltung: Rose Snow unter Verwendung von Bildern von
Shutterstock: nikiteev konstantin, Mary Ro und Vladimir Sviracevic
Gedichtzeilen auf S. 15: Auszug aus »Leise Lieder« von Christian Morgenstern

Printed in Germany

ISBN 978-3-473-58565-6

www.ravensburger.de

Die Erinnerung steht
immer dem Herzen zu Diensten.
Antoine de Rivarol

PROLOG

Wenn wir einen Blick in unsere Vergangenheit werfen, so müssen wir stets unterscheiden zwischen der historischen Geschichte, wie sie die gewöhnlichen Menschen kennen – und der wahrhaftigen Wahrheit, wie sie in den alten Aufzeichnungen des Blutadels mit roter Tinte festgehalten wurde.

So gut wie jedem Gewöhnlichen ist bekannt, dass die Familie der Medici ihre Blütezeit im 15. bis 18. Jahrhundert nach Christus hatte und ihren Reichtum im Textilhandel erwarb. Aus der italienischen Dynastie mit ihren Ursprüngen in Florenz gingen nicht nur Großherzöge der Toskana, sondern auch Päpste und zwei Königinnen von Frankreich hervor.

Dies gelang unseren Vorfahren durch eine exzellente Heiratspolitik, bei der sie ihren Einfluss ständig klug erweiterten, ohne sich dem Diktat der wankelmütigen Liebe zu unterwerfen. Die erste schriftliche Aufzeichnung des Begründers des Blutadels datiert aus dem Jahr 1533, als Umberto de' Medici bei einem seiner Importe mit einer seltenen, aber umso wertvolleren Pflanze in Berührung kam.

Es handelte sich dabei um einen Baum, dessen Blüten mächtige Zauberkräfte nachgesagt wurden, weshalb Umberto de' Medici ihn an einem geheimen Ort in Florenz einsetzen ließ, wo er im sonnigen Klima Italiens schon bald gedieh. Dabei glaubte Umberto fest daran, dass der Baum göttlichen Ursprungs sei, da seine Blütenkelche niemals allein oder zu zweit, sondern immer zu dritt erblühten – was er mit der Dreifaltigkeit Gottes gleichsetzte. Auch handelte es sich immer um eine schwarze, eine weiße und eine rote Blüte, die Umberto de' Medici an Lilien erinnerten.

Welchen Namen Umberto dem Baum gab, ist nicht überliefert, wohl aber, dass er aus allen drei Blüten einen Extrakt gewann, der bei den Menschen gar wundersame Kräfte hervorrief. So konnte man durch Einnahme des Extrakts der weißen Blüte aus einem gewöhnlichen Menschen einen Hellen machen, dem fortan die Fähigkeit geschenkt wurde, Leben zu geben.

Die Einnahme des Extraktes der schwarzen Blüte ließ einen Menschen zu einem Dunklen werden, der fortan die Kraft besaß, Leben zu nehmen.

Welche Funktion der Extrakt der roten Blüte mit sich brachte, ist bis zum heutigen Zeitpunkt nicht eindeutig geklärt. Unsere Historiker vermuten aber, dass der Saft der roten Blüte es vermochte, sowohl Hellen als auch Dunklen ihre Fähigkeit zu entziehen und sie somit aus dem Blutadel auszustoßen.

Im Laufe der folgenden Jahrhunderte nutzten unsere Vorfahren die Kraft der Lilien, um ihren Verbündeten zu helfen und sich ihrer Feinde zu entledigen, wodurch sie stetig an Stärke und Einfluss gewannen. Doch erst ein weiteres Geschenk Gottes brachte dem Blutadel jene Unabhängigkeit, nach der wir uns so sehr sehnten: nämlich, dass auch unsere Kinder die

Gaben der Hellen und Dunklen erbten, ohne jemals mit dem Extrakt der Pflanze in Berührung gekommen zu sein.

Als Zeichen der Dankbarkeit schmückte sich der Blutadel fortan mit dem Wappen der Florentiner Lilie und tut es bis heute, obgleich unsere Fruchtbarkeit mit jeder Generation weiter schwindet. Der geheimnisvolle Baum ward leider verschwunden und alle Bestrebungen, ihn ausfindig zu machen, blieben bislang ohne Erfolg – letztendlich müssen wir davon ausgehen, dass er einfach nicht mehr auf dieser Welt existiert, unsere Blutgabe jedoch schon.

Und es ist unsere Aufgabe, ihre Magie zu schützen – heute, morgen und bis in alle Ewigkeit.

Auszug aus den geheimen Schriften
»Der historische Ursprung des Blutadels«
Übersetzt von Frederike von Sutter im März 2003

Wird eine Familie des Blutadels mit einem weiblichen dritten Kind beschenkt, so verpflichtet sich die Familie, dieses Mädchen bei Vollendung seines 18. Lebensjahres dem Fürstenpaar ihrer Blutlinie zwecks Vermählung zur Verfügung zu stellen. Hierbei kann der Fürst Anspruch für einen Nachkommen oder für sich selbst erheben. Sollte er selbst das weibliche dritte Kind begehren, so steht es ihm zu, seine aktuelle Verbindung mit der Fürstin zu lösen.

Paragraph 3 der Roten Gesetze
aus dem Scharlachroten Buch

KAPITEL 1

Das leicht bittere Aroma der Chrysanthemen stieg in meine Nase. Es duftete nach Herbst und ich liebte diesen Geruch, der sich mit dem Duft der anderen Blumen in unserem Laden vermischte. Hier drinnen roch es nach Leben, es roch nach süßer Liebe, warmen Glück und einer frischen Vielfalt, die strahlend leuchtete und jeden noch so dunklen Tag erhellte.

»Für wen ist das?«, fragte Romy und kniff die Augen zusammen. Dabei baumelten die Beine meiner kleinen Schwester von der Arbeitsplatte und ihre Wangen schimmerten leicht rötlich, wie die Blüten des rosa Oleanders.

»Sei nicht so neugierig«, sagte ich. »Sitz außerdem nicht auf der Arbeitsplatte rum, hier liegen allerhand scharfe Messer. Du weißt, wie Mama austickt, wenn sie dich hier sieht.« Ich warf Romy einen nachdrücklichen Blick zu, den sie unschuldig erwiderte, und steckte dann den Blumendraht in die Blüte der Gerbera, um ihn gleich danach um den Stiel der Pflanze zu wickeln.

»Warum machst du das, Lori?«

Ich hob eine Augenbraue. »Du sitzt noch immer hier oben.«

Sie grinste. »Und du hast mir noch immer keine meiner Fragen beantwortet.«

»Okay – ich beantworte dir eine Frage, wenn du da runterhüpfst«, bot ich an. Als Antwort zog Romy ihre Stupsnase kraus und schüttelte den Kopf, sodass ihr Pferdeschwanz wild hin und her schwang.

»Das ist ein schlechter Deal.«

Ich zuckte mit den Schultern und strich mir mit dem Handrücken eine schwarze Haarsträhne aus der Stirn. »Dann lass es bleiben.«

Nun grinste sie wieder, diesmal noch breiter. »Zwei Grußkarten und eine Erklärung. Dann kommen wir *vielleicht* ins Geschäft.«

Ich hob eine Augenbraue und tat so, als müsse ich überlegen. »Von mir aus«, lenkte ich nach einem Moment ein, da Romy ohnehin meistens ihren Willen durchsetzte. Ob es um Süßigkeiten bei meiner Mutter oder um neue Kuscheltiere bei meinem Vater ging, sie bekam eigentlich immer, was sie wollte. Dabei wollte ich mir nicht vorstellen, wie erfolgreich sie erst in meinem Alter wäre. In neun Jahren, mit fast achtzehn, würde sie garantiert alle um den Finger wickeln.

Fast alle, korrigierte ich mich unweigerlich und versuchte, den hässlichen Gedanken abzuschütteln, der sich in meinen Kopf schlich. Beim Hellen Fürsten würde Romy ihren Willen nicht durchsetzen. Schließlich war sie als Drittgeborene etwas Besonderes, etwas *zu* Besonderes. Ich atmete tief ein und verfluchte die alten Gesetze.

»Also? Ich warte«, erklärte Romy und lächelte breit.

Ich deutete auf die pinkfarbenen Blumen. »Damit der schwere Blütenkopf der Gerbera nicht abbricht, muss er gedrahtet werden. Und der Strauß, den ich gerade binde, ist für eine gewisse Frau Castano.«

»Und?«

»Und … die Karten liegen draußen bei der Kasse«, fuhr ich fort, während ich die Blüten abwechselnd mit dem Schnittgrün arrangierte. Sofort sprang Romy von der Arbeitsplatte und hüpfte in den Verkaufsraum.

Schmunzelnd blickte ich ihr hinterher und betrachtete dann den bunten Blumenstrauß in meiner Hand. Nach einem Moment des Zögerns streckte ich die Finger aus und strich sanft über die zarten Blütenblätter. Dabei klopfte mein Herz etwas schneller. Mit angehaltenem Atem wartete ich darauf, dass die Blumen reagierten. Doch es geschah nichts und ich spürte die Enttäuschung in meiner Brust.

Es nervte, dass sich meine Blutgabe noch immer nicht zeigte, obwohl meine ältere Schwester Sophie schon mit vierzehn auf ihre Fähigkeit hatte zugreifen können. Selbst wenn ich wusste, dass ich noch ein paar Wochen Zeit hatte, war das Warten einfach zermürbend und wurde von der ständigen Sorge um die tödlichen Anfälle begleitet.

Leicht frustriert band ich einen grünen Blätterkranz um das Arrangement und fixierte das Ganze mit einem Bindedraht. Zum Abschluss kürzte ich die Stiele mit einem Messer und stellte den fertigen Strauß in eine Vase zu den anderen Vorbestellungen. Insgesamt waren für heute acht Sträuße und ein Trauerkranz bestellt worden, was für einen normalen Samstag durchaus okay war.

»Lieber Peter«, las Romy laut vor, die soeben wieder den Arbeitsraum des Ladens betrat und fremde Grußkarten genauso gern las wie ich. Denn sie erlaubten einem einen kurzen Blick in ein anderes Leben, das vielleicht weniger kompliziert war als mein eigenes, in dem ständig zwei verschiedene Welten aufeinanderprallten. *»Ich wünsche*

dir alles Gute zum Geburtstag. Hoffentlich sehen wir uns bald wieder und du verzeihst mir die Sache mit Nils. Deine Brigitte.« Meine Schwester schnaubte. »Pah. Da ist ja gar keine Romantik drinnen, echt langweilig. Aber zum Glück habe ich noch eine von dem Grottengras gefunden.« Sie hielt die weiße Karte mit dem Goldrand in die Höhe. »Der enttäuscht uns niemals.«

»Und?«

»Leise Lieder singe ich dir bei Nacht«, trug sie vor, *»dir, in dessen Aug mein Sinn versank und aus dessen tiefem, dunklen Schacht meine Seele ewige Sehnsucht trank.«* Sie machte eine Pause und seufzte. »Der Grottengras verschickt jede Woche Blumen und ein Gedicht an diese Frau, der muss echt noch immer total verliebt sein.«

Ich nickte und beförderte den Pflanzenabfall in den Müll, bevor ich auf die Uhr schielte. Es war bereits kurz nach neun. »Habt ihr nicht gleich Theaterprobe?«

Romy verzog den Mund zu einer Schnute. »Ja, aber ich will da nicht hin. Wieso muss ich am Wochenende für so ein doofes Stück proben? Ich hätte mich niemals für den Theaterkurs anmelden sollen. Und warum müssen wir ausgerechnet so ein blödes Märchen aufführen? Das ist doch total alt.«

»So schlimm ist es gar nicht. Und außerdem spielst du ja nicht die Hauptrolle.«

»Stimmt«, pflichtete sie mir bei. »Zum Glück. Ich bin nur eine von den bösen Stiefschwestern. Dafür muss ich wenigstens den doofen Benjamin nicht küssen.«

Ich verbiss mir ein Schmunzeln und holte einen Bogen grünes Papier aus dem Regal, bevor ich damit zu dem großen Arbeitstisch ging, der in der Mitte des Raumes stand und von den breiten Fensterfronten mit viel Tageslicht versorgt wurde. »Ist das vielleicht der Grund, warum du sauer bist? Weil du ihn *nicht* küssen musst?«

»Niemals.« Romys Stimme klang nicht ganz so entrüstet, wie sie klingen sollte, und ich lächelte in mich hinein. Sie legte den Kopf leicht schief und ging zum Gegenangriff über. »Hast du denn Dominik schon geküsst? Oder habt ihr schon mehr gemacht?«

»Nette Ablenkung, aber das funktioniert nicht. Geh jetzt zu deiner Probe«, erwiderte ich, woraufhin sie sich grummelnd verabschiedete und aus dem Laden verschwand.

Nachdem sie gegangen war, verlief der Vormittag recht ruhig. Es machte mir nichts aus, ab und an im Geschäft auszuhelfen, da ich die Arbeit mit den Blumen liebte – und sie von klein auf gelernt hatte. Während meine ältere Schwester Sophie in die Fußstapfen unseres Vaters getreten war und sich fürs Medizinstudium entschieden hatte, konnte ich mir gut vorstellen, nach meinem Abschluss Botanik zu studieren und danach den Blumenladen weiterzuführen.

Den Betrieb hatte meine Mutter bereits in jungen Jahren von meinen Großeltern geerbt und nun lebten wir auf einem riesigen Grundstück, auf dem sich auch unser Gewächshaus befand. Ich liebte das verwunschene Anwesen, das mit seinen Kräutergärten und verschlungenen Wegen schon immer mein Zuhause gewesen war.

Gerade war ich dabei, im hinteren Arbeitsraum ein Arrangement für eine neue Bestellung vorzubereiten, als die Türglocke läutete. Schnell ging ich in den hellen Verkaufsraum, in dem sich ein dunkelblonder Typ zwischen den unzähligen Blumenvasen und Topfpflanzen umsah. Er wandte mir den Rücken zu, aber ich konnte sehen, dass er groß war und breite Schultern hatte, die in einer grauen Lederjacke steckten.

»Kann ich Ihnen helfen?«, fragte ich.

Der Typ drehte sich zu mir um und für einen Augenblick stockte mir der Atem, weil ich nicht erwartet hatte, dass er derart gut aussah. Obwohl er wahrscheinlich nicht viel älter war als ich, hatte er bereits die markanten Gesichtszüge eines erwachsenen Mannes. Seine Haare fielen ihm lässig in die Stirn und verdeckten dabei zur Hälfte eine kleine Narbe oberhalb seiner Augenbraue, die ihm einen rebellischen Touch verlieh. Der leichte Dreitagebart und eine Schramme auf der Wange, die ziemlich frisch zu sein schien, unterstrichen sein verwegenes Aussehen. Ohne ein Wort zu sagen, musterte er mich und ich spürte mein Herz in der Brust pochen, als sich seine dunklen Augen schließlich in meine bohrten.

»Das kann ich dir nicht sagen.« Seine Stimme klang rau und viel zu sexy.

Ich wischte mir meine nassen Hände an der Schürze ab. »Was kannst du mir nicht sagen?«

»Ob du mir helfen kannst.« Er betrachtete mich eindringlich und ich strich mir nervös meine langen Haare hinters Ohr. Als mir bewusst wurde, was ich hier tat, hielt ich mitten in der Bewegung inne. Das hier war ein Blumenladen und keine Datingshow.

»Kommt darauf an, was du willst«, sagte ich und machte ein paar Schritte auf ihn zu. Dabei versuchte ich, professionell zu klingen und mich nicht von seinem attraktiven Äußeren ablenken zu lassen, auch wenn das gar nicht so einfach war.

Er musterte mich erneut und ich hatte das furchtbare Gefühl, dass er jeden meiner Gedanken erriet, als ein sanftes Lächeln über sein Gesicht glitt.

»Überraschenderweise benötige ich … Blumen. Habt ihr vielleicht welche?« Seine dunklen Augen glitzerten herausfordernd und ich spürte, wie mir unter seinem Blick ein warmer Schauer über den Rücken rieselte.

»Da bist du im falschen Laden«, behauptete ich dennoch nüchtern. Obwohl ich nicht gerade klein war, musste ich zu dem Fremden hochsehen, der mich um einen Kopf überragte.

»Nein, ich denke, ich bin hier genau richtig«, erwiderte er selbstbewusst und fixierte mich dabei auf eine Art, dass ich das Gefühl hatte, als würde die Luft um uns herum zu knistern beginnen. In dem Moment ging die Ladentür auf und Dominik schneite herein.

»Hey, Lorelai, Romy sagte, ich würde dich hier finden«, setzte er an, verstummte aber, als er den Typen sah. »Oh. Du hast Kundschaft.« Die Tür fiel hinter ihm ins Schloss und Dominiks Stimme klang plötzlich wesentlich kühler, als ich es von ihm gewohnt war.

»Ja, die hat sie«, bemerkte der dunkelblonde Typ mit einem knappen Lächeln. »Du musst dich wohl hinten anstellen.«

Dominik verschränkte die Arme vor seiner durchtrainierten Brust und zog kühl eine Augenbraue hoch. »Ich denke nicht, dass ich mich bei meiner Freundin anstellen muss.«

Kurz überlegte ich, auch etwas dazu zu sagen, aber da das hier wirklich peinlich werden konnte, konzentrierte ich mich lieber auf den Verkauf.

»Für welchen Anlass sind denn die Blumen?«, fragte ich geschäftsmäßig.

»Sie sind für einen Geburtstag«, erwiderte der Typ und beugte sich etwas näher zu mir. »Ich brauche sie für eine ganz besondere Lady.«

Seine Worte weckten in mir einen Anflug von Enttäuschung, den ich geflissentlich zu ignorieren versuchte. Während ich mich um eine neutrale Miene bemühte, ließ Dominik den Typen nicht aus den Augen und ging rüber zum Verkaufstresen. Mit seinen kurzen schwarzen Haaren und den angespannten Muskeln wirkte er wie ein Bodyguard, der mich um jeden Preis beschützen würde.

»Okay«, sagte ich und deutete auf die vielen bunten Vasen, die im Laden standen. »Hast du schon irgendwelche Vorstellungen?«

Der dunkelblonde Typ nickte und zeigte zielsicher auf drei bauchige Vasen, in denen sich jeweils weiße Blumen befanden. Weiße Chrysanthemen, weiße Hortensien und weiße Lilien.

Ich trat an eine der Vasen heran und schüttelte den Kopf. »Ist das Absicht?«

Irritiert runzelte der Typ die Stirn. »Was?«

»Dass du dich für drei Todesblumen entschieden hast. Du sagtest doch, es geht um einen Geburtstag.«

Dominik lehnte sich an den Tresen. »Vielleicht wünscht er ja jemandem den Tod.« Dabei durchbohrte er den anderen mit seinen blauen Augen und es hätte mich nicht gewundert, wenn Dominik in Wahrheit ein Mitglied der Roten Garde gewesen wäre. Mit seiner muskulösen Figur und dem schneidenden Blick hätte er einen perfekten Offizier abgegeben, der wusste, wie man andere einschüchterte. Doch der dunkelblonde Typ schien sich von Dominiks Dominanzgehabe nicht beeindrucken zu lassen.

»Ja, vielleicht«, pflichtete er ihm bei und erwiderte dessen Blick kühl und herausfordernd. Ich spürte, wie die Stimmung zwischen den beiden Jungs immer angespannter wurde, und räusperte mich schnell.

»Es ist natürlich deine Entscheidung, welche Blumen du nimmst«, sagte ich und zog eine Lilie aus der Vase. »Diese hier sind bei einem Geburtstag jedoch nicht angebracht. Auch wenn sie sehr hübsch sind.«

Der dunkelblonde Typ wandte den Blick von Dominik ab und sah mich unbeeindruckt an. »Ich möchte sie trotzdem nehmen.«

»Okay, ganz wie du willst«, sagte ich, obwohl ich es unpassend fand, zu einem Geburtstag Blumen zu verschenken, die für den Tod standen. »Wie groß soll der Strauß denn werden?«

Sein Blick schweifte über die drei Vasen. »Sind das alle Blumen, die du dahast?«

Ich nickte. »Ja. Wieso?«

»Dann hätte ich gern alle.«

»Das wird aber ganz schön teuer.«

»Das macht nichts«, erwiderte er. »Die Dame ist es mir wert.«

»Gut«, sagte ich, holte die Vasen und stellte sie auf den Tresen. Dabei registrierte ich, dass Dominik den Typen noch immer wie einen potenziellen Feind anstarrte, obwohl er normalerweise ganz anders war. Als sich unsere Blicke für einen Moment trafen, überkam mich ein schlechtes Gewissen, weil es zwischen mir und dem Fremden vorhin so stark geknistert hatte.

Rasch richtete ich meine Aufmerksamkeit wieder auf die Blumen und versuchte, nicht darüber nachzudenken, warum der Typ seine Freundin als *die Dame* bezeichnet hatte – aber vielleicht war es ja auch gar nicht seine Freundin. Und vielleicht ging mich das Ganze auch gar nichts an.

»Ich würde noch etwas Pistochia dazu nehmen.« Ich deutete auf das grüne Gewächs, das links von mir in einer Vase steckte. »Sie eignen sich gut als Verzierung für den Strauß.«

Der dunkelblonde Typ lächelte charmant. »Klar.«

Ich lächelte verhalten zurück und begann, die Blumen zu einem Strauß zu binden. Es mussten insgesamt über vierzig Lilien, Chrysanthemen und Hortensien sein.

»Du kannst das gut«, sagte der Fremde nach einer Weile und schlenderte zum Tresen, ohne sich von Dominiks Anwesenheit auch nur im Geringsten abschrecken zu lassen. »Wie lange machst du das schon?«

»Seit ich fünf bin.« Ich wickelte ein weißes Geschenkband um die Stiele des Straußes, um danach die Halme mit einem scharfen Messer zu kürzen. »Meiner Mutter gehört der Laden und ich fand Blumen schon immer faszinierend.«

»Und warum?«

»Warum ich Blumen faszinierend finde?«, gab ich irritiert zurück.

»Was ist denn das für eine Frage?«, mischte sich Dominik genervt ein. »Bist du so versessen darauf, ein Gespräch mit ihr zu führen, dass du einfach alles hinterfragst, was sie sagt?«

»Dominik«, murmelte ich peinlich berührt.

Doch der Fremde blieb ganz gelassen. »Ich habe mich mit *ihr* unterhalten. Wenn ich mit dir reden will, lasse ich es dich wissen.«

»Wow, der Preis für den arrogantesten Kunden geht eindeutig an dich.«

Der Typ lächelte kalt. »Immer noch besser als der für den eifersüchtigen Freund.«

»Hast du vielleicht ein Problem?«, fragte Dominik gereizt und machte sich noch größer, als er ohnehin schon war. Nach wie vor erwiderte der dunkelblonde Typ seinen Blick völlig ruhig.

»Nein, ich nicht. Aber du vielleicht.«

Mit klopfendem Herzen schaute ich von meiner Arbeit auf und wünschte, die beiden würden damit aufhören, sich anzufeinden, als die Tür aufschwang und eine ältere Frau den Laden betrat.

»Ich brauche hier noch einen Moment. Kannst du dich solange bitte um sie kümmern?«, bat ich Dominik. Sein Gesichtsausdruck wurde etwas weicher, als ich ihn ansprach. Er zögerte noch einen Augenblick, ging dann aber zur Kundin.

»Den hast du gut im Griff«, sagte der Fremde und stützte sich mit seinen Händen am Tresen ab.

»Sag das nicht, als wäre er ein Hund.«

Sein rechter Mundwinkel zuckte nach oben. »Du hast meine Frage vorhin nicht beantwortet. Was fasziniert dich so an Blumen?«

»Ich finde sie wunderschön«, antwortete ich und wickelte den Strauß in ein grünes Blumenpapier. »In meinen Augen stehen sie für Lebendigkeit und Freude und ich mag ihren Duft.«

Kurz begegneten sich unsere Blicke und das Feuer in seinen dunklen Augen traf mich unvorbereitet. Gebannt drückte ich ihm den Strauß in die Hand. Dabei berührten sich unsere Finger. Sofort begann meine Haut unter seiner zu prickeln.

Der Fremde nahm die Blumen entgegen, ohne den Blick auch nur eine Sekunde lang von mir zu nehmen. »Wunderschön«, sagte er rau. Kleine Stromstöße schossen bei seinen Worten direkt in meinen Magen, doch ich versuchte, mir nichts anmerken zu lassen.

»Das macht 148 Euro«, sagte ich sachlich.

Er zog zwei Scheine aus seiner Hosentasche und legte sie auf den Tresen. Dabei umfing mich sein kühler Duft nach Kiefernnadeln und ich widerstand dem Drang, einen tiefen Atemzug zu nehmen. »Stimmt so, Blumenmädchen«, sagte er amüsiert. »Man sieht sich.« Und dann verschwand er aus dem Laden, ohne Dominik auch nur eines Blickes zu würdigen.

Obwohl sich dieser gerade mit der älteren Kundin unterhielt, konnte er es nicht lassen, dem Fremden nachzusehen – als ob er sich vergewissern müsste, dass dieser auch tatsächlich das Geschäft verließ.

»Ich dachte, der Typ haut nie mehr ab«, murrte Dominik, nachdem ich der Frau einen hübschen Herbststrauß verkauft hatte und wir wieder allein waren.

»Und ich dachte schon, dass du dich gleich mit ihm prügeln wirst.«

»Hätte ich auch gemacht, wenn er noch länger geblieben wäre.«

Ich schüttelte den Kopf. »Das kannst du doch nicht tun, Dominik. Das hier ist ein Blumengeschäft und kein Boxring.«

Er stützte seine Hände auf dem Verkaufstresen ab und schwang sich mit einer kräftigen Bewegung auf die Tischplatte. »Von mir aus, es ist aber auch kein Anbaggerschuppen. Ich habe doch gesehen, wie dich der Typ mit seinen Blicken verschlungen hat.«

»Hat er nicht.«

Er drehte sich ein Stück zu mir und strich mir sanft über die Schulter. »Ich kann es ihm ja nicht mal wirklich verübeln. Selbst in dieser Schürze siehst du absolut heiß aus.«

Ich sah ihn ungläubig an. »Die grüne Schürze hier? Ist das dein Ernst?«

»Sie passt perfekt zu deinen grünen Augen. Und zu deinem seidigen schwarzen Haar, das mit deinem wunderschön zarten Gesicht harmoniert.« Er machte eine kurze Pause. »Okay, das muss ich noch üben.«

»Gut, dass du es selbst bemerkst.« Ich schmunzelte und begann, die Grußkarten zu sortieren.

Dominik lehnte sich auf dem Tresen nach hinten und beobachtete mich. »Aber wie lange willst du dich mir noch widersetzen, Lorelai? Du weißt doch, dass wir füreinander bestimmt sind.«

»Sind wir das?«

»Und wie. Du bist eine Helle, ich bin ein Heller. Und wir werden entzückende Kinder haben.«

Ich hielt mit dem Sortieren inne. »Moment. Geht das nicht ein bisschen schnell?«

Er lächelte mich entwaffnend an. »Hey, ich mache einfach Nägel mit Köpfen. Du weißt, dass es von uns Hellen nicht mehr viele gibt. Es wäre doch schrecklich, wenn unsere Fähigkeit einfach mit uns sterben würde – schließlich ist es unsere Pflicht, unsere fantastische Blutgabe weiterzugeben.«

»Soweit ich weiß, gibt es noch knapp 25000 Helle auf der Welt – unsere Blutlinie wird also nicht sofort aussterben, selbst wenn wir uns nicht vermehren.«

Er grinste sexy. »Aber das Vermehren würde uns doch so viel Spaß machen.« Seine blauen Augen bohrten sich in meine und für einen Moment war es, als würde sich der Blumenladen mit elektrischer Energie aufladen.

Ich schüttelte schnell den Kopf. »Hör auf damit. Es ist doch abartig, sich nur mit irgendjemandem einzulassen, damit man Kinder in die Welt setzen kann.«

Dominiks Augenbrauen zogen sich amüsiert zusammen. »Du würdest dich doch nicht mit *irgendjemandem* einlassen. Außerdem entspricht es dem Sinn unseres Daseins, das Leben weiterzugeben. Und das könnten wir beide.« Er räusperte sich und strich sich über sein graues Shirt, das sich eng um seine Brust schloss. »Mit einem Gewöhnlichen wie dem Typen vorhin könntest du das nicht.«

»Wer weiß, ob wir beide überhaupt ein Kind bekommen würden. Du weißt, dass das nicht so einfach ist.«

Er grinste breit. »Aber ich würde es sehr hart versuchen. Natürlich würde ich alles geben.«

Ich verdrehte nur die Augen. »Du bist unglaublich romantisch, Dominik.«

Er strich sich über das Kinn und zog eine Rose aus einer schlanken Vase, die neben der Kasse stand und schon etwas verblüht war. Sanft strich er über die vertrockneten Blütenblätter und plötzlich erstrahlte ein Netzwerk feinster Lichtfäden im Inneren der Pflanze. Vorsichtig öffnete die Rose erneut ihre Blätter und ich sah, wie das Leben in sie zurückkehrte. Die vitale rote Farbe verdrängte die ausgetrockneten Grautöne der Pflanze und die Rose blühte wieder wunderschön auf.

Es war jedes Mal ein Wunder, wenn das Leben seinen Weg zurückfand.

Dominik reichte mir die Rose. »Es wäre eine Schande, diese Gabe nicht weiterzugeben. Stell dir einmal vor, wenn die Dunklen die Oberhand gewinnen und nur noch der Tod gespendet werden kann.« Dabei schlich sich ein bitterer Ton in seine Stimme. Nachdem Dominiks helle Freundin vor etwas mehr als drei Jahren bei einem Sturm von einer Brücke gestürzt war, schien er den Tod ganz besonders zu verabscheuen.

Ich nahm die Rose entgegen und schnupperte an ihrem feinen Duft. »Ich glaube nicht, dass die Gefahr einer Überbevölkerung durch die Dunklen wahrscheinlich ist.«

Er zuckte mit den Schultern. »Ich weiß es nicht, aber ich war schon immer ein Verfechter des Gleichgewichts zwischen Hellen und Dunklen.« Ein herausforderndes Lächeln glitt über seine Züge. »Und wir beide könnten für etwas mehr Gleichgewicht sorgen, Lorelai. Das ist doch schon fast unsere Pflicht.«

Die Leben spendende Kraft der Hellen und die todbringende Kraft der Dunklen entwickeln sich zwischen dem Beginn der Pubertät und der Vollendung des 18. Lebensjahres. Je später die Blutgabe zutage tritt, desto höher ist die Wahrscheinlichkeit, dass das Immunsystem die magische Fähigkeit abstößt und es zu tödlichen Anfällen kommt, die ohne Hilfeleistung bei 33 Prozent der Betroffenen zum Tod führen können.

Auszug aus der Enzyklopädie »Die Geschichte des Blutadels«
(Überarbeitete Fassung inklusive Illustrationen)

KAPITEL 2

»Und? Hat sich bei deiner Blutgabe schon etwas getan?«, wollte Josephine wissen, als wir uns am nächsten Tag auf den Weg zum Reitstall machten. Wir hatten uns bei einer der Roten Audienzen kennengelernt, die eigentlich nur den einflussreichsten Mitgliedern des Blutadels vorbehalten waren. Früher war meine Familie nie zu diesen pompösen Veranstaltungen eingeladen worden, doch nach Romys Geburt hatte sich das geändert. Eine weibliche Drittgeborene öffnete einem in unserer Gesellschaft so manche Tür.

»Nein, noch nicht«, sagte ich. »Nicht mal ein Prickeln in den Fingerspitzen.«

Josephine seufzte. »Bei mir auch noch nicht. Machst du dir Sorgen wegen der tödlichen Anfälle?«

»Ein wenig. Und du?«

Sie schüttelte den Kopf und grinste leichthin. »Nein, aktuell wünsche ich mir manchmal sogar einen herbei, damit er mich von dem zusätzlichen Unterricht befreit.«

Wir bogen an dem Haupthaus links ab und ich ließ meinen Blick über die Landschaft gleiten. Das Anwesen der von Sonnenbergs erstreckte sich weitläufig über sanfte grüne Hügel und bestand aus drei Trakten, die genug Platz für mehrere Großfamilien geboten hätten – auch wenn meine Freundin dort nur mit ihren Eltern und einer Menge Angestellten lebte.

»Ist der Unterricht denn so schlimm?«, fragte ich und warf ihr einen kurzen Blick von der Seite zu.

»Schlimmer.« Josephines grüne Augen funkelten angriffslustig, während der Wind durch ihre kurzen blonden Haare fuhr und sie die Arme vor dem üppigen Busen verschränkte. »Es liegt gar nicht an den Stunden selbst, das macht ja schon Sinn. Aber meine Privatlehrerin ist nicht nur uralt, sondern auch total anstrengend. *Josephine, achte auf deine Kleidung, zieh dich vernünftig an, unterhalte dich mit den richtigen Leuten, lege Wert auf deine Haltung, kaue keine Kaugummis, atme nicht zu laut*«, imitierte Josephine ihre Lehrerin und schnaubte. »Am besten sollte ich wahrscheinlich überhaupt nicht mehr atmen.«

Ich streckte lächelnd mein Gesicht der Herbstsonne entgegen. »Ich glaube nicht, dass Nicht-Atmen der Etikette entspricht.«

»Wahrscheinlich nicht«, stellte sie fest und lachte dröhnend. Es war ein dunkles Lachen, das ich total mochte, und obwohl Josephine ein paar Monate jünger war als ich, wirkte sie mit ihren rot geschminkten Lippen und ihrem selbstbewussten Auftreten schon fast wie Anfang zwanzig.

»Aber wenn du es ausprobierst und tot umfällst, könntest du von deiner Lehrerin wiederbelebt werden.«

Sie kniff die Augen zusammen. »Die Vorstellung ist widerlich, Lorelai.«

Ich grinste und wir folgten einem schmalen Pfad, der zu einer prächtigen alten Eiche führte, die ihre ausladenden Äste in den wolkenlosen Himmel reckte.

»Ich meine doch nicht die typische Mund-zu-Mund-Beatmung, sondern die helle Blutgabe deiner Lehrerin. Sie würde dich doch nur am Nacken berühren.«

»Ich will nicht, dass mich die Alte *irgendwo* berührt. Warum kann ich nicht irgendeinen schnuckeligen Typen haben statt so einer alten Schachtel?« Sie seufzte theatralisch und ich war froh, dass mir kein solcher Privatunterricht bevorstand. Da Josephines Familie in der Rangordnung des Hellen Fürstenpaares jedoch ganz weit oben stand, hatten ihre Eltern seit ein paar Wochen auf die zusätzlichen Unterrichtsstunden bestanden, um sie auf das höchste Amt vorzubereiten. Damit waren sie jedoch nicht die Einzigen, denn ein paar Familien bildeten ihre unverheirateten Sprösslinge vorsorglich aus, weil sie hofften, in den nächsten Jahren den begehrten Thron zu besteigen. Das Thronfolgesystem des Blutadels war recht kompliziert und sah vor, die eigene Position durch geschickte Heiratspolitik zu verbessern. Dabei kam es nicht nur darauf an, wer in der Rangfolge ganz weit oben stand, sondern auch, mit welchem Partner beziehungsweise welcher Partnerin jemand ins Hohe Herrscherhaus einziehen würde. Die Vermählung mit einer Drittgeborenen beispielsweise war besonders vorteilhaft. Nachdem wir immer weniger wurden, gaben die Roten Gesetze außerdem vor, dass am Tag der Krönungszeremonie auch die Eheschließung vollzogen wurde – sofern das vorherige Fürstenpaar verstorben war oder freiwillig abgedankt hatte.

Josephine strich sich über die Stirn und ich konnte in einiger Entfernung schon die Ställe erkennen, die sich harmonisch in die grüne

Ebene einbetteten. »Ich weiß doch gar nicht, ob ich Helle Fürstin werden will. Diese ganzen Entscheidungen, die Bürde der Macht …«

Ich betrachtete sie skeptisch und schmunzelte. »Jetzt tu doch nicht so.«

»Okay«, erwiderte sie langsam und ihre Augen begannen zu leuchten. »Vielleicht finde ich die Vorstellung, in ein paar Jahren über unglaublichen Einfluss zu verfügen, nicht ganz so schlecht.« Sie pustete sich lächelnd eine Mücke von ihrer braun gebrannten Haut.

»Das kommt der Wahrheit schon näher. Du liebst doch die Vorstellung, an der Spitze zu stehen. Und wenn du dann an der Macht bist, kannst du gern den dritten Paragraphen des Scharlachroten Buches abschaffen.«

Josephine warf mir einen schnellen Blick von der Seite zu. »Selbstverständlich. Ich meine, ich würde es versuchen, auch wenn ich nicht glaube, dass ich es wirklich hinbekommen würde.«

Ich sah sie an. »Versuchst du etwa jetzt schon, Erwartungsmanagement zu betreiben, Josephine?«

Sie zuckte mit den Schultern. »Du weißt, dass diese Gesetze in Blut geschrieben sind, Lorelai. Auch wenn ich die Möglichkeit habe, Veränderungen durchzuführen, so wäre das, was du dir wünschst, doch eine *sehr große* Veränderung.«

»Aber es kann doch nicht sein, dass meine kleine Schwester in zehn Jahren einfach vom nächsten Hellen Fürsten beansprucht werden kann, nur weil sie das dritte Kind ist«, presste ich hervor.

»Du kennst die Regeln des Blutadels, ich muss dir das doch nicht erklären. Als Drittgeborene ist sie *besonders*, du weißt, wie selten und wichtig die für uns sind. Denk doch mal an Fürstin Theresia, die sechzehn Kinder zur Welt gebracht hat. Ihre Drittgeborene hat wiederum elf Kinder geboren und damit den Fortbestand ihrer Familie für lange Zeit gesichert.« Josephine hielt kurz inne. »Es ist unsere Pflicht, dafür zu sorgen, dass unsere Art nicht ausstirbt.«

Ich schüttelte den Kopf. »Du redest schon wie Dominik.«

Sie grinste. »Und Dominik hat recht. Außerdem ist er heiß und so was von an dir interessiert. Und nach dem, was mit Jana passiert ist, hat er wirklich ein bisschen Glück verdient.«

Ich nickte und dachte daran zurück, wie schrecklich Janas Brückensturz für Dominik gewesen sein musste. Damals hatten wir beide nur sporadischen Kontakt gehabt, aber ich hatte mitbekommen, wie sehr er unter ihrem Verlust gelitten hatte. Da ihr Körper durch den Aufprall völlig zerstört worden war, war jede Hilfe zu spät gekommen.

Josephine räusperte sich. »Wann läuft da endlich etwas zwischen euch?«

»Er ist nur ein Freund.«

»Sicher?«

»Sicher«, sagte ich und dachte unwillkürlich an den dunkelblonden Typen aus dem Blumenladen, der mir seit gestern nicht mehr aus dem Kopf ging.

»Er wäre eine gute Wahl, seine Familie ist angesehen und er hat einen klasse Hintern.«

Ich verdrehte die Augen.

Josephine kniff mir in die Wange und kräuselte die rot geschminkten Lippen. »Außerdem könntest du mit ihm ein hübsches Kind bekommen – wenn ihr Glück habt, sogar zwei. Schließlich müssen wir dafür sorgen, dass die Dunklen nicht mehr werden als wir.«

»Die Dunklen haben das gleiche Problem mit der Kinderlosigkeit wie wir.« Der Wind wehte den Duft von Heu und Pferden in meine Nase und ich freute mich schon auf den Ausritt.

»Aber sie sträuben sich vielleicht weniger, sich innerhalb der Blutlinie zu vermehren. Den Gerüchten zufolge ist der älteste Sohn des Dunklen Fürstenpaares schon auf der Suche nach einer geeigneten Heiratskandidatin und anscheinend gibt es eine Drittgeborene im Ausland für ihn.«

Sobald Josephine über die Dunklen sprach, klang Abscheu in ihren Worten mit und ich verstand sie nur zu gut. Meine bisherigen Begegnungen mit den Dunklen waren auch nicht besonders erquickend gewesen.

Seit jeher herrschten Spannungen zwischen den beiden Blutlinien, wobei das Hohe Herrscherhaus versuchte, ein halbwegs harmonisches Zusammenleben zu gewährleisten. Schon allein die Tatsache, dass sich das Hohe Herrscherhaus aus dem Dunklen und dem Hellen Fürstenpaar zusammensetzte und sie gemeinsam regierten, sorgte für einen gewissen Zusammenhalt, der nach dem Scharlachroten Krieg auch bitter nötig war. Zu viele Helle und Dunkle waren damals gestorben.

»Und was ist mit dir?«, wollte ich wissen. »Hast du denn schon einen würdigen Ehemann im Blick?«

Josephine lächelte vielsagend. »Paps führt schon einige Verhandlungen.«

Ich legte die Stirn in Falten. »Und es stört dich gar nicht, dass er dich in eine Zwangsehe schickt?«

»So schlimm ist es doch nicht, Lorelai. Ich darf da schon ein wenig mitreden. Selbst wenn es natürlich auch darum geht, durch ihn und seinen Stammbaum in der Thronfolge nach oben zu rutschen. Aber grundsätzlich finde ich es wirklich gar nicht so schlecht, einen Hellen zu heiraten. Zumindest muss ich mich nicht vor ihm verstellen und so tun, als wäre ich ganz *gewöhnlich*.« Damit spielte sie auf den Umstand an, dass wir unsere Blutgabe vor gewöhnlichen Menschen verheimlichen mussten. In der Vergangenheit hatte es leider zu viele Vorfälle gegeben, die bewiesen hatten, dass wir unsere Fähigkeit nicht mit der Welt teilen durften. Irgendwie schienen die Menschen nicht damit umgehen zu können, wenn jemand mehr konnte als sie – denn die Konsequenzen waren Verfolgung, Verbannung und Hinrichtung gewesen.

»Außerdem hätten sich deine Eltern vielleicht nie kennengelernt, wenn sie nicht beide Mitglieder des Blutadels gewesen wären – und jetzt sind sie doch sehr glücklich, oder?«

Ich nickte widerstrebend. »Ja, aber sie hatten die Wahl. Romy kann einfach so beansprucht werden.«

»Dafür wird sie aber ins Hohe Herrscherhaus einziehen. Sie wird nicht irgendeine Geliebte werden, sie wird dann die nächste Helle Fürstin sein. Das ist doch auch nicht so schlecht.« Josephine machte eine kurze Pause. »Jetzt tu nicht so, als würde deswegen die Welt untergehen. Wenn man den Gerüchten trauen darf, heiratet Sophie doch auch bald einen Hellen. Und das vollkommen freiwillig.«

»Sophie ist einfach zu pflichtbewusst«, sagte ich und dachte an meine ältere Schwester, die mit ihrem Phillip kaum glücklich werden würde.

»Deine Schwester ist einfach nur klug.«

Wir erreichten die Ställe und ich beobachtete einen Stalljungen, der gerade einen Hengst ins Innere führte.

»Sie hat sich entschieden und du solltest auch mal die Augen offen halten, sonst schnappe ich dir deinen Dominik noch weg. Immerhin kommt er aus gutem Haus und ist verdammt sexy.«

Josephine hob auffordernd die Augenbrauen und griff nach zwei Reithelmen, von denen sie mir einen zuwarf. Auch wenn sie es nur halb im Spaß sagte, bemerkte ich doch, dass mir die Vorstellung von Josephine und Dominik nicht gefiel.

»Auf wem willst du heute ausreiten?«, fragte sie dann.

»Aphrodite oder Zerberus?«

»Zerberus.« Ich liebte dieses Pferd.

»War ja klar. Dass du dir immer den Besten schnappst.« Sie grinste vielsagend.

Ich ging zu seiner Pferdebox. Zerberus war ein wunderschöner Hengst mit glattem schwarzen Fell und ich genoss es, zehn Minuten später mit ihm durch den Wald zu reiten. Der Wind fuhr mir durch die Haare und ich atmete den Duft der Bäume ein, die rechts und links des Weges an uns vorüberflogen. Im Galopp rauschten wir durch den Wald, der sich in der Nähe von Josephines Elternhaus befand.

»Komm schon, ist das alles, was ihr draufhabt?«, rief Josephine großspurig vom Rücken ihrer weißen Stute herüber.

Ich lehnte mich ein Stück nach vorn. »Das lassen wir uns nicht zweimal sagen, oder, Zerberus?«, flüsterte ich dem schwarzen Hengst zu und tätschelte seinen Kopf. Dann verstärkte ich den Druck meiner Schenkel und Zerberus beschleunigte sein Tempo.

Die Welt um mich herum begann zu verschwinden, der Wald zog an uns vorbei und es gab nur noch das Adrenalin, das durch meinen Körper peitschte. Ich fühlte mich unglaublich glücklich, während ich mit Zerberus über den raschelnden Waldboden galoppierte und wir Josephine und ihre Stute weit hinter uns ließen. Es war ein berauschendes

Gefühl, ein Gefühl der Freiheit und Unendlichkeit, und ich hätte noch stundenlang weiterreiten können.

»Okay, diesmal hast du mich geschlagen«, gab Josephine murrend zu, als wir zwei Stunden später nebeneinander zum Reitstall zurückritten. »Aber nur weil du Zerberus bestichst. Ich habe gesehen, wie du ihm vorhin eine von euren Karotten zugesteckt hast.« Sie machte eine kurze Pause. »Ich würde sagen, das ist ein klarer Fall von Doping.«

»Ein klarer Fall von Doping? Ich glaube, du suchst einfach verzweifelt nach einer Ausrede, weil du viel langsamer warst.«

»Ich? Das war ich nicht.« Josephine beugte sich verschwörerisch ein Stück zu mir. Dabei deutete sie auf ihre Stute. »Das liegt an ihr.«

»Und du denkst, dass sie uns hören kann?«

Josephine setzte sich wieder gerade hin. »Wenn ich mich recht erinnere, sprichst du auch ab und zu mit Zerberus.«

»Ein Gerücht.«

Josephine schmunzelte. »Apropos Gerüchte: Willst du die neuesten Gerüchte hören, die ich aufgeschnappt habe?«

Ich nickte, während wir unter den tief hängenden Ästen einer Linde hindurchritten, deren Blätter mich sanft berührten. Der süße Duft des Baumes kitzelte in meiner Nase und ich nahm automatisch einen tiefen Atemzug.

»Gerücht Nummer eins«, begann Josephine zu erzählen, »betrifft den Hellen Fürsten Frederick von Peruzzi. Er soll irgendeine unheilbare Krankheit haben.«

Stirnrunzelnd wandte ich mich auf Zerberus' Rücken in die Richtung meiner Freundin. »Ich dachte, der mit der unheilbaren Krankheit wäre sein Neffe?«

Josephine zuckte mit den Schultern. »Vielleicht ist es vererbbar.«

Ich legte meine Stirn in Falten. Das jetzige Helle Fürstenpaar war kinderlos und es wurde schon länger darüber gemunkelt, dass ihr Neffe, der in der Thronfolge nachrücken sollte, unheilbar krank war. Dass Frederick von Peruzzi ebenfalls krank sein sollte, hörte ich allerdings zum ersten Mal.

»Und was hat er?«

»Keine Ahnung, es ist ja auch nur ein Gerücht.«

Ich schüttelte leicht den Kopf. »Ein Gerücht, bei dem es dir nichts ausmachen würde, wenn es wahr wäre. Dann kämst du schneller auf den Thron.«

Ein leichtes Lächeln umspielte ihre Lippen. »Frederick von Peruzzi ist ein guter Heller Fürst, aber ich wäre eine noch bessere Fürstin. Selbst wenn ich gemeinsam mit den Dunklen regieren müsste.«

»Warst du nicht diejenige, die mal von einem Dunklen beschützt wurde?« Ich liebte es, Josephine mit der Geschichte aufzuziehen.

Sie verdrehte die Augen. »Dass du nicht müde wirst, mir das vorzuhalten. Ich hätte es dir nicht erzählen sollen. Immerhin war ich neun und … Keine Ahnung, was den geritten hat, sich vor die drei Idioten zu stellen, die mich gehänselt haben. Wahrscheinlich ging es gar nicht um mich.«

»Vielleicht aber doch. Vielleicht war er dir einfach so verfallen, Josephine. Vielleicht verfällt dir auch der Dunkle Fürst.«

Sie schüttelte sich und mein Blick fiel grinsend auf die Schatten, die das Sonnenlicht durchs Blätterdach auf den Waldboden zeichneten.

»Das ist eine gruselige Vorstellung«, entgegnete Josephine gedankenverloren, während wir dem Waldweg folgten, der eine sanfte Biegung nach links machte. »Gerücht Nummer zwei lautet übrigens, dass die Dunklen Verhandlungen mit Familien aus dem Ausland führen, um sie zur Rückkehr in den deutschsprachigen Raum zu bewegen.«

Ich runzelte die Stirn. »Warum sollten sie das machen?«

»Vielleicht wollen sie ihren Einfluss noch weiter ausdehnen.«

»Aber sie haben hier doch schon jede Menge Einfluss«, murmelte ich.

Obwohl der Blutadel seinen Ursprung in Italien hatte, war der italienische Zweig durch diverse Familienfehden und Auswanderungen stark ausgedünnt worden – wohingegen sich die deutsche Linie am stärksten behauptet hatte. Unser Hohes Herrscherhaus bildete deshalb mit seinem Roten Gerichtshof das aktuelle Machtzentrum des Blutadels, dem sich alle Mitglieder unterwarfen. Die Fürstenpaare besaßen nicht nur unglaublich viel Geld, sie verfügten auch über ein umfangreiches Netzwerk. Ihre Verbindungen reichten bis in die Politik und Wirtschaft, weshalb es nicht ratsam war, sich gegen die Roten Gesetze aufzulehnen. Selbst wenn man Tausende Kilometer entfernt wohnte.

»Es könnte doch auch sein, dass sie die anderen Familien lieber näher bei sich haben möchten. Keine Ahnung, vielleicht hegen sie den Verdacht, dass ihnen irgendwo ein weiteres drittgeborenes Mädchen unterschlagen wird«, spaßte Josephine.

Ich beobachtete, wie ein Eichhörnchen von den Ästen einer Edelkastanie auf eine Lärche sprang und dadurch einen Vogel aufscheuchte, der flatternd davonflog. »Ich könnte es nachvollziehen.«

»Dass sie den Verdacht haben?«

»Dass jemand das Mädchen unterschlägt.«

Josephine schnalzte mit der Zunge. »Erstens: Drittgeborene sind so rar, dass es selten zwei im heiratsfähigen Alter gibt. Und zweitens: Sollte jemand wirklich seine drittgeborene Tochter verstecken, möchte ich nicht in seiner Haut stecken. Die Rote Garde hat überall ihre Leute.«

Eine feine Gänsehaut legte sich über meine Arme, als meine Gedanken zu der Elitetruppe des Hohen Herrscherhauses wanderten. Die Rote Garde war die Exekutive des Blutadels, die sich aus dunklen und hellen Kämpfern zusammensetzte. Sie war dafür bekannt, dass sie alle Befehle des Hohen Herrscherhauses vollstreckte, ohne mit der Wimper zu zucken, und mit kühler Präzision ihre Missionen erledigte.

Wir ritten aus dem Wald und erkannten in der Ferne schon die hölzernen Dächer der Reitställe.

Josephines Augen blitzten. »Noch ein Wettrennen?«

»Willst du das wirklich?«, fragte ich zurück und strich sanft über Zerberus' Fell, das sich weich und glatt unter meiner Hand anfühlte. »Willst du noch eine Niederlage?«

»Das wird keine Niederlage.«

»Das werden wir ja sehen.«

Wir warfen uns noch einen kurzen kämpferischen Blick zu, bevor wir unsere Pferde antrieben. Zerberus' Hufe donnerten über die Wiese und es war herrlich, mit ihm über die Hügel zu jagen – Josephine hatte nicht den Ansatz einer Chance.

»Das war aber ganz schön knapp«, behauptete sie dennoch, als sie mit ihrer Stute endlich beim Reitstall ankam. Feine Schweißperlen glänzten auf ihrer Stirn.

Ich war gerade dabei, Zerberus in seine Box zu bringen, und schüttelte den Kopf. »Ich weiß nicht, was du als *knapp* bezeichnest. Ich warte hier schon ewig auf dich.«

Josephine lächelte mich an und stieg vom Pferd. »Irgendwann … irgendwann werde ich dir noch davonreiten.«

Ich grinste und streichelte Zerberus über die warmen Nüstern. »Ob ich das noch erleben werde?«

»Wehe, du stirbst vorher«, drohte Josephine, während sie ihren Helm abnahm und ihre Stute in den Stall brachte. »Falls du das tust, werde ich dich so lange aufwecken, bis ich gewinne.«

Ich lachte, auch wenn ich wusste, dass das nicht möglich war.

»Josephine«, erklang plötzlich eine tiefe Stimme am Stalleingang. »Hallo, Lorelai. Hattet ihr einen schönen Ausflug?«

»Guten Tag«, begrüßte ich Josephines Vater.

In seiner Reitermontur wirkte Herr von Sonnenberg noch aristokratischer als sonst. Sein grauer Vollbart verdeckte einen guten Teil seines länglichen Gesichts und um seine grünen Augen zeichneten sich sympathische Fältchen ab.

»Der Ausritt war wunderbar. Auch wenn Josephine nur schlecht verlieren kann.«

Herr von Sonnenberg lachte. Es war das gleiche dröhnende Lachen, das ich auch von Josephine kannte. »Das ist meine Kleine.« Er grinste seine Tochter vielsagend an. »Verlieren war noch nie ihre Stärke.«

Kaum hatte er das gesagt, betraten zwei schwarz gekleidete Männer den Reitstall. Sie trugen schwere Stiefel und steife Uniformen zu den roten Masken der Garde, die vom Haaransatz bis zu ihren Lippen reichte, um ihre Anonymität zu wahren. Die glatten blutroten Gesichter sorgten dafür, dass mein Lächeln erstarb und Zerberus nervös mit den Hufen scharrte. Sofort strich ich ihm beruhigend über den Hals, wobei ich den Gedanken zu verdrängen versuchte, dass sich nicht nur Helle, sondern auch zwei Dunkle unter den Masken verbergen konnten.

»Herr von Sonnenberg, wir haben den Auftrag, Sie unverzüglich mitzunehmen«, erklärte einer der beiden hart. »Sofort.«

Fröstelnd blickte ich zu dem Gardisten. Seit die beiden Männer eingetreten waren, schien die Temperatur im Stall um ein paar Grad gesunken zu sein.

»Mitkommen? Aber ... warum?« Die Nervosität in Josephines Stimme war unverkennbar.

Zerberus scharrte erneut mit den Hufen und ich spürte, wie sich seine Unruhe immer stärker auf mich übertrug. Denn die Rote Garde tauchte nicht einfach irgendwo auf – ich hatte sie bislang immer nur bei den Roten Audienzen zum Schutz des Hohen Herrscherhauses gesehen, aber noch nie bei jemandem zu Hause.

»Josephine.« Ihr Vater warf ihr einen strengen Blick zu, der deutlich machte, was er von ihr wollte. Es gehörte sich nicht, die Anweisungen der Garde zu hinterfragen. »Selbstverständlich stehe ich zu Diensten«, erklärte Herr von Sonnenberg an die Mitglieder der Garde gewandt.

»Davon sind wir ausgegangen«, entgegnete nun der andere kühl und nickte Josephines Vater zu. »Und nun folgen Sie uns.«

KAPITEL 3

»Was heißt, sie haben ihn abgeführt?«, fragte meine Mutter, als wir am Abend in der Küche standen.

»Die Rote Garde ist aufgetaucht und hat ihn einfach mitgenommen«, erklärte ich und hatte noch ihre maskierten Gesichter vor Augen, deren Anblick mir die Nackenhaare aufgestellt hatte.

Vielleicht täuschte mich das Gefühl, aber ich war mir sicher, dass sich unter den Roten Gardisten grundsätzlich mehr Dunkle befanden, da diese ihre Blutgabe einsetzen konnten, um jemanden per Nackengriff zu betäuben oder schnell zu töten.

»Sie haben weder gesagt, warum, noch, wie lange sie Herrn von Sonnenberg mitnehmen – er hat auch keine Fragen gestellt.«

»Das sieht Konstantin ähnlich. Er bleibt selbst in einer solchen Situation höflich«, bemerkte meine Mutter und strich sich eine blonde Haarsträhne aus ihrem rundlichen Gesicht. Dabei fiel mein Blick auf ihre Hände, die von der Gartenarbeit gebräunt und zerkratzt waren.

Schon als ich noch klein gewesen war, hatte ich meine Mutter immer mehr außerhalb des Hauses gesehen als innerhalb.

Sie betrachtete mich eindringlich. »Du machst dir Sorgen, nicht wahr?«

Ich nickte. Auch wenn ich den Nachmittag damit verbracht hatte, Josephine das genaue Gegenteil zu erklären – dass die Garde sicher nur die Hilfe ihres Vaters benötigte, alles in Ordnung war und er schon bald zu ihr zurückkehren würde. Doch das ungute Gefühl in der Magengegend, das mich seit dem Auftauchen der Garde begleitete, konnte ich nicht abschütteln. Irgendetwas stimmte hier doch nicht.

»Lorelai, du musst dir keine Sorgen machen«, sagte meine Mutter weich und griff nach meiner Hand. Ihre Finger fühlten sich rau und warm über meinen an. »Konstantin ist ein sehr angesehenes Mitglied und seine Familie steht mit Josephine in der Thronfolge ganz oben, er wird also schon ihretwegen gut behandelt werden. Wahrscheinlich geht es nur um irgendeine dringende Angelegenheit, die keinen Aufschub geduldet hat.«

Ich zog skeptisch eine Augenbraue hoch. »Und warum haben sie ihn dann nicht einfach angerufen? Wenn es so dringend ist, wären sie so doch schneller gewesen.«

Meine Mutter sog tief die Luft ein und ließ meine Hände wieder los. »Ich kann es dir leider nicht sagen, Lorelai. Aber ich bin mir sicher, dass das Hohe Herrscherhaus seine Gründe dafür hat.«

Ich rümpfte die Nase und lehnte mich an den Küchentresen. »Wie kannst du dir da so sicher sein?«

»Bitte nicht schon wieder diese Diskussion, mein Schatz«, seufzte meine Mutter und begann, ein paar Teller in den Schrank einzuräumen. »Die von Peruzzis und von Kaltenburgs sorgen dafür, dass wir im Einklang miteinander leben und unsere Gabe dazu nutzen, Gutes zu tun. Du weißt doch aus den Geschichtsbüchern, was im Scharlachroten Krieg passiert ist, als Dunkel und Hell sich bekriegt haben. Es gab brutale Kämpfe und unglaublich viele Tote, die wir nicht mehr wiederbeleben konnten. Anarchie ist nicht das System, das unseren Gaben dienlich ist – vor allem, da der Blutadel im Laufe der Jahrhunderte ständig mächtiger wurde. Immerhin gab es vor dem Krieg viele Helle, die nur heilen, und viele Dunkle, die nur betäuben konnten. Doch da die Medici nur die Stärksten unserer Art verheiratet haben, kann inzwischen jeder Helle das Leben schenken und jeder Dunkle töten.« Sie machte eine Pause. »So mächtige Gaben bringen natürlich auch eine Menge Verantwortung mit sich. Ich möchte mir gar nicht vorstellen, wie unser Leben aussähe, wenn die Rote Garde nicht dafür sorgen würde, dass unsere Gesetze eingehalten werden.«

Ich zog eine Augenbraue hoch. »Glaubst du denn, dass ohne die Rote Garde Anarchie herrschen würde?«

Meine Mutter blickte mich ernst an. »Ich weiß nur, dass die Blutgaben vor den gemeinsamen Gesetzen des Scharlachroten Buches oft missbraucht wurden. Es gab viele Fälle, in denen Dunkle getötet haben, um sich selbst zu bereichern, oder Helle ihre Leben spendende Kraft eingesetzt haben, um Tote kurz aufleben zu lassen und Informationen zu erhalten – oder um Leute mit einer Überdosis Leben von sich abhängig zu machen, wie ein Junkie vor dem nächsten Schuss.« Sie hielt kurz inne. »Das Hohe Herrscherhaus macht unsere Welt zu einer besseren, denn unsere Gabe ist nicht nur ein Privileg, sie bringt auch Verantwortung mit sich.« Meine Mutter betrachtete mich und strich mir zärtlich über die Wange. »Natürlich habe auch ich in deinem Alter das System des Herrscherhauses infrage gestellt, das ist ganz normal, aber lass dir gesagt sein, dass das Fürstenpaar einen guten Job macht.«

»Wir wissen doch viel zu wenig von dem, was sie tun«, bemerkte ich, als von draußen Romys Stimme zu hören war, die anscheinend mit ihrer Schildkröte oder ihrem Meerschweinchen sprach.

Meine Mutter begann, die Gläser auf der Anrichte zu sortieren, die sich unter dem großen Fenster befand und sich unter dem Gewicht der ganzen Gefäße bog. Eingelegte Früchte, Olivenöl, Marmelade und getrocknete Kräuter standen bei uns überall in der großen Küche herum und stapelten sich zu kleinen Türmen. Meine Mutter liebte es, den Garten ins Haus zu holen, weswegen es bei uns immer nach irgendetwas roch, das es auch draußen zu finden gab.

»Das stimmt nicht. Dein Vater und ich haben es immer wieder erlebt, wie die von Peruzzis durch Diplomatie und politisches Geschick für das Gleichgewicht zwischen den Familien des Blutadels gesorgt haben.« Sie stellte ein Glas mit getrockneten Tomaten nach hinten zu den eingelegten Zucchini. »Ich verstehe, dass du dir Sorgen um Josephines Vater machst. Aber Konstantin ist ein redlicher Mensch, der sicher nicht gegen die Roten Gesetze verstoßen hat. Die Rote Garde hat also keinen Grund, ihm irgendetwas anzutun.«

»Sicher?«

Sie lächelte mich an. »Ganz sicher.«

Daraufhin drückte ich meiner Mutter einen Kuss auf die Wange und ging dann nach oben. Mein Vater hatte Romy gerade zum Zähneputzen geschickt und begegnete mir auf der Treppe. Dabei fiel er beinahe über ein paar Bücher, die am Treppenabgang lagen.

»Chaos«, murmelte er seufzend und fuhr sich gähnend durch seine dunklen Haare, die an den Schläfen schon grau wurden. »Vorhin bin ich fast über Romys Hamster gestolpert und jetzt über diese Bücher. Wann hat das letzte Mal eigentlich nicht irgendetwas auf der Treppe gelegen?«

Ich zuckte mit den Schultern. »Keine Ahnung. Vielleicht *bevor* wir hier eingezogen sind?«

Mein Vater sah mich an und nickte belustigt. »Ja, wahrscheinlich bevor *ihr Kinder* hier eingezogen seid. Wann habt ihr eigentlich vor, wieder auszuziehen, damit die Treppe endlich wieder frei wird?«

Ich stieß ihn leicht an. »Romy ist erst acht, das wird also wahrscheinlich noch ein wenig dauern. Außerdem würdest du uns vermissen.«

»Stimmt. Vor allem Sophie.«

»Die ist doch schon ausgezogen.«

Mein Vater schmunzelte. »Wirklich? Aber irgendwie vermisse ich sie gar nicht.«

Ich schüttelte lächelnd den Kopf. Mein Vater liebte es, uns aufzuziehen. Aber auch wenn er immer so tat, als müssten wir sofort das Haus verlassen, damit er hier endlich in Ruhe leben konnte, wusste ich, dass es ihm ohne uns überhaupt nicht gefallen würde.

»Du würdest Sophie garantiert vermissen, wenn sie dir nicht regelmäßig in der Praxis helfen würde.«

»Stimmt«, erwiderte er und ein Lächeln umspielte seinen Mund. »Das könnte auch der Grund sein, warum selbst in der Praxis irgendwelche Sachen auf den Stufen liegen.« Er schüttelte den Kopf. »Was ist das nur mit euch Wittgenstein-Mädchen? Könnt ihr Dinge nicht an den Platz legen, wo sie hingehören?«

Ich hob die Schultern. »Das musst du wohl Mama fragen.«

»Richtig. Denn von mir könnt ihr das nicht haben.«

»Aber dann hilft es dir auch nicht, wenn wir alle das Haus verlassen. Denn dann ist immer noch Mama da.«

Mein Vater grinste. »Das hat eine bestechende Logik, Lorelai.«

»Eben.«

»Zum Glück hast du die Logik von mir geerbt. Das Chaos von deiner Mutter«, er hielt kurz inne und seine grauen Augen funkelten, »die Logik von mir.«

Ich schmunzelte. »Komisch, dass wir immer nur die guten Eigenschaften von dir geerbt haben.«

Mein Vater ließ die Schultern sinken und lächelte breit. »Was soll ich sagen? Die Natur war mir schon immer ein Rätsel.« Er hielt einen Moment inne. »Wie geht es dir mit deiner Blutgabe?«

Ich atmete tief aus. »Sie zeigt sich noch nicht.«

»Hast du dein Handy immer dabei?«

Ich nickte. »Natürlich.«

»Zeig es mir«, verlangte mein Vater und ich zog mein Telefon aus der Hosentasche.

»Zufrieden?«

»Ja«, sagte er erleichtert. »Du weißt, dass wir mit den tödlichen Anfällen nicht spaßen dürfen.«

»Selbstverständlich weiß ich das. Du erinnerst mich auch immer wieder daran.«

Mein Vater sah mich ernst an. »Ich will dir keine Angst machen, aber es ist nun mal eine Tatsache, dass dein Risiko, einen tödlichen Anfall zu erleiden, höher ist, weil sich deine Gabe noch nicht gezeigt hat. Bis sich deine Blutgabe vollständig entwickelt hat, können die Anfälle jederzeit auftreten.«

»Das weiß ich doch.« Mir war klar, dass die tödlichen Anfälle ohne die rasche Hilfe eines Hellen verdammt gefährlich werden konnten, aber ich wollte mich davon nicht verrückt machen lassen.

Mein Vater legte mir sanft die Hand auf den Arm. »Wie geht es dir eigentlich mit Dominik?«

Ich musste bei der Frage kurz an den dunkelblonden Typen aus dem Blumenladen denken und zögerte einen Augenblick. Als mein Vater die Stirn runzelte, beeilte ich mich, zu antworten. »Gut, schätze ich. Er ist so charmant wie immer und möchte mit mir jede Menge helle Kinder in die Welt setzen.« Bei dem Gesicht, das mein Vater daraufhin machte, musste ich grinsen.

»Okay, damit könnt ihr euch ja noch etwas Zeit lassen«, brummte er. »Aber wer weiß, in ein paar Jahren …« Papa schmunzelte.

Ich seufzte. »Schon gut.« Mir war klar, dass ich meine Eltern mit Dominik äußerst glücklich machen konnte. Wie Josephine gesagt hatte, war er für eine Helle ein super Fang.

»Du solltest Dominik auf alle Fälle um dich herum haben«, sagte Papa in dem Moment. »Wie ich hörte, beherrscht er seine Gabe bereits exzellent und kann dir bei einem tödlichen Anfall zur Seite stehen. Ich würde mich wirklich wohler fühlen, wenn du mehr Zeit mit ihm verbringst.«

Ich kniff die Augen zusammen. »Und die tödlichen Anfälle sind der einzige Grund, warum dir das so wichtig ist?«

Mein Vater zuckte mit den Schultern, aber ein Lächeln stahl sich in sein Gesicht. »Du unterstellst mir doch nicht, dass ich möchte, dass ihr heiratet und du bald ausziehst?« Sein Lächeln wurde zu einem Grinsen. »Zumindest könntest du dann *seine* Treppe voll räumen.«

Selbst als ich später in meinem Zimmer lag, hatte ich noch immer die Worte meines Vaters im Ohr. Dabei merkte ich, dass jeder Gedanke an Dominik mich auch automatisch an den Typen von gestern denken ließ, der in unserem Blumenladen aufgetaucht war. Und obwohl ich nach einer kurzen Nachricht an Josephine durch ein paar Magazine blätterte und mich so abzulenken versuchte, ging er mir irgendwie nicht aus dem Kopf.

Man sieht sich. War das nur ein Spruch gewesen oder hatte er tatsächlich vor, noch einmal in unserem Geschäft aufzukreuzen?

Ich schnappte mir ein Kissen, schob es unter meinen Nacken und seufzte. Wahrscheinlich wusste er gar nicht mehr, dass ich existierte.

Frustriert griff ich nach meinem iPad und rief meine Playlist auf. Die kräftige Stimme des Sängers von *NEBEN* hallte durch den Raum und ich lauschte dem Lied, das von Liebe und ihren Tücken handelte. Mein Fuß wippte zum Takt des Songs und meine Gedanken schweiften zu meinen bisherigen Beziehungen, mit denen ich sicher nicht angeben konnte.

Bisher hatte ich nur einen Hellen und einen Gewöhnlichen gedatet und war mit keinem von ihnen glücklich geworden.

Verbindungen zwischen Gewöhnlichen und uns wurden nicht gern gesehen – aber nur weil ich keine Kinder mit einem normalen Menschen haben konnte, bedeutete das nicht, dass ich mich nicht verlieben konnte. Die Liebe machte garantiert keinen Unterschied zwischen Gewöhnlichen und dem Blutadel, die Liebe war nichts, was wir kontrollieren konnten, auch wenn die beiden Fürstenpaare so taten, als ob das möglich wäre.

Aber natürlich wollten alle, dass man sich innerhalb seiner Blutlinie verliebte. Meine Eltern bildeten da keine Ausnahme und je älter ich wurde, desto mehr fixierten sie sich auf den Gedanken, dass ich mich in einen Hellen verlieben sollte.

Das Eintrudeln einer WhatsApp-Nachricht riss mich aus meinen Gedanken. Sie war von meiner besten Freundin Lucy.

Bin wieder zurück! Das Wochenende war megalangweilig. Das Aufregendste – halt dich fest: Meine Tante hat in die Blumenvase gekotzt. DAS war das Highlight meines Wochenendes, wie traurig ist das denn!!! Wie war's bei dir? Wieder was gepflanzt? Bäume gerettet? :)

Ich lächelte, denn Lucys offene und unkomplizierte Art tat mir gut. Sie war wie eine Naturgewalt, die über einen hinwegfegte – ob man wollte oder nicht. Bei ihr gab es kein Hohes Herrscherhaus, keine Roten Gesetze oder irgendwelche bescheuerten Heiratsabmachungen.

Lucy war einfach *normal*, zumindest im Gegensatz zu mir. Und auch wenn ich es manchmal schwierig fand, einen Teil meines Lebens komplett von ihr auszuschließen, um sie nicht in Gefahr zu bringen – nach den Roten Gesetzen war es strengstens verboten, einen Gewöhnlichen in unser Geheimnis einzuweihen –, so war es doch schön, mit ihr einfach nur ein total unbefangener Teenager zu sein.

Wochenende war wie immer, schrieb ich zurück. *Bis auf Samstag …*

Was war am Samstag?

Erzähl ich dir morgen.

NIEMALS, textete sie prompt. *Ich will alles wissen. JETZT. SOFORT. UND MIT ALLEN DETAILS.*

Ich lachte. Das war typisch Lucy. Es gab auf der Welt wahrscheinlich keinen Menschen, der ungeduldiger war als sie. Ob wir in der Schule bei der Toilette anstehen mussten oder darauf warteten, dass die Glocke endlich zur Pause klingelte, Lucy rastete immer beinahe aus, wenn sie auf etwas warten musste.

Ein paar Sekunden später klingelte mein Handy und ich hob ab.

»Also, was ist passiert?«

»So groß ist es gar nicht«, entgegnete ich und erzählte ihr von dem Typen im Blumenladen. »Irgendwie muss ich immer wieder an ihn denken«, schloss ich und unterdrückte den Anflug eines schlechten Gewissens, weil ich mich von ihm angezogen fühlte.

»Wer sind Sie und was haben Sie mit meiner Freundin gemacht?«, fragte Lucy fassungslos. »Du denkst doch sonst nie an einen Typen und hast an jedem was zu meckern. Der Kerl muss ja wirklich unglaublich heiß sein.«

»Das war er auch«, gab ich zu und seufzte tief. »Keine Ahnung, ob ich ihn überhaupt jemals wiedersehe.«

»Du musst ihn wiedersehen, unbedingt«, meinte Lucy und ich konnte das fette Grinsen in ihrem Gesicht förmlich vor mir sehen. »Denn schließlich muss ich den Typen, der Lorelai von Wittgenstein den Atem raubt, kennenlernen.«

Es ist strikt untersagt, die Existenz der Blutgabe einem Gewöhnlichen gegenüber zu erwähnen, anzu-deuten oder schriftlich zu kommunizieren sowie sonstige Informationen über den Blutadel mit Außenstehenden zu teilen. Jede Zuwiderhandlung wird nach eingehender Prüfung durch den Roten Gerichtshof geahndet und bedingt die unwiderrufliche Bestrafung des Täters – und in unmittelbarer Folge auch die des Gewöhnlichen.

Paragraph 43 der Roten Gesetze
aus dem Scharlachroten Buch

KAPITEL 4

»Heute steht *Frösche sezieren* auf dem Programm.« Lucy verzog angewidert das Gesicht, als wir am nächsten Vormittag auf dem Weg zum Biosaal waren.

»Wenn du das so eklig findest, hättest du dich für einen anderen Leistungskurs entscheiden müssen«, gab ich abgelenkt zurück und steckte mein Handy wieder ein. Josephine hatte auf meine Nachrichten bisher noch nicht reagiert und ich hoffte, dass sich die Sache mit ihrem Vater rasch aufklärte.

Lucy sah mich erschrocken an und schüttelte so heftig den Kopf, dass ihre dunkelbraunen Zöpfe flogen. »Ein anderer Leistungskurs? Niemals. Auch wenn ich vielleicht nicht deine Faszination für Pflanzen und Tiere teile, so fasziniert mich zumindest unser Biolehrer. Leider ist das sowieso schon mein letztes Jahr, in dem ich den Kindler anschmachten kann. Willst du mir das auch noch nehmen?« Ihre Stimme bekam einen leicht hysterischen Klang und ich musste grinsen.

»Natürlich nicht«, entgegnete ich ruhig, als wir den hellen Biologiesaal betraten, der von der Farbe Weiß dominiert wurde. Die weißen Arbeitstische, die in mehreren Reihen hintereinander aufgestellt worden waren, passten perfekt zu den weißen Schränken an den Wänden und dem weißen Lehrerpult, an dem noch keiner saß.

Da die hintersten Plätze schon von den anderen Schülern besetzt waren, entschieden Lucy und ich uns für die dritte Reihe.

»Wollen wir nachher noch ins Kino?«, fragte Lucy und zupfte ihren Pony zurecht, der sie in Kombination mit ihren beiden Zöpfen zwei Jahre jünger aussehen ließ. Wobei sie morgen sicherlich schon wieder eine ganz andere Frisur tragen würde, da Lucy es liebte, sich von den Hair-Tutorials auf YouTube inspirieren zu lassen.

Ich ließ meine Tasche von der Schulter gleiten. »Klar, was willst du denn sehen?«

Sie setzte sich an den weißen Tisch, auf dem schon das Sezierbesteck für die Frösche vorbereitet worden war. »Es gibt einen neuen Film mit Francesco Limetti, den muss ich mir unbedingt ansehen.«

Ich schnaubte belustigt. »Dass du den so gut findest, werde ich nie verstehen.«

Lucy zuckte mit den Schultern. »Wir haben eben einen unterschiedlichen Männergeschmack, Lorelai. Wobei ich bis gestern dachte, dass du überhaupt keinen Typen so richtig gut findest. Manchmal dachte ich schon, du stehst auf mich.«

»Also wenn ich auf Mädchen stehen würde, dann wärst du nicht meine erste Wahl«, behauptete ich kühl.

»Das geht mitten ins Herz, weißt du das?« Lucy fasste sich theatralisch an die Brust, bevor sie kurz zu röcheln anfing und so tat, als würde sie tot umfallen. Die anderen aus der Klasse schauten schon, aber das war Lucy wie immer egal.

Ich hob nur die Augenbrauen und sah sie abwartend an. Lucy griff sich noch einmal japsend an die Gurgel und richtete sich schlagartig wieder auf, als der Kindler den Raum betrat. Auch wenn unser Biolehrer erst knapp über dreißig sein musste, trug er bereits eine Glatze – die Lucy total stylisch fand, was ich überhaupt nicht nachvollziehen konnte.

Heute allerdings beschleunigte sich mein Herzschlag, als der Kindler auftauchte. Nicht, weil Lucy auf ihn stand, sondern weil er in Begleitung war – in Begleitung genau des Typen, dem ich vorgestern im Laden begegnet war.

Für einen Moment vergaß ich, zu atmen. Mein Herz schlug wie wild gegen meine Brust und ich konnte gar nicht anders, als ihn anzustarren. Er trug schwarze Jeans sowie ein schwarzes T-Shirt und sah auch heute wieder umwerfend gut aus. Eine Hand hatte er entspannt in seine Hosentasche gesteckt, während sein Blick selbstbewusst über die Klasse glitt. Augenblicklich verstummten die Geräusche ringsum. Die ganze Aufmerksamkeit war auf den Neuankömmling mit den dunklen Augen und der verwegenen Schramme im Gesicht gerichtet.

»Guten Morgen, meine Damen und Herren«, erklang die Stimme unseres Biolehrers. »Heute habe ich nicht nur wie versprochen die Frösche zum Sezieren mitgebracht, sondern auch noch diesen jungen Herrn – den Sie bitte nicht sezieren mögen.« Unser Biolehrer lächelte breit. »Auch wenn ich den Blicken der Damen hier im Raum entnehmen darf, dass sie wohl nichts dagegen hätten.«

Gelächter brandete auf. Ich blickte schnell auf das Sezierbesteck vor mir und hoffte, dass der Typ mein Starren nicht bemerkt hatte.

Lucys Blick glitt zu mir. »Was ist denn los?«, flüsterte sie. »Gefällt dir *der* jetzt auch noch?«

»Das *ist* er«, flüsterte ich mit Nachdruck zurück, während unser Lehrer seine Tasche aufs Pult legte.

Lucy runzelte die Stirn. »Der aus dem Blumenladen?«

Ich nickte und musterte ihn verstohlen.

»Nein«, hauchte sie.

»Doch.«

»Nein.«

»Doch«, murmelte ich schnell und senkte den Blick wieder auf den Arbeitstisch. Dabei rutschten mir ein paar Haarsträhnen vors Gesicht.

»Das ist Vitus Rabenau«, stellte unser Lehrer den dunkelblonden Typen vor. »Er wird das Abschlussjahr bei uns verbringen und hat sich zu meiner Freude ebenfalls für den Leistungskurs Biologie entschieden.«

Mit pochendem Herzen versuchte ich, das soeben Gehörte zu verdauen. Ich würde das letzte Jahr gemeinsam mit Vitus Rabenau verbringen? Mein Mund wurde ganz trocken. Als ich langsam wieder hochsah und meine schwarzen Haare zur Seite schob, traf mich der Blick aus seinen dunklen Augen.

Vitus' Mundwinkel zuckte, während er mich eindringlich betrachtete. Auch wenn ich froh war, dass ich saß und so meine weich gewordenen Beine nicht nachgeben konnten, reichte schon dieser Blick, dass mir ganz anders wurde. Es war, als würde ein Blitz in mich einschlagen und elektrisierende Stöße durch meinen Körper schicken.

»Du kannst in der dritten Reihe Platz nehmen, Vitus«, erklärte unser Lehrer und begann dann, über den Verlauf der heutigen Stunde zu reden, doch ich hörte ihm nicht zu. Meine Augen fixierten noch immer Vitus – und als der nun auch noch auf mich zukam, war ich total überfordert. Ich wollte nicht wegsehen wie ein schüchternes Reh, aber ich wollte auch nicht aufdringlich wirken – es reichte schon, wenn ihn die anderen Mädels mit ihren Blicken auszogen.

Daher lächelte ich nur kurz, weil wir uns schließlich bereits kannten, und wandte mich dann Lucy zu. »Frösche sezieren ... das klingt spannend«, sagte ich.

Lucy beäugte mich für einen Augenblick irritiert, dann schnallte sie, dass ich einfach so normal wie möglich wirken wollte, und antwortete: »Ja, das wird sicher spannend, Frau *von* Wittgenstein.«

Ich warf ihr einen bösen Blick zu, als der Typ sich auf seinen Platz in der dritten Reihe setzte und uns nur ein schmaler Gang von einem Meter Breite trennte.

»Schön, dich wiederzusehen, Blumenmädchen«, erklärte er mit rauer Stimme und lehnte sich in meine Richtung, während er seine dunkle Tasche auf dem Boden abstellte.

»Stalkst du mich etwa?«, fragte ich leise.

Er schmunzelte spöttisch. »Dann würde ich mich wahrscheinlich etwas dezenter verhalten und mich nicht direkt in deine Klasse setzen.«

»Wer weiß«, hielt ich dagegen. »Vielleicht bist du auch einfach nur ein schlechter Stalker.«

Er hob die Augenbrauen. »Vielleicht.« Er setzte sich aufrecht hin.

»Bis auf den Frosch finden Sie auf Ihren Tischen bereits alles, was Sie zum Sezieren benötigen«, meinte unser Lehrer in dem Moment und zog sich selbst ein Paar Latex-Handschuhe über. »Ich habe Ihnen diese Stunde schon vor langer Zeit versprochen, aber nun ist es endlich so weit. Das Sezieren eines Lebewesens ist eine eindrucksvolle und tiefgründige Erfahrung, kann aber manchmal auch etwas einschüchternd sein. Sollten Sie sich daher irgendwann unwohl fühlen, lassen Sie es mich wissen.« Er machte eine kurze Pause. »Ich werde gleich die Tiere verteilen. Dann werden wir die Frösche gemeinsam öffnen, die inneren Organe bestimmen und ihre Anatomie untersuchen – vermerken Sie Ihre Eindrücke bitte in Ihrem Laborbericht, den ich nach der Stunde einsammeln werde.«

Mit diesen Worten ging unser Biolehrer in das kleine Zimmer, das sich hinter dem Lehrerpult befand, und kam mit einer Schale mit Fröschen zurück. Er begann, die leblosen kleinen Körper zu verteilen und jedem einen in die Sezierschale zu legen.

Ich schluckte kurz, als ich den toten Froschkörper vor mir sah, und wünschte, ich hätte meine Blutgabe bereits erhalten. Doch auch wenn ich meine Fähigkeit hätte einsetzen können, hätte ich den Frosch nur kurz wiederbeleben können, denn er war sicher schon länger als drei Stunden tot.

»Zuerst bestimmen wir das Geschlecht des Frosches«, fuhr der Kindler fort. »Aber bevor wir damit beginnen können, müssen Sie sehen, dass Ihr Frosch gut auf dem Rücken in der silbernen Schale liegt. Manchmal werden die Frösche durch die Konservierungsstoffe etwas steif – dann müssen Sie ihn bitte kurz massieren.«

Ein paar meiner Mitschüler stöhnten erschrocken auf, ein paar lachten.

»Also bei mir ist das normalerweise genau andersrum«, sagte

Hendrik, der immer für einen blöden Spruch zu haben war. Schallendes Gelächter rollte durch die Klasse, bei dem Lucy nur die Augen verdrehte.

»Herr Schuh, vielen Dank für diese Information, mehr möchten wir aber nicht wissen«, erwiderte unser Lehrer belustigt und verschränkte die Hände hinter dem Rücken, während er einen Blick auf Hendriks Frosch warf. »Und da Ihr Frosch ganz besonders verdreht ist, werden Sie ihn wohl besonders gut massieren müssen.«

Hendrik verzog das Gesicht und ich musste grinsen, denn sonst war er schlagfertiger.

»Strecken Sie die Beine der Frösche durch und weichen Sie ihre Gelenke so lange auf, bis der Frosch ordentlich auf dem Rücken liegt. Danach untersuchen Sie wie besprochen die Fortpflanzungsorgane.«

»Zum Glück sind unsere schon flach.« Lucy starrte auf die beiden Frösche vor uns.

Vorsichtig berührte ich die raue Haut meines Exemplars und bekam Mitleid mit dem kleinen Tier, das so tot vor mir lag.

»Es ist nur ein Frosch«, bemerkte Lucy.

»Trotzdem tut er mir leid.«

Kurz warf ich Vitus einen Seitenblick zu, der mit gezielten Handgriffen den Frosch untersuchte. Es sah aus, als hätte er das schon Tausende Male gemacht, und seine Vorgehensweise wirkte so professionell wie die von einem Arzt.

Lucy folgte meinem Blick. »Okay, jetzt ist er wirklich heiß.«

Ich betrachtete sie ungläubig. »Weil er einen Frosch seziert?«

Lucy schmunzelte. »Natürlich, so was kann doch nur ein richtiger Mann. Der zickt nicht rum, sondern geht einfach ran.« Dann schweifte ihr Blick zu Hendrik und ihre Augen weiteten sich. »Iiiihh«, schreckte sie hoch und deutete mit der Hand in Hendriks Richtung. »Der … der lebt doch noch!«

Ich drehte mich halb um und sah sofort, was Lucy meinte. Der Frosch in Hendriks Sezierschale zuckte mit den Beinen und unser Mitschüler zog erschrocken die Hand zurück, bevor er automatisch mit dem Stuhl nach hinten rutschte.

»Das kann durchaus vorkommen«, meinte unser Biolehrer, der die Bewegung des Frosches ebenfalls bemerkt hatte. Er schritt zu Hendriks Tisch. »Keine Angst, der Frosch wird nicht wiederauferstehen, das ist nur sein Nervensystem, das auch nach dem Tod noch intakt sein kann. Kein Grund zur Sorge.« Er wandte sich Lucy zu. »Es handelt sich hierbei lediglich um Muskelkontraktionen, Frau Brinkmann.«

Lucy nickte und ich sah kurz zu Vitus, bei dessen Frosch ich ebenfalls ein Zucken wahrzunehmen glaubte. Bildete ich es mir ein oder war Vitus einen Tick blasser geworden?

»Mann, das war echt heftig«, sagte Hendriks Sitznachbar in dem Moment halblaut. »Als hättest du ihm einen Stromstoß verpasst.«

»Zum Glück für Sie sezieren wir hier einen Frosch und keine Schlange«, bemerkte unser Lehrer, der mit seinen behandschuhten Fingern den kleinen Froschkörper kurz untersuchte, an dem keine Regung mehr festzustellen war. »Es gab schon mal den Vorfall, dass ein Koch von einer Giftschlange gebissen wurde, der er soeben den Kopf abgeschlagen hatte – weil es eben noch zu besagten Muskelkontraktionen kam. Das kann uns mit dem Frosch glücklicherweise nicht passieren.«

»Er kann uns nur anspringen. Oder, wenn man ihn küsst, zum Prinzen werden.« Lucy beäugte das tote Tier vor sich. »Aber darauf verzichte ich gern.«

»Das freut mich zu hören«, erwiderte der Kindler und brachte Lucy damit zum Grinsen. »Denn die Tiere sind mit Formaldehyd konserviert worden, damit sollten Sie nicht in Kontakt kommen – deswegen auch die Handschuhe.« Er machte eine kurze Pause und betrachtete die Schüler, die schon eifrig dabei waren, das Geschlecht des Frosches zu bestimmen. »Da nun alle Frösche gut liegen und sich keiner mehr zu bewegen scheint, können wir mit unseren Aufgaben fortfahren«, meinte er dann und begann, die verschiedenen Arbeitsschritte an das Whiteboard zu kritzeln. Lucys Aufmerksamkeit galt dabei nur seinem Po.

Kopfschüttelnd drehte ich mich zur Seite und fing dabei Vitus' Blick auf.

»Da habe ich mir ja den perfekten Tag für meinen Einstieg ausgesucht.«

Ich nickte. »Stimmt. Es gibt nicht jeden Tag Frösche.«

»Nicht? Das ist aber eine herbe Enttäuschung.«

Er lächelte mich charmant an und ich hätte den Typen den ganzen Tag einfach nur anstarren können, weil er mit seinen markanten Zügen und dem entwaffnenden Lächeln einfach zu gut aussah. Dennoch gab ich mich so cool wie möglich.

»Es tut mir leid, ich hätte dir die Sache mit den Fröschen schonender beibringen müssen.«

»Das stimmt. Aber ich werde darüber hinwegkommen.«

»Wirklich?«, fragte ich gespielt zaghaft.

»Wirklich. Denn schließlich habe ich mir nicht nur den perfekten Tag für meinen Einstieg ausgesucht«, sagte er und sein Blick intensivierte sich, sodass ich dachte, dass mein Herz gleich aus meiner Brust springen würde, »sondern anscheinend auch noch die perfekte Klasse.«

Die Sicherung der Nachkommenschaft des Blutadels ist für jeden Hellen und Dunklen von höchster Priorität. Kinderlose Paare werden deshalb angehalten, sich frühestmöglich an ein Kinderwunschzentrum zu wenden. Werden bestimmte Kriterien erfüllt (siehe Paragraph 30 der Roten Gesetze), wird die finanzielle Unterstützung durch das Hohe Herrscherhaus garantiert.

Paragraph 17 der Roten Gesetze aus dem Scharlachroten Buch

KAPITEL 5

»Du solltest aufhören, ihn so anzustarren. Das ist ja richtig peinlich«, sagte Lucy, als wir später in der Schulkantine beim Mittagessen saßen. Wie immer war es hier zur Mittagszeit proppenvoll und der Geräuschpegel entsprechend hoch, wodurch glücklicherweise niemand etwas von unserem Gespräch mitbekam.

Entspannt rückte ich mit meinem Stuhl ein Stück näher an den Tisch heran. »Ich starre ihn nicht an.«

»Ich wiederhole nur: peinlich.« Lucy tunkte ihr Brötchen in die Gemüsesuppe. Dabei funkelten ihre Augen amüsiert. »Ich laufe vor Fremdschämen gleich rot an.«

»Das gefällt dir, oder?«, entgegnete ich und ignorierte die Essensausgabe links von uns, an der Hendrik mit Vitus stand.

»Natürlich gefällt mir das.« Die Zufriedenheit auf Lucys Gesicht war unübersehbar.

»Auf einer Skala von eins bis zehn – zehn ist die höchste Wertung: Wie gut?«

»Zwanzig«, sagte sie, ohne zu zögern. »Hey, einmal kann ich dich mit einem Typen aufziehen, das ist ein Fest für mich, Lorelai. Sonst machst du dich doch nur über meine Schwärmereien lustig, auch wenn das gar nicht lustig ist.« Meine Freundin grinste über das ganze Gesicht, während sie mich nicht aus den Augen ließ. »Also jetzt hör aber einmal damit auf, ihn so demonstrativ nicht anzustarren.« Sie hob die Augenbrauen. »Peinlich.«

Ich lehnte mich ein Stück vor. »Also was jetzt? Starre ich ihn nun an oder tue ich es absichtlich nicht?«

»Du tust beides. Es gibt kurze Momente, in denen du ihn anstarrst, als könntest du ihn mit bloßen Augen aufsaugen, und dann starrst du wieder demonstrativ woandershin. Beides ist mega-auffällig.«

»Tatsächlich?«

»Und ob«, bekräftigte sie. »Du wärst eine absolute Niete in einem Agentenfilm.«

»Aber wir sind hier nicht in einem Agentenfilm, auch wenn du dich gerade so benimmst. Ich verhalte mich vollkommen normal, so wie immer. Auch wenn ich zugeben muss, dass mir Vitus gefällt.«

Lucy schnaubte theatralisch.

»Was?«, fragte ich und trank einen Schluck von meinem Wasser.

»Er soll dir bloß gefallen? Ich denke, da steckt schon mehr dahinter.«

»Schwachsinn, ich kenne ihn doch gar nicht.«

»Aber das Schicksal will, dass du ihn kennenlernst. Ich meine, wie groß ist die Wahrscheinlichkeit, dass du ihm zuerst im Blumenladen und jetzt in der Klasse über den Weg läufst? Ausgerechnet in unserer Klasse? Da ist es doch wahrscheinlicher, vom Bus überfahren zu werden.«

In diesem Moment ertönte das Eingangssignal einer WhatsApp-Nachricht und ich zog mein Handy aus der Tasche. Nach einem kurzen Blick darauf steckte ich es rasch wieder ein.

»Was war das denn?«, fragte sie lachend. »Was machst du denn für ein Gesicht?«

»Das war nur meine Schwester«, log ich, obwohl es in Wirklichkeit Dominik gewesen war, der mir geschrieben hatte, dass ihn seine Eltern zu Tanzstunden für die nächste Rote Audienz überredet hatten und ich mich auf stundenlange Tänze mit ihm gefasst machen sollte. Ich mochte seine unkomplizierte und humorvolle Art und ein kleiner Teil in mir dachte, dass vielleicht alles leichter wäre, wenn ich mich auf ihn einlassen würde.

»Okay«, sagte Lucy, da ich nicht weitersprach, und hob im nächsten Moment die Hand, bevor sie aufgeregt zu winken anfing.

»Was machst du?« Ich bekam Herzklopfen, als ich erkannte, auf wen sie sich so aufgekratzt konzentrierte. Sie versuchte doch tatsächlich, Vitus zu uns zu lotsen.

»Sag mal, spinnst du?«, zischte ich.

»Ich greife dem Schicksal nur ein wenig unter die Arme.«

Ich atmete tief ein. »Da hätte ich dann doch lieber den Busunfall genommen. Ist zumindest besser als das hier.«

»Blödsinn«, sagte Lucy und ich sah aus den Augenwinkeln, wie Vitus mit seinem Tablett auf uns zu geschlendert kam.

»War das soeben eine Einladung, an euren Tisch zu kommen?«, fragte er mit dunkler Stimme und zog eine Augenbraue hoch.

»Nein, Lucy hatte nur einen epileptischen Anfall.« Ich bemerkte, wie ein kurzes Lächeln in seinem Gesicht aufblitzte.

»Sah auch ganz danach aus.«

»Hey, werd jetzt nicht frech.« Lucy hob empört den Zeigefinger. »Das ist dein erster Tag hier, du solltest dich besser nicht mit mir anlegen.«

Vitus warf mir einen skeptischen Blick zu. »Stimmt das?«

Ich presste übertrieben die Lippen aufeinander. »Ja – vermutlich.«

»Okay.« Er stellte sein Tablett vor sich ab und setzte sich auf den Stuhl neben mich. Sofort drang mir sein Duft in die Nase, der eine holzige Note hatte und mich ein wenig an einen Sommertag in einem schattigen Wald erinnerte – nur wesentlich sexyer. Obwohl ich am liebsten einen tiefen Atemzug genommen hätte, versuchte ich, ganz entspannt zu bleiben.

Vitus betrachtete Lucy auffordernd. »Dann möchte ich an dieser Stelle fallen lassen, dass dein Winken sehr galant und anmutig war.«

»Lucy«, stellte sie sich vor. »Warum nicht gleich so?« Sie trommelte mit ihren Fingern auf die Tischplatte. »Was machst du hier?«

Vitus runzelte die Stirn. »Meinst du hier in der Cafeteria, in der Schule oder ganz philosophisch – also warum ich grundsätzlich auf der Welt bin?«

»Fangen wir einmal mit der Schule an.« Lucys Stimme klang wie bei einem Verhör, dennoch konnte sie Vitus nicht aus dem Konzept bringen.

»Wegen der Jobs meiner Eltern ist meine Familie viel herumgereist. Wir waren in Neuseeland, Kanada und Südafrika – und jetzt wollten meine Eltern wieder zu ihren Wurzeln zurück.« Er machte eine kurze Pause und betrachtete Lucy amüsiert. »Ist die Antwort für dich zufriedenstellend?«

»Sie ist okay. Das war nur ein bisschen Small Talk. Erzähl uns jetzt mal lieber was von deinen dunklen Geheimnissen.«

»Dunkle Geheimnisse? Sehe ich aus, als ob ich dunkle Geheimnisse hätte?«

»Aus Lucys Sicht ist das ein Kompliment«, sagte ich schnell. »Denn wenn du keine dunklen Geheimnisse hättest, wärst du total langweilig.«

»Ich wurde schon vieles genannt, aber langweilig war nicht darunter.« Vitus rollte sich ein paar Nudeln auf seine Gabel.

Lucy wurde neugierig. »Das heißt, du hast Geheimnisse.«

Er lächelte kurz. »Natürlich. Und sie sind schwärzer als schwarz.«

»Und welche? Haben sie vielleicht mit deiner Schramme zu tun?«

Vitus beugte sich ein Stück vor. »Wenn ich euch davon erzählen würde, dann wären es doch keine Geheimnisse mehr.«

»Wir werden sie auch so noch rauskriegen«, sagte Lucy, während sie ein weiteres Stück von ihrem Brötchen in die Suppe tauchte. »So schnell lassen wir nicht locker.«

»Davon gehe ich auch aus«, erwiderte Vitus gelassen und mir gefiel seine entspannte Art.

In dem Moment fing ich die Blicke von ein paar Mädchen auf, die an einem Tisch vor der Fensterfront saßen. Sie gingen in die Parallelklasse und ihre Aufmerksamkeit galt nicht mir, sondern Vitus. Was auch nicht verwunderlich war, denn mit seinem Aussehen zählte er eindeutig zu den attraktivsten Jungs der ganzen Schule – wenn er nicht sogar *der* attraktivste war.

»Und, wie haben dir die ersten Stunden hier gefallen?«, wollte ich wissen und versuchte, die begehrlichen Blicke der Mädchen zu ignorieren. Auch wenn es nicht die geistreichste Frage war, so interessierte es mich wirklich, welchen Eindruck er von unserer Schule bekommen hatte.

»Die ersten Stunden waren schon mal vielversprechend.«

Dabei blieb Vitus' Blick an mir hängen und für einen Moment schlug mein Herz schneller.

Ich räusperte mich. »Du meinst das Frösche-Sezieren?«

Er nickte. »Unter anderem.«

»Und was noch?« Lucy lächelte mich vielsagend an.

»Ihr habt einen interessanten Direktor«, sagte Vitus und nahm einen Schluck von seiner Cola.

»*Interessant* ist vielleicht nicht die richtige Bezeichnung für ihn.«

»Passender wäre wohl eher *langweilig*«, erklärte Lucy.

Eine kleine Falte zeichnete sich auf Vitus' Stirn ab. »Ist es normal, dass er so lange Pausen in einem Satz macht?«

»Total normal«, erklärte Lucy. »Man weiß nie, ob er mit seinem Satz schon fertig ist oder ob noch etwas kommt.«

»Oder ob er gerade einen Herzinfarkt hat«, fügte ich hinzu. »Manchmal röchelt er auch, während er spricht. Es ist ein seltsames Geräusch.«

Vitus kniff die Augen zusammen. »Und ich dachte schon, dass es an mir liegt.«

Lucy schüttelte den Kopf. »Glaub mir, *das* liegt nicht an dir.« Die Art, wie sie das betonte, ließ darauf schließen, dass Vitus jedoch für andere Begebenheiten verantwortlich war. Er blickte von ihr zu mir und ich hätte Lucy am liebsten unter dem Tisch einen Tritt verpasst.

»Was liegt denn an mir?«, fragte er nach, ohne mich aus den Augen zu lassen, als das Eingangssignal einer WhatsApp-Nachricht ertönte.

Vitus zog sein Handy aus seiner Hosentasche und warf einen Blick auf das Display. Dann huschte ein düsterer Ausdruck über sein Gesicht und er stand abrupt auf. »Ich fürchte, das war's dann mit unserem Mittagessen.«

Lucy runzelte die Stirn. »Was ist denn los?«

Vitus griff nach seinem Tablett und seine Züge wurden ernst. »Ich muss jemanden anrufen.«

»Und wen?«, fragte Lucy neugierig.

»Das ist eins meiner dunklen Geheimnisse.« Mehr sagte er nicht, bevor er uns knapp zunickte und verschwand.

»Das war jetzt irgendwie komisch«, kommentierte Lucy seinen raschen Abgang. »Ich meine, er bekommt eine WhatsApp-Nachricht und haut gleich ab?«

»Vielleicht hat er einfach einen wichtigen Termin.«

Lucy schob ihr Tablett etwas zur Seite und stützte sich mit den Armen auf dem Tisch ab. »Einen wichtigen Termin? Er ist gerade erst hierhergezogen … was kann er denn schon für wichtige Termine haben, die rechtfertigen, uns einfach hier sitzen zu lassen?«

»Ich weiß es doch auch nicht. Vielleicht hat er Zahnschmerzen und braucht dringend einen Termin beim Zahnarzt? Oder vielleicht war das seine alte Schule, die noch seinen Blutspendeausweis hat, oder die Umzugsfirma, die seinen Lieblingspulli verschlampt hat?«

Lucy schnaubte belustigt. »Und er will seinen Blutspendeausweis wiederhaben, weil er vorher an einer Vampirschule war?« Sie hielt kurz inne und kniff die Augen zusammen. »Irgendwas sagt mir, dass der Typ ein dickes Geheimnis hat. Da ist irgendwas, das spüre ich.«

»Vielleicht war die Nachricht auch von einem Mädchen«, murmelte ich gedankenverloren, obwohl ich eigentlich nicht darüber nachdenken wollte, ob Vitus eine Freundin hatte. »Egal, was er nicht mit uns teilen will – ruf ihn bitte nie wieder einfach so zu uns.«

»Ach Lorelai, das war doch ganz reizend mit ihm.« Lucy wischte sich ihre Finger mit einer Serviette ab. »Und weil ich ihn trotz seines seltsamen Abgangs sympathisch finde, musst du nicht darum betteln – ihr habt meinen Segen.«

»Da bin ich aber froh.«

»Das kannst du auch sein. Aber bilde dir nicht ein, dass er jetzt jeden Tag bei uns sitzen darf.«

»Kein Problem«, sagte ich und stocherte in meinem Salat herum. »Am besten holst du überhaupt niemanden mehr zu uns.«

»Niemanden? Auch kein kleines Kätzchen?«

»Was würde ein kleines Kätzchen in unserer Kantine tun?«

»Keine Ahnung«, entgegnete Lucy und zuckte mit den Schultern. »Vielleicht hätten wir eine chinesische Austausch-Köchin.«

Ich verzog das Gesicht. »Okay, meine Schuld. Ich hätte einfach nicht fragen sollen.«

»Ach Lorelai.« Lucy grinste und tippte sich an ihren dunklen Schopf. »In meinem Kopf sind noch so viele wunderbare Ideen, die rausgelassen werden wollen.«

»Werden diese Ideen aktuell mit Zwangsjacke festgehalten?«, fragte ich und zauberte ihr damit ein Grinsen ins Gesicht.

»Ja, einige davon schon.« Ihr Grinsen wurde noch breiter. »Aber irgendwann kommen sie dennoch raus.«

»Also so schlimm war der Film gar nicht«, erklärte Lucy, als wir ein paar Stunden später das Kino verließen. Nach der Mittagspause waren wir Vitus nicht mehr über den Weg gelaufen und ich fragte mich, was wohl wirklich in der WhatsApp-Nachricht gestanden hatte.

»Nicht schlimm? Der Streifen hatte kaum Handlung«, gab ich zurück.

»Handlung, Handlung, Handlung – die wird doch total überbewertet.« Lucy ließ ihren Cola-Pappbecher in einen Mülleimer fallen. »Francesco Limetti macht diesen Film zu einem echten Kunstwerk.«

Ich hielt die schwere Glastür des Foyers auf. »Zu einem Kunstwerk? Echt jetzt, Lucy?«

Meine Freundin schlüpfte durch die Tür und trat nach draußen. »Ja, ganz echt«, beteuerte sie. »Hast du es etwa nicht gesehen?«

Ich schüttelte den Kopf und zog die kühle Nachmittagsluft in meine Lungen, die uns draußen empfing. Für September war es schon ungewöhnlich kühl. »Ich habe in diesem Film definitiv keine Kunst gesehen. Schnelle Autos, viele Brüste und Muskeln – aber mehr nicht.«

»Tja, dann hast du eben nicht gut genug hingesehen.« Lucy grinste. »Kunst, Lorelai. Der Typ ist einfach Kunst.«

Ich stöhnte. »Gut, zumindest liegt Kunst im Auge des Betrachters. Auch wenn deine Augen mit pinken Herzchen verstopft sind.«

Sie lachte. »Sind sie doch gar nicht. Außerdem: Erklär du mir mal, wie oft du in der letzten Stunde an Vitus gedacht hast. Ich tippe«, sie ließ sich einen Moment Zeit, »auf so circa hundert Mal.«

»Blödsinn.«

Lucy verschränkte die Arme vor der Brust und wich einem Pärchen aus, das auf den Kinoeingang zusteuerte. »Du lügst, Lorelai. Und du bist echt eine schlechte Lügnerin.«

»Gut, vielleicht habe ich einmal an ihn gedacht«, sagte ich, was auch der Wirklichkeit entsprach. »Aber doch sicher nicht hundert Mal.«

Kaum hatte ich das gesagt, jagte ein kaltes Prickeln durch meinen Körper und ich spürte, wie mein Herz zu rasen anfing. Irritiert holte ich tief Luft und versuchte, mir nichts anmerken zu lassen, obwohl meine Finger zu zittern anfingen.

Was war das? Zeigten sich hier etwa die ersten Anzeichen meiner Blutgabe?

»Wirklich nicht hundert Mal? Rechnen war noch nie deine Stärke.« Lucy sah mich von der Seite an. »Hey, alles okay mit dir?«

Ich schob meine tauben Finger in meine Jeanstaschen und nickte rasch. »Klar«, murmelte ich. »Sorry, aber ich muss dann los.«

»Ja, ich auch, ich darf heute die neue Freundin meines Vaters kennenlernen. Wird sicher spannend.« Lucy drückte mir einen Kuss auf die Wange. »Bis morgen!«

»Bis morgen«, verabschiedete ich mich und ging in die andere Richtung los. Das kalte Prickeln in meinem Körper hatte zum Glück wieder nachgelassen und ich war froh, dass Lucy mein seltsames Verhalten nicht weiter aufgefallen war.

Ich war bereits ein paar Schritte gegangen, als ich Lucy meinen Namen rufen hörte. »Und Lorelai – bis morgen darfst du ruhig noch hundert Mal an ihn denken!«, rief sie mir grinsend zu, bevor sie den Abgang zur U-Bahn nahm.

Auf dem Weg nach Hause bekam ich noch eine Nachricht von Dominik, in der er fragte, ob er mir mit seiner letzten WhatsApp-

Message etwa Angst gemacht hätte, und ich antwortete mit einem Lachsmiley, als mir Josephine endlich zurückschrieb. Sie wollte wissen, ob ich Lust hätte, noch zu ihr zu kommen. Da ich mir die ganze Zeit ohnehin Sorgen um ihren Vater gemacht hatte, stimmte ich natürlich zu und klingelte eine halbe Stunde später an der Glocke ihres herrschaftlichen Hauses. Eine dreifache Tonfolge erklang und einen Augenblick später öffnete mir das Hausmädchen Violetta die Tür.

»Fräulein von Wittgenstein, guten Tag«, begrüßte mich die zierliche Helle, die immer Schwarz trug, bevor sie mich in die weitläufige Empfangshalle bat.

Obwohl ich schon etliche Male bei Josephine gewesen war, war es doch immer noch leicht befremdlich, den marmornen Empfangsbereich zu betreten, in den unser ganzes Wohnzimmer gepasst hätte. Die Wände des meterhohen Raumes waren mit Stuck verziert und von der Decke hing ein imposanter Kronleuchter, auf dem Romy sicher gern geschaukelt hätte.

»Ich werde Fräulein von Sonnenberg Bescheid geben.«

Violettas schwarzer Dutt glänzte im Licht der Bodenbeleuchtung und sie verschwand über eine geschwungene Marmortreppe nach oben in den ersten Stock.

Leise klassische Musik drang an mein Ohr und ich hörte dazu schwere Schritte, die näher kamen. Im nächsten Moment wurde die Tür zum Salon geöffnet und Herr von Sonnenberg trat heraus. Bei meinem Anblick bildeten sich kleine Lachfältchen um seine grünen Augen.

»Ach, Lorelai – es ist schön, dich so schnell wiederzusehen.«

»Herr von Sonnenberg«, entgegnete ich überrascht. »Ich dachte, Sie sind noch bei der Roten Garde.«

Josephines Vater fuhr sich über seinen grauen Vollbart. »Mein Treffen mit der Roten Garde hat nur ein paar Stunden gedauert, Lorelai.« Es hörte sich so an, als würde er von einem einfachen Geschäftsmeeting sprechen, aber das kaufte ich ihm nicht ab. Wahrscheinlich deshalb, weil ich noch immer ein ungutes Gefühl hatte, wenn ich an das plötzliche Auftauchen der düsteren Offiziere dachte.

»Ja, das wollte ich dir noch schreiben, aber ich hatte in der Schule mein Handy vergessen«, warf Josephine ein, die gerade die Treppe hinuntergerauscht kam. »Tut mir leid, wenn du dir Sorgen gemacht hast. Hi, Lorelai.«

»Hi«, erwiderte ich und wandte mich dann Josephines Vater zu, der sich über seinen dunkelgrauen Anzug strich. »Ich bin froh, dass es Ihnen gut geht.«

Er lachte dröhnend. »Aber Lorelai, warum sollte es mir nicht gut gehen? Die Rote Garde hatte nur ein paar Fragen an mich und schließlich wissen wir doch, dass sie nur ihre Pflicht erfüllt.«

»Und welche Fragen haben sie Ihnen gestellt?« Auch wenn es mich nichts anging, war ich natürlich neugierig.

Josephines Vater seufzte. »Das darf ich dir leider nicht sagen. Es ist vertraulich.«

»Mach dir nichts draus«, erklärte Josephine und hakte sich bei ihrem Vater ein. »Mir hat er auch nichts erzählt. Also *noch nicht*.«

Herr von Sonnenberg lächelte seine Tochter an und seine grünen Augen funkelten. »Und dabei wird es auch bleiben.«

Josephine zuckte leichthin mit den Schultern. »Wir werden noch sehen.«

Ihr Vater löste sich schmunzelnd von ihr. »Sei dir da mal nicht so sicher. Aber ich muss jetzt los, mich erwartet noch ein wichtiges Abendessen. Das heißt, du wirst die nächsten Stunden allein sein. Violetta hat noch eine Besorgung in der Stadt zu erledigen und deine Mutter fährt direkt von ihrer Wohltätigkeitsgala zu dem Essen, sodass du sie heute nicht mehr sehen wirst.«

Josephine nickte kurz. »Okay.«

Nachdem sich ihr Vater von uns verabschiedet hatte, ließen wir uns im großzügigen Salon auf dem Chesterfield-Sofa gegenüber dem Kamin nieder und ich sah sie forschend an.

»Weißt du wirklich nicht, was passiert ist?«

Josephine fuhr sich durch ihre blonden Haare und schüttelte den Kopf. »Nein, leider nicht. Aber ich hatte das Gefühl, dass es wirklich nichts Schlimmes war und die Rote Garde einfach nur ihren Job gemacht hat.«

»Trotzdem war es doch seltsam. Da ist doch irgendetwas im Busch, so dringend wie das war.«

»Keine Ahnung. Aber wenn, dann werde ich es noch herausfinden.« Josephine schenkte sich ruhig ein Glas Wasser ein. »Aber was noch interessanter ist: Die von Vandenbergs bekommen Nachwuchs.«

»Die von Vandenbergs?«, fragte ich und runzelte die Stirn. Dabei ließ ich mich auf dem Sofa etwas nach hinten fallen. »Die versuchen es doch schon seit Jahren mit künstlicher Befruchtung.« Ich machte eine kurze Pause und verzog das Gesicht. »Es ist schrecklich, dass ich solche Dinge überhaupt weiß.«

Künstliche Befruchtungen waren beim Blutadel ein Teil des Alltags und gehörten zu den Tischkonversationen der Roten Audienzen wie Fragen nach dem Wetter. Auch meine Eltern hatten bei Sophie und mir etwas nachgeholfen, während Romy auf ganz natürlichem Weg entstanden war – was in unserer Gesellschaft ein absolutes Wunder darstellte. Doch obwohl mich das Thema bereits seit meinem Eintritt in die Pubertät begleitete, war es für mich noch immer irritierend, zu wissen, wer sich gerade wieder im Kinderwunschzentrum angemeldet hatte.

»Nein, es ist überhaupt nicht seltsam, solche Dinge zu wissen, immerhin geht es um unser Erbe. Denk doch nur an unsere florentinischen Wurzeln. Die wenigen Ridolfi und Medici, die über das Elixier zur Erweckung der Blutgabe Bescheid wussten, weilen schließlich auch nicht mehr unter uns – und alles, was sie uns hinterlassen haben, ist ihr Wappen in Form der Florentinischen Lilie.«

Josephine schenkte mir einen vielsagenden Blick und ich unterdrückte ein Seufzen, da es keinen Sinn hatte, mit ihr darüber zu streiten.

»Ich weiß, du denkst, dass ich übertreibe, aber wir dürfen es einfach nicht dazu kommen lassen, dass die Dunklen sich durchsetzen, während wir immer weniger werden«, fuhr sie fort und fächelte sich mit der Hand etwas Luft zu. »Du müsstest dir mal die Stammbäume ansehen, die ich mir im Geschichtsunterricht verinnerlichen muss.« Josephine holte tief Luft und ich sah, wie sich auf ihrem Dekolleté einige rote Flecken bildeten. »Oder sieh auf unser kinderloses Fürstenpaar«, fuhr sie gepresst fort. »Fakt ist: Wir werden immer weniger – und wir werden immer schneller immer weniger.«

»Alles in Ordnung?«, fragte ich, da mir Josephines Verhalten ein wenig seltsam vorkam.

»Ich weiß nicht … Mir ist so furchtbar heiß«, flüsterte sie und fächelte sich erneut Luft zu. »Es kam ganz plötzlich.«

Alarmiert setzte ich mich auf dem Sofa auf. »Ist dir auch übel?«, fragte ich und legte meine Hand auf ihre Stirn. Sie war glühend heiß.

»Ich hab das Gefühl … ich krieg keine Luft«, keuchte Josephine und ich sah, wie sich die roten Flecken auf ihrem Dekolleté vergrößerten. Im nächsten Moment wurden unter ihrer Haut hell glitzernde Adern sichtbar, die sich in einem rasenden Tempo auf ihrem ganzen Körper ausbreiteten.

»Oh nein«, stieß ich hervor, als ich das sah. »Josephine, du hast einen tödlichen Anfall!«

»Was?«, murmelte sie und sah an sich herunter. Dann tastete sie hektisch ihren Körper ab und ich sah Panik in ihrem Blick aufflackern.

»Wo ist dein Handy?«, rief ich und sprang auf.

»Ich weiß nicht … Ich glaube, in meinem Zimmer.« Ihre Stimme war nur noch ein Flüstern und ein paar Sekunden später rutschte sie einfach vom Sofa auf den Boden.

»Josephine!«, schrie ich, als die hellen Linien ihrer Blutgabe so hell unter ihrer Haut aufleuchteten, dass Josephine von innen zu glühen schien. Im nächsten Moment begann ihr ganzer Körper zu zucken und sie verdrehte die Augen, sodass ich nur noch das Weiße darin sehen konnte. So schnell ich konnte, raste ich aus dem Salon zurück in die marmorne Empfangshalle und von dort hinaus auf den breiten weißen Kiesweg.

»Herr von Sonnenberg«, brüllte ich mit überschnappender Stimme über das herrschaftliche Anwesen. »Herr von Sonnenberg, Josephine hat einen Anfall!«

Ich sah, wie Josephines Vater unten am schmiedeeisernen Tor gerade im Begriff war, in eine schwarze Limousine zu steigen. Er schien mich nicht gehört zu haben und ich lief panisch los.

»Herr von Sonnenberg!«, brüllte ich erneut.

Mein Herz hämmerte gegen meinen Brustkorb und der Kies spritzte unter meinen Füßen hoch, als ich zu dem Auto raste. Dabei musste ich an all die Geschichten denken, die mein Vater mir erzählt hatte. Sobald die Blutgabe erwachte, konnte das Immunsystem bis zu ihrer vollständigen Entwicklung gegen die Fähigkeit rebellieren. Allerdings griff es bei dem Versuch, die Magie zu bekämpfen, den eigenen Körper an, weshalb Blutadelige in meinem Alter unbedingt jemanden aus ihrer eigenen Blutlinie benötigten, um die aufflackernde Blutgabe zu stärken und eine Überreaktion des Immunsystems zu verhindern. Leider war es schon öfter vorgekommen, dass junge Helle und Dunkle an Herzversagen gestorben waren, weil ihnen niemand geholfen hatte. Die einzige Chance, die Josephine hatte, war, dass ein Heller innerhalb der nächsten halben Stunde bei ihr war, um die Reaktion ihres Immunsystems mit seiner Magie zu dämpfen.

»Herr von Sonnenberg!«, brüllte ich ein letztes Mal und sah, wie Josephines Vater endlich den Kopf wandte und mich bemerkte. »Sie müssen kommen, schnell!«

Gemeinsam rannten wir zum Salon zurück. Josephines Vater hatte die Lippen aufeinandergepresst und ich fühlte die gleiche Sorge, die ich auch auf seinen Zügen entdeckte.

»Josephine«, stieß Herr von Sonnenberg hervor, als er seine Tochter entdeckte, die auf dem Boden lag und krampfte.

Rasch ließ er sich neben ihr auf die Knie sinken und legte eine Hand auf die Stirn seiner Tochter und die zweite in ihren Nacken. Dann schloss er die Augen und ich sah, wie sich ein Netzwerk aus hell leuchtender Energie auf seinen Händen ausbreitete und auf Josephine überging. Eine knisternde Welle von Magie rollte durch den Raum und führte dazu, dass sich jedes einzelne Härchen auf meinem Körper aufstellte.

»Josephine«, flüsterte Herr von Sonnenberg noch einmal, als das leuchtende Netz der hellen Blutgabe ihren Körper zum Strahlen brachte. Zwei Sekunden lang passierte gar nichts, dann atmete Josephine hörbar ein und ihr Körper hörte auf, zu zucken. Die hell leuchtenden Adern unter ihrer Haut verblassten wieder und auch ihre Glieder entspannten sich zusehends. Einen Moment lang flatterten ihre Lider, bevor sie die Augen aufschlug.

»Was ist passiert?«, murmelte sie dann und setzte sich langsam auf.

»Du hattest einen Anfall«, sagte ihr Vater. »Deshalb bist du kollabiert. Lorelai ist nach draußen gerannt, um mich zu holen.«

»Verdammt«, flüsterte Josephine und schüttelte den Kopf. »Ich dachte, das gehört zu den Dingen, die immer nur anderen passieren.«

»Hattest du denn dein Handy dabei?« Die Stimme ihres Vaters klang ruhig. »Du weißt, dass du es immer dabeihaben musst, um uns in so einem Fall zu kontaktieren.«

Josephine nickte zerknirscht und ich verbiss mir ein Lächeln, weil mich Herr von Sonnenberg so sehr an meinen Vater erinnerte.

Mit einem Seufzen stemmte sich Josephine in die Höhe. »Ich hoffe, das war mein erster und letzter Anfall.«

»Das kann gut sein – zumindest müsste sich nun deine Gabe langsam zeigen«, erwiderte ihr Vater. »Brauchst du noch etwas? Sonst würde ich jetzt zu meinem Abendessen fahren.«

»Nein, alles okay.« Josephine setzte sich aufs Sofa.

Mit einem leisen Stöhnen kämpfte sich Herr von Sonnenberg in die Höhe. Dann strich er seiner Tochter sanft über den hellen Schopf. »Wenn noch was ist, ruf mich an.«

»Klar«, erwiderte Josephine und ich setzte mich wieder neben sie, während ihr Vater den Raum verließ.

»Wirklich alles wieder okay?«, fragte ich, nachdem er gegangen war. Dabei fixierte ich Josephines hübsches Gesicht, das nun keinerlei Anzeichen des Anfalls mehr zeigte.

»Ja«, erwiderte sie und strahlte mich an. »Ehrlich gesagt fühle ich mich fitter als vorher.«

»Klar, du hast ja auch gerade eine Dosis *Leben* bekommen«, sagte ich. »Die Dunklen sollen sich nach dem Kontakt mit ihrer eigenen Magie auch prima fühlen.«

»Mag sein«, erwiderte Josephine und griff nach ihrem Wasserglas. »Aber ich kann jetzt auf alle Fälle verstehen, warum sich einige Helle an ihrer Blutgabe berauschen.«

»Weswegen es auch illegal ist«, fügte ich hinzu. »Es soll wie eine Droge sein.«

»Definitiv«, meinte Josephine. »Es gibt einem wirklich so einen kleinen Kick. Ich habe gehört, dass das mal zwei auf einer Roten Audienz gemacht haben und dafür von der Roten Garde festgenommen wurden.«

»Wundert mich nicht – aber so konnten sie wenigstens der Roten Audienz entgehen.«

Josephine grinste. »So schlimm sind die doch nicht. Hast du dir denn schon ein Kleid ausgesucht?«

»Wir gehen morgen Nachmittag. Irgendwie scheinen sich alle außer mir darauf zu freuen. Und Dominik hat geschrieben, dass seine Eltern ihn zu extra Tanzstunden verdonnert haben und ich mich auf etwas gefasst machen soll.« Dabei glitt mein Blick über die edlen Möbel des Wohnzimmers, die perfekt aufeinander abgestimmt waren und gemeinsam mit den bodentiefen Fenstern in jeder Wohnzeitschrift hätten abgedruckt werden können.

»Das ist doch nett von ihm«, sagte Josephine und schien schon wieder ganz die Alte zu sein.

Ich nickte und erwähnte nicht, dass meine Gedanken zehnmal öfter zu Vitus als zu Dominik wanderten, obwohl es nicht besonders klug war, Gefühle für einen Gewöhnlichen zu entwickeln.

»Hast du denn schon dein Kleid?«, fragte ich dann.

»Oh ja, die Schneiderin war heute da.« Josephines Augen begannen zu glitzern. »Es wird traumhaft. Ich spekuliere darauf, dem Sohn der von Heyden damit den Atem zu rauben. Ich habe ihn letztens beim Tennis kennengelernt und er ist echt ... ansehnlich.«

»Welcher war das? Der Rothaarige?«

»Nein, der schlanke Braunhaarige. Der Rothaarige ist sein Freund Ole von Zunden, ein ziemlich traditionsbewusster Heller. Aber Nicolas, das ist ein echt heißer Kerl.« Sie zwinkerte mir zu. »Und der hatte einen Aufschlag, wirklich bemerkenswert.«

»Ich kann mich gar nicht erinnern, Nicolas von Heyden jemals getroffen zu haben.«

Auf den Roten Audienzen waren Hunderte von Leuten zugegen, sodass es schwerfiel, sich alle zu merken. Auch wenn durch diverse Spiele selbstverständlich versucht wurde, neue Bekanntschaften zu knüpfen, lief man nicht unbedingt allen passenden Heiratskandidaten über den Weg.

Josephine strich sich eine blonde Haarsträhne aus dem Gesicht. »Nicolas muss sich erst in den letzten Monaten so gemacht haben, mir ist er vorher tatsächlich nicht aufgefallen. Aber er meinte, dass eine neue Frisur und ein neues Outfit schon viel ausmachen.« Sie lächelte breit und hob ihr Glas. »Und er ist definitiv ein Grund mehr, sich auf die Rote Audienz zu freuen.«

Auf Geheiß der Fürstenpaare
Maria & Frederik von Peruzzi sowie
Thalea & Theodor von Kaltenburg

wird am 1. Oktober diesen Jahres
anlässlich des Geburtstages von Frederik von Peruzzi
zur Roten Audienz eingeladen.

Die Versammlung findet ab 15 Uhr als herbstlicher Ball
in der Roten Palaststraße Nummer 11 statt.

Nach Paragraph 14 sind geladene Mitglieder des Blutadels verpflichtet, an der Veranstaltung teilzunehmen. Durch ihre Anwesenheit unterwerfen sie sich den Bedingungen der Roten Audienz (siehe Rote Audienzen, Paragraph 15, Absatz 3).

KAPITEL 6

»Ich will unbedingt einen weit schwingenden Rock«, sagte Romy, als Sophie ihren Wagen am Nachmittag des nächsten Tages vor der Nobelboutique parkte. »Aber nicht in Pink. Mama hat gesagt, sonst sehe ich aus wie ein Bonbon.«

»Pink ist ohnehin keine passende Farbe für den Herbstball«, erwiderte meine ältere Schwester und blickte mit zusammengekniffenen Augen aus dem Fenster zu der Boutique. Dabei machte sie ein Gesicht, als würde sie zum Zahnarzt müssen.

»Was für ein Kleid wirst du dir denn aussuchen, Sophie?«, plapperte Romy weiter, während sie sich abschnallte. »Ich finde Gelb schön.«

»Ich finde Gelb auch schön«, stimmte ich Romy lächelnd zu, als Sophie das Gesicht verzog.

»Kommt auf das Gelb an«, murmelte sie.

»Freust du dich denn gar nicht?«, fragte Romy stirnrunzelnd.

»Doch, natürlich freue ich mich«, antwortete Sophie schnell und lächelte. »Ich bin nur ein bisschen müde von der letzten Nacht.«

»Was hast du denn gemacht?« Romy kletterte aus dem Auto auf den Bürgersteig. »Musst du noch immer lernen, wie die ganzen Knochen im Körper heißen?«

»Sophie hat sicher schon für den Eröffnungstanz geübt, damit sie sich auf dem Ball nicht alle Knochen bricht«, raunte ich Romy zu und fing mir einen wenig begeisterten Blick meiner älteren Schwester ein.

»Du darfst den Ball eröffnen?« Romy grinste und hüpfte auf dem Bürgersteig auf und ab.

»Mhm«, gab Sophie einsilbig zurück und schloss das Auto mit einem Knopfdruck ab.

»Das ist richtig cool«, flüsterte Romy und starrte Sophie mit glänzenden Augen an. Dann wandte sie sich an mich. »Wann darf ich eigentlich den Ball eröffnen? Ich wäre sicher total gut darin.«

»Wenn du vom Hohen Herrscherhaus dafür ausgewählt wirst.«

Ich versuchte, meine Stimme ganz neutral zu halten, während Sophies Schultern sich leicht verkrampften. Seit sie wusste, dass sie den Eröffnungstanz machen musste, hatte ich sie kein einziges Mal mehr so richtig fröhlich gesehen. Auch jetzt war ihr Körper gespannt wie eine Feder, als sie ihre graugrünen Augen auf die gläserne Eingangstür der Boutique richtete.

»Lasst uns reingehen«, meinte sie dann beherrscht und legte ihre Hand auf den goldenen Türgriff.

Ein Glöckchen bimmelte, als wir nacheinander das großzügig geschnittene Ballmodengeschäft betraten. Ein schwacher Duft nach Teppichreiniger und Lederpolitur hing in der Luft und aus unsichtbaren Lautsprechern erklang eine unaufdringliche Hintergrundmusik. Wie es aussah, waren wir die einzigen Kunden.

»Ich will unbedingt einen weit schwingenden Rock, ganz unbedingt«, wisperte Romy mir erneut zu, während sie sich mit großen Augen in der Boutique umsah, die von indirektem Licht erhellt wurde und mit einem hellen Teppich ausgestattet war.

»Ehrlich? Ich dachte, du wolltest etwas Knallenges mit langen Ärmeln in schwarzer Spitze«, flüsterte ich zurück und erntete einen vorwurfsvollen Blick.

»Lori! Das ist nicht witzig.«

»Finde ich schon.« Ich grinste, als Romy vehement den Kopf schüttelte.

In dem Moment kam eine rundliche Dame mit kurzen braunen Haaren und kornblumenblauen Augen aus dem hinteren Teil des Ladens gerauscht, die von einem groß gewachsenen dunkelhaarigen Typen mit einer sportlichen Figur begleitet wurde.

»Dominik«, entfuhr es mir überrascht, als ich ihn sah.

»Lorelai«, erwiderte er mit einem gut gelaunten Grinsen und fuhr sich durch seine kurzen schwarzen Haare. »Wie ich sehe, haben dich meine Nachrichten noch nicht in die Flucht geschlagen.«

»Ich sehe der Gefahr tapfer ins Auge«, erwiderte ich lächelnd, während Agatha von Bissbinger, eine der beiden Ladenbesitzerinnen, neugierig zwischen uns hin und her schielte. Sie war zwar die freundlichere der beiden Bissbinger-Schwestern, liebte es aber, zu tratschen.

»Wunderbar. Pack ein zweites Paar Schuhe ein, falls wir das erste durchtanzen«, sagte Dominik und zwinkerte mir zu, bevor er Romy und Sophie begrüßte. »Leider muss ich schon wieder los, aber wir sehen uns sicher noch vor der Roten Audienz.«

»Wohin musst du denn?«, fragte ich.

»Zum Eishockey-Training. Sie haben mich zum Teamchef gemacht.«

»Wow, das ist toll.« Ich freute mich aufrichtig für ihn. »Dann müsst ihr die nächsten Spiele ja gewinnen.«

»Genau das Gleiche haben die Jungs auch schon gesagt«, meinte Dominik und grinste mich sexy an, bevor er mir einen Kuss auf die Wange gab und den Laden verließ.

»So ein attraktiver junger Mann«, seufzte Agatha von Bissbinger, nachdem Dominik auf die Straße getreten war und das Türglöckchen nicht mehr klingelte. »Und so reizend! Seine Mutter liebt alte Vasen, und weil sie bald Geburtstag hat, sieht er sich extra im Antiquitätenladen nach einem passenden Geschenk um.« Sie richtete ihre Augen auf mich. »Er ist wirklich ein guter Fang.«

Ich atmete tief ein und nickte.

»Also, was kann ich für euch tun?«, fragte sie dann.

»Herbstball«, erwiderte Sophie knapp und strich sich eine honigblonde Locke hinter das Ohr. Ich konnte mir gut vorstellen, dass sie in demselben Tonfall auch mal »Skalpell« sagen würde, wenn sie ihr Medizinstudium abgeschlossen hatte und im Operationssaal stand.

»Natürlich, der Herbstball. Was für ein wunderbarer Anlass für die Rote Audienz«, erwiderte Agatha strahlend. »Unsere neue Kollektion ist ausschließlich in den Farben des Herbstes gehalten.«

»Ich möchte gern ein Kleid mit einem weit schwingenden Rock«, sagte Romy sofort und Agatha lächelte übers ganze Gesicht.

»Das ist eine ausgezeichnete Wahl. Komm mal mit und ich zeige dir, was ich so alles in deiner Größe habe.«

Ich lächelte Romy aufmunternd zu und nach einem Moment des Zögerns ergriff sie Agathas Hand und folgte ihr plappernd zu einer Reihe von Kleidern im Kinderbereich.

Sophie blickte ihnen still hinterher.

»Alles okay bei dir?«, fragte ich vorsichtig.

Sophie war schon immer etwas ruhiger gewesen, aber seit die Verlobung mit Phillip offiziell verkündet worden war, war sie noch stiller als sonst.

»Ich habe im Moment viel zu lernen«, gab sie zurück und wich meinem Blick aus. Dann ging sie ein paar Schritte zu einem der Kleiderständer und strich sanft mit den Fingern über die zarten Stoffe.

»Ich spreche nicht von deinem Studium«, entgegnete ich und folgte ihr. »Du siehst nicht glücklich aus, Sophie.«

Sie lächelte traurig und sah mich nun zum ersten Mal an. »Mach dir keine Sorgen, Lorelai. Es geht mir gut. Phillip ist ein netter Kerl – und ich schätze, wenn ich jemals eigene Kinder haben will, bleibt mir nichts anderes übrig, als ihn zu heiraten, oder?«

»Du könntest ihn trotzdem einfach nicht heiraten und auf Kinder verzichten.«

Sophie schüttelte den Kopf. »Und die Blutgabe nicht weitergeben? Damit würde ich mich nicht gut fühlen.« Sie machte eine kurze Pause. »Hat sich denn deine Gabe schon gezeigt?« Sie winkte Romy beiläufig zu, die eben mit einem butterblumengelben Kleid über dem Arm in den Umkleidekabinen verschwand.

»Noch nicht.« Ich machte ein paar Schritte zu einer Modepuppe in einem hübschen grünen Seidenkleid. Dabei versuchte ich, mir nicht anmerken zu lassen, dass mich die Tatsache, dass ich so spät dran war, ziemlich belastete.

»Hey. Du hast noch genug Zeit«, sagte Sophie und stellte sich neben mich. »Es gibt viele Helle in unserer Familie, die erst am Tag ihres 18. Geburtstages ihre Gabe entwickelt haben.«

»Wirklich? Nenn mir einen.«

Sophie kniff nachdenklich ihre hübschen graugrünen Augen zusammen. »Onkel Eduard«, erklärte sie schließlich triumphierend.

»Onkel Eduard? Du meinst den Onkel Eduard, der einen Tag nach seinem 18. Geburtstag überfahren wurde und bereits seit vierzig Jahren tot ist?«

Sophie grinste und für einen Moment erinnerte sie mich wieder an meine spitzbübische große Schwester, die ich dazu überredet hatte, einen hässlichen toten Nachtfalter wiederzubeleben und genau dann in Papas Praxis freizulassen, als er die unsympathische Nachbarin wegen ihres Ischias behandelt hatte.

Sie lächelte. »Du wolltest einen Namen, ich habe dir einen gegeben.«

»Danke, jetzt fühle ich mich schon viel besser«, gab ich halb im Scherz zurück und rieb meine Fingerspitzen aneinander. Wann würde ich dieses heiße Prickeln darin empfinden, das man angeblich spürte, sobald die Blutgabe erwachte?

»Es gibt natürlich auch Möglichkeiten, das Ganze etwas zu beschleunigen«, bemerkte Sophie nun und betrachtete sehnsuchtsvoll ein hellgrünes schulterfreies Kleid, das perfekt zu ihrem Teint passte. Ich hätte es tragen können, doch für sie kam es nicht infrage, da zum Eröffnungstanz nur hellrote und dunkelrote Kleider zugelassen waren.

Ich schüttelte den Kopf. »Papa meinte, diese angeblichen Möglichkeiten sind nur Humbug.« Seufzend ließ ich mich auf ein geschmackvolles weißes Ledersofa fallen, das in der Mitte des Raumes stand und einen guten Blick in Richtung der Umkleidekabinen mit den hellroten Samtvorhängen ermöglichte.

Sophie hob eine Augenbraue. »Papa meinte auch, dass Homöopathie Humbug ist, und als er letztens wieder einen seiner Allergieanfälle hatte, haben ihm meine Globuli dennoch geholfen.«

Mit den Fingern klopfte ich auf das Sofa. »Okay. Von welchen Möglichkeiten sprichst du denn?«

Sophie setzte sich neben mich. »Du weißt ja, dass ich mich mit der Geschichte der Hellen beschäftigt habe. In Großvaters altem Buch steht, dass die Hellen früher geglaubt haben, dass es Möglichkeiten gibt, um die Gabe früher erwachen zu lassen – beziehungsweise zu stärken.«

»Und weiter?«, fragte ich und machte mich innerlich darauf gefasst, dass mir nicht gefallen würde, auf welche Weise das Ganze funktionieren würde. »Was für Vorschläge waren das denn?«

Sophie schlug die Beine übereinander. »Ein Bad im Moor bei Vollmond soll helfen.«

»Im Moor?«, wiederholte ich. »Es gibt keine Moore hier in der Gegend.«

»Da hast du leider recht.« Sie rieb sich ihre hübsche Stupsnase, die fast die gleiche Form wie die von Romy hatte. In unserer Familie hatte nur ich eine schmale Nase, die ich angeblich von irgendeiner Urgroßtante geerbt haben sollte. »Du könntest dich auch mit dem Saft der Titanenwurz einreiben«, überlegte sie dann. »Wenn du Mama darum bittest, kann sie in ihrem Gewächshaus sicher eine für dich wachsen lassen.«

»Die Titanenwurz? Das wird ja immer schlimmer. Dann stinke ich doch wie eine Leiche.«

In dem Moment kam Romy in dem butterblumengelben Kleid aus der Umkleide gelaufen. »Wer stinkt wie eine Leiche?«, fragte sie und drehte sich gleich danach im Kreis, um zu überprüfen, ob ihr Rock auch hoch genug schwang. Dabei baumelte ihr dunkelblonder Pferdeschwanz hin und her.

»Du stinkst wie ein vergammelter Kohlkopf, wenn du dich mit der Titanenwurz einreibst«, erwiderte ich.

Romy stoppte mitten in der Drehung und sah mich irritiert an. »Wieso sollte ich das tun? Das ist doch widerlich.«

»Alte Familientradition. Sag bloß, Mama hat dir noch nichts davon erzählt?«

Romy verengte misstrauisch ihre Augen. »Ich glaube dir kein Wort, Lori.«

»Von was für einer Tradition sprecht ihr?«, wollte Agatha, die eben dazugekommen war, nun auch fröhlich wissen.

»In unserer Familie ist es üblich, dass sich jeder, der zum ersten Mal zum Herbstball geht, mit dem Saft der Titanenwurz einreibt, da es eine Herbstblume ist.« Meine Stimme klang völlig ernst, obwohl das alles absoluter Schwachsinn war.

Agatha rümpfte die Nase und ich konnte nicht anders, als zu lachen.

»Ich *wusste* doch, dass du mich veräppelst!«, rief Romy.

Agatha verdrehte die Augen. »Es wäre ja auch eine Premiere gewesen, wenn sie das einmal nicht täte – große Schwestern eben«, murmelte sie dann in sich hinein und wandte sich an Romy. »Gefällt dir denn das Kleid, Schätzchen?«

Meine kleine Schwester nickte und strahlte Agatha an. »Ich finde es wunderschön.«

»Das ist es auch«, stimmte ihr die Boutique-Besitzerin zu. »Und die Farbe wird schön beim Herbstball hervorstechen.« Dann schielte sie in unsere Richtung. »Was für Kleider braucht ihr Mädchen?«

»Ich bin eingeladen worden, den Ball zu eröffnen«, gab Sophie zur Antwort. Wir wussten beide, dass ihr diese Ehre nur zuteilwurde, weil wir eine Drittgeborene in unserer Familie hatten.

»Nun ja, dann ist die Auswahl natürlich eingeschränkter. Die Kleiderordnung ist für den Eröffnungstanz fix vorgeschrieben.« Ein mitfühlender Ausdruck schlich sich in Agathas rundliches Gesicht. »Kommst du damit zurecht, mit einem Dunklen zu tanzen?«

Agathas Frage überraschte mich nicht. Als Zeichen der gegenseitigen Akzeptanz war es üblich, die Paare für den Eröffnungstanz zu mischen, was nicht allen Mitgliedern des Blutadels gefiel.

Sophie strich sich ruhig eine blonde Haarsträhne aus dem Gesicht. »Das stört mich nicht.«

»Warum sollte das Sophie denn stören?«, wollte Romy wissen und drehte sich schon wieder in ihrem neuen gelben Prinzessinnenkleid, das auf der Brust mit winzigen Perlen bestickt war.

Bevor wir etwas erwidern konnten, setzte Agatha bereits zur Antwort an. »Weil nichts Gutes von den Dunklen kommt, mein Kind. Zum Glück gibt es Gesetze, die verbieten, dass wir uns *zu nahe* kommen, und das ist auch richtig so. Während wir das Leben geben, nehmen sie es. Das sagt doch schon alles, oder?«

Romy schien noch zu überlegen, während Agatha sich bereits auf die Suche nach einem passenden Kleid für Sophie machte.

»Glaub nicht alles, was Agatha sagt«, bemerkte Sophie und zog Romy an sich. »Die Dunklen sind nicht per se schlecht, so wie wir Hellen nicht per se gut sind.«

Romy setzte sich auf Sophies Schoß. »Das heißt, sie sind nicht abartig, böse und gemein?«

»Bis jetzt habe ich nur Kontakt mit abartigen, bösen und gemeinen

Dunklen gehabt.« Ich grinste breit, woraufhin Sophie mir spielerisch auf die Schulter schlug.

»Unsere gegensätzlichen Blutgaben haben schon immer zu Spannungen geführt«, erklärte sie. »Aber beide Fähigkeiten haben ihre Berechtigung. Bei den Ärzten zum Beispiel helfen die Dunklen sterbenskranken Menschen, um sie von ihrem Leiden zu erlösen. Aber auch in anderen Bereichen stellen die Dunklen eine Bereicherung dar – beispielsweise beim Personenschutz, in Kriseninterventionsteams oder bei *Ärzte ohne Grenzen*, wo es von unschätzbarem Vorteil ist, wenn sie jemanden ohne Medikamente rasch anästhesieren können.«

Romys Augen weiteten sich. »Weil sie Leute mit einem Nackengriff betäuben können?«

Sophie nickte. »Genau. Manchmal ist das notwendig. Genauso wie wir Hellen jemanden wiederbeleben können, wenn er verunglückt ist und sein Herz aufgehört hat, zu schlagen.«

Romy überlegte und es war entzückend, wie sie Sophie mit ihren Fragen bombardierte. »Das funktioniert aber nicht immer, oder?«

»Das stimmt. Uns bleiben nach dem Tod nur drei Stunden Zeit und es funktioniert auch nur nachhaltig, wenn dem Körper kein irreparabler Schaden zugefügt wurde.«

Romys Augen glänzten wissbegierig. »Musstest du schon mal jemanden wiederbeleben?«

Sophie lächelte. »Ja, aber nicht in meiner Funktion als Ärztin, das dauert noch etwas. Ich habe für meinen Notfallkontakt jemanden wiederbelebt. Jeder Dunkle hat einen hellen Notfallkontakt – falls einmal etwas mit einer Tötung schiefgehen sollte.«

»Wie? Du meinst, wenn jemand versehentlich getötet wird?«

»So etwas kommt vor, passiert aber nicht häufig«, beruhigte Sophie unsere kleine Schwester. »Die Dunklen sind mit ihrer Gabe auch sehr vorsichtig – aber ab und an haben sie ihre Fähigkeit vielleicht noch nicht so gut unter Kontrolle oder sie berühren unabsichtlich jemanden im Nacken. Das ist zum Beispiel dem Dunklen passiert, dem ich zugewiesen wurde – er hatte seine Gabe noch nicht im Griff. Deswegen hat er mich angerufen und ich habe das Mädchen, das er unabsichtlich berührt hatte, wiedererweckt.«

»Das ist so cool«, meinte Romy und ich pflichtete ihr innerlich bei, wobei ich hoffte, dass sich meine Blutgabe bald zeigen würde. Dann zog Romy ihre Nase kraus. »Papa meinte, dass wir auch ausgestopfte Eichhörnchen wiederbeleben können. Warum aber nicht meine Stofftiere?«

Ich lachte, weil mich die Frage als Kind auch schon beschäftigt hatte. Es war faszinierend, dass die Körperhülle eines Lebewesens reichte, um das Leben für einen kurzen Augenblick wieder aufflackern zu lassen.

»Die Hellen können nur etwas wiederbeleben, das schon einmal gelebt hat«, erklärte ich. »Die Magie entfaltet nur dann ihre Wirkung.«

»Außerdem funktioniert es bei ausgestopften Tieren auch nicht länger als drei Minuten«, fügte Sophie hinzu.

»Und dann sind sie wieder tot?«

Sophie strich Romy über die Schulter. »Genau. Und bei Menschen ist es auch so. Menschen, die länger als drei Stunden tot waren, können auch nur für maximal drei Minuten wiederbelebt werden.«

Romy kniff die Augen zusammen. »Und das mit den Stofftieren funktioniert wirklich nicht?«

Ich schüttelte den Kopf und auch Sophie lachte, als Agatha mit ein paar hellroten Kleidern aus dem Lager zurückkam. Romy schwang sich von Sophies Schoß, die aufstand, um die Kleider entgegenzunehmen.

»Da müsste was Hübsches dabei sein. Auch wenn du mit einem Dunklen tanzen musst.«

Ich stand auf und streckte Romy die Hand hin. »Komm, ich helfe dir aus dem Kleid. Sollen wir es nehmen?«

Romy nickte, während sie mit mir zur Umkleidekabine mit dem hellroten Vorhang ging. Sophie verschwand mit ihren blassroten Kleidern in der Nachbarkabine.

»Welches Kleid wirst du zum Ball anziehen?«, fragte Romy mich aus ihrer Umkleidekabine heraus. »Hast du dir schon eines ausgesucht, Lori?«

»Ich habe daran gedacht, das grüne von draußen anzuprobieren.«

Romy zog den Vorhang zur Seite und blickte hinaus zu der Modepuppe. »Das dort? Oh, das sieht wunderschön aus«, meinte sie und grinste. »Und das Grün passt perfekt zu unserem Gewächshaus. Da würde man dich dann überhaupt nicht mehr wiederfinden.«

Ich probierte das Kleid an und drehte mich darin wenig später vor dem Spiegel. Es war schulterfrei und besaß ein eng anliegendes Bustier aus Seide, das in einen weich fallenden, leicht ausgestellten Rock überging, der mit hauchzarten silbernen Blumenranken bestickt war.

»Es ist echt schön«, sagte Romy immer wieder und Sophie nickte.

»Das musst du unbedingt nehmen, Lorelai. Damit wirst du allen den Kopf verdrehen.«

Bei ihren Worten musste ich unwillkürlich an Vitus denken und schob diese Gedanken rasch zur Seite.

»Es ist auch gerade verbilligt«, bemerkte Agatha geschäftstüchtig.

Ich sah meine ältere Schwester an. »Ist es noch in Mamas Budget?«

Sophie rechnete kurz nach, bevor sie nickte. »Gerade noch«, erklärte sie dann.

»Wunderbar!«, strahlte Agatha und klatschte in die Hände. »Dann packe ich euch die Kleider gleich ein.«

Während Sophie bezahlte, gingen Romy und ich nach draußen. Meine kleine Schwester war schon ganz hibbelig wegen des Herbstballs und konnte keine Sekunde mehr stillstehen.

»Agatha hat gemeint, dass wir die hübschesten Schwestern sein werden.« Romy drehte sich immer wieder im Kreis, als würde sie jetzt schon auf dem Ball tanzen. »Was meinst du, welche Kleider werden die Dunklen tragen?«

»Dunkle«, sagte ein Typ mit einem schmalen Gesicht und hohen Wangenknochen, der eben aus einem Hauseingang trat. Romy wäre fast in ihn hineingeknallt und er fing ihre Drehung ab, indem er beide Hände auf ihre schmalen Schultern legte.

Mir stockte der Atem, als ich das sah, und zog Romy schnell von ihm weg.

»Lorelai«, grüßte er mich süffisant und steckte die Hände in die Hosentaschen seiner schwarzen Jeans.

»Arthur«, entgegnete ich kalt und drückte Romy an mich.

»Ist das deine kleine Schwester?« Arthur maß Romy mit einem abschätzigen Blick.

Ich nickte und hoffte, dass Sophie bald kommen würde, damit wir von dem Typen wegkonnten.

»So jung und voller Leben.« Er setzte ein leichtes Lächeln auf und griff spielerisch nach Romys Pferdeschwanz.

»Lass das.«

»Was denn? Ich mache doch gar nichts.«

»Halte deine Finger von ihrem Nacken fern«, verlangte ich schroff.

»Hast du etwa Angst, ich könnte sie unabsichtlich töten? Ich bitte dich, Lorelai. So etwas tun wir doch nicht.« Er machte einen Schritt auf mich zu und seine dunklen Haare schimmerten im Licht der Herbstsonne. »Wir töten absichtlich, nicht unabsichtlich.«

»Warum beruhigt mich das jetzt nicht gerade?«

Er zuckte mit den Schultern und ein spöttischer Ausdruck glitt über sein Gesicht. »Keine Ahnung. Vielleicht weil du einen Grund hast, dich vor uns zu fürchten?«

Ich straffte die Schultern. »Ich habe keinen Grund, dich zu fürchten, ich habe nur einen, dich zu verabscheuen.«

»Du hältst mir noch immer die Sache mit deiner Schildkröte vor? Lorelai, Lorelai, was bist du nur für ein nachtragendes Ding.«

Ich presste die Lippen aufeinander und dachte daran, was damals passiert war. Vor meiner ersten Roten Audienz hatte ich Bammel vor dem Hohen Herrscherhaus gehabt und deswegen meine Schildkröte Fritzi zur seelischen Unterstützung in meiner Umhängetasche eingeschmuggelt. Fritzi hatte mir tatsächlich geholfen, meine Aufregung in den Griff zu bekommen – zumindest bis zu dem Moment, als Arthur sie entdeckt und seinem Cousin davon erzählt hatte. Marvin hatte mir Komplimente zu meinem Kleid gemacht und sich dann meine Tasche geschnappt. Noch immer sah ich vor mir, wie er Fritzi mit einem beiläufigen Nackengriff getötet und dann in den Seerosenteich des Palastgartens geworfen hatte. Ich war sofort weinend losgerannt, um meinen Vater zu suchen – doch als ich mit ihm endlich zum Teich gekommen war, war Fritzi bereits auf den Grund gesunken und es war schon so dunkel gewesen, dass wir ihn nie rechtzeitig gefunden hätten, um ihn zurückzuholen. Arthurs Cousin hatte eine Strafe bekommen, von der ich nicht genau wusste, wie sie ausgefallen war, doch ich war mir sicher, dass sie nicht hoch genug gewesen war. Denn Fritzi war für immer tot.

In dem Moment beugte sich Arthur zu Romy runter. »Du bist eine Drittgeborene, nicht wahr?«

»Das hat dich nicht zu interessieren«, schoss ich hervor und zog Romy weiter zu mir.

»Jetzt sei doch nicht so, Lorelai. Du kannst doch stolz sein, eine Drittgeborene in der Familie zu haben. Wenn sie eine Dunkle wäre, würde sie vielleicht sogar die Ehre erfahren, einen meiner Cousins zu heiraten. Zum Beispiel Marvin, den magst du doch ganz besonders, nicht wahr?«

Ich schnaubte abfällig. »Ich weiß nicht, von welcher Ehre du da sprichst.« Dabei wollte ich mir nicht vorstellen, dass Marvin nach der Abdankung des jetzigen Fürstenpaares garantiert den Dunklen Thron besteigen würde, wenn er eine Drittgeborene heiratete. Denn dann könnte ihm niemand mehr dieses Amt streitig machen, nicht einmal sein älterer Bruder Marcus, der in der Thronfolge eigentlich an erster Stelle stand. Es war äußerst unwahrscheinlich, dass auch er Zugriff auf eine heiratsfähige Drittgeborene bekam.

»Es ist schon seltsam, dass ihr Hellen eine Drittgeborene habt und wir Dunklen aktuell nicht, zumindest nicht in der Gegend. Geht das denn wirklich mit rechten Dingen zu?«

Arthur sah mich ernst an und ich dachte daran, was Josephine erzählt hatte. Dass bereits im Ausland nach einer geeigneten Heiratskandidatin für Marcus gesucht wurde und es dort anscheinend doch eine Drittgeborene gab.

Ohne eine Antwort abzuwarten, wandte sich Arthur wieder Romy zu. »Wirklich schade, dass du eine Helle bist.«

»Ich werde so schnell niemanden heiraten«, meldete sich Romy zu Wort und rümpfte die Nase. »Und sicher keinen wie dich.«

Arthur grinste. »Das lose Mundwerk liegt wohl in der Familie. Aber als Drittgeborene hat der Fürst Anspruch auf dich, sobald du 18 bist, ob du willst oder nicht. Er kann dich sogar für sich selbst beanspruchen und seine eigene Frau vom Thron stoßen, um sich für dich zu entscheiden.«

»Arthur, hör auf damit«, zischte ich, auch wenn seine Worte der Wahrheit entsprachen. Es war in der Geschichte des Blutadels ein paar Mal vorgekommen, dass ein Fürst seine Ehe aufgelöst hatte, um sich mit einer Drittgeborenen zu verheiraten – was ich äußerst paradox fand. Man musste unverheiratet sein, damit man am Tag der Krönung die Ehe schließen konnte – tauchte aber eine Drittgeborene auf, war es kein Problem, sich später seiner Fürstin wieder zu entledigen. Da drittgeborene Söhne nicht über besondere Fruchtbarkeit verfügten, war dieses Recht auch nur den Fürsten vorbehalten. Laut meinem Vater gab es dieses Gesetz seit über hundert Jahren, um der Kinderlosigkeit der herrschenden Familien entgegenzuwirken, was die Sache jedoch in meinen Augen nicht besser machte.

»Wenn du meinst.« Arthur blickte Romy mit seinen dunklen Augen eindringlich an. »Sag, hast du auch ein Lieblingstier?«

Ich schüttelte den Kopf. »Schön, dass du dich im Laufe der Zeit weiterentwickelt hast«, stieß ich ironisch hervor.

»Wir entwickeln uns doch alle weiter, nicht wahr? Aber auch wenn deine Schwester bald heiß begehrt sein wird, was ist mit dir, Lorelai?« Er lächelte mich kalt an. »Hast *du* denn schon einen Partner? Man munkelt, dass da was zwischen dir und diesem Dominik von Morgenstern läuft. Gibt es hier schon Heiratsverhandlungen und halten sich die anderen Bewerber nun zurück?«

Ich lächelte süß. »Warum? Möchtest du einen Antrag stellen? Das wird leider nicht funktionieren, Arthur.«

»Du brichst mir das Herz«, entgegnete er kühl.

»Das glaube ich kaum«, sagte ich und schob Romy zum Auto. »Denn dafür müsstest du doch erst eines haben, nicht wahr?«

KAPITEL 7

Den ganzen Weg nach Hause beschäftigte mich die Begegnung mit Arthur, und obwohl ich keinem Dunklen so viel Macht über mich geben wollte, bekam ich sein provokantes Verhalten einfach nicht mehr aus dem Kopf. Die bunten Blätter der herbstlichen Bäume segelten draußen zu Boden und ich öffnete und schloss ein paar Mal meine Hände, die sich seltsam kalt anfühlten. Dabei starrte ich gedankenversunken aus dem Fenster.

Auch Romy war seit der Begegnung mit Arthur ungewöhnlich still und Sophie blickte mehrfach besorgt in den Rückspiegel, bevor sie schließlich die Stirn runzelte.

»Alles okay bei euch?«, fragte sie Romy und mich.

Ich nickte, da ich in der Gegenwart von Romy nicht über Arthur sprechen wollte, und wechselte rasch das Thema.

»Bleibst du heute zum Abendessen?«

Sophie setzte den Blinker und schüttelte den Kopf. »Keine Zeit«, erwiderte sie, während sie ihren Polo durch die schattige Allee lenkte, an deren Ende unser Grundstück mit dem straßenseitig gelegenen Blumenladen lag.

Romy beugte sich auf der Rückbank nach vorn. »Du musst bleiben, Sophie. Ich habe Napoleon ein neues Kunststück beigebracht.«

»Napoleon?«, wiederholte Sophie abwesend. »War das die Ratte oder das Meerschweinchen?«

»Schildkröte«, flüsterte ich schnell.

»Du weißt nicht mal mehr, wer Napoleon ist?«, empörte sich Romy. »Jetzt musst du aber zum Essen bleiben.«

»Ich würde total gern, Süße. Aber ich muss heute wirklich noch was für mein Studium machen. Außerdem kommen Phillip und ich doch am Wochenende zum Essen.«

»Dann bist du aber so komisch drauf, das gilt nicht«, maulte Romy. »Komm doch jetzt mit, Sophie.«

Meine ältere Schwester schüttelte den Kopf. »Leider, es geht wirklich nicht. Ich muss noch so viel lernen.«

Romy verzog das Gesicht, während Sophie ihren kleinen weißen Polo hinter einem schwarzen Motorrad parkte. Dann blickte ich zu Romy, die sich gerade abschnallte.

»Wenn Napoleon sein Kunststück am Samstag nicht mehr kann, brauchst du dich nicht zu beschweren«, erklärte sie Sophie mit erhobenen Augenbrauen und öffnete die Tür.

Sophie lächelte. »Ich bin sicher, dass du Napoleon bis dahin sogar noch eines beibringst.«

»Ja, vielleicht bringe ich ihm bei, auf Phillips Schuhe zu pinkeln.« Romy lächelte spitz und stieg aus.

Schnell gab ich Sophie einen Kuss auf die Wange und folgte meiner kleinen Schwester dann auf den Bürgersteig.

»Phillip ist so was von öde«, bemerkte Romy, als ich hinter uns die Glocke des Blumenladens hörte. »Der macht nur langweilige Sachen und zieht langweilige Klamotten an.«

»So langweilig ist Phillip nun auch wieder nicht. Er ist …« Ich zögerte kurz, um nach den richtigen Worten zu suchen.

»Das würde mich jetzt aber auch interessieren, wie dieser Phillip so ist«, erklang in dem Moment eine raue Stimme und ich fuhr herum. »Hoffentlich besser als der andere. Wie hieß er noch mal? Dominik?«

Auch Romy lugte neugierig an mir vorbei und betrachtete den sportlichen Typen in der schwarzen Jeans, der mit einem hintergründigen Lächeln aus dem Blumenladen getreten war. Als ich sah, dass es sich dabei um Vitus handelte, schnellte mein Puls in die Höhe – und noch mehr, als mir bewusst wurde, dass er schon wieder weiße Blumen gekauft hatte. Diesmal einen Strauß Margeriten – und ich fragte mich unwillkürlich, welchen Anlass es heute dafür gab.

»Kennt ihr euch?«, fragte Romy in die kurze Stille hinein und ich registrierte, dass ich ihn noch immer anstarrte, ohne geantwortet zu haben.

»Ja«, erwiderte ich rasch. »Vitus geht seit Kurzem auch auf meine Schule.«

»Wir durften zusammen Frösche sezieren«, erklärte er Romy und kam lässig näher. Dabei fixierten mich seine dunklen Augen, sodass ich nicht wegsehen konnte.

»Stimmt. Und einer der Frösche hat sogar noch gezuckt.«

Ich musste grinsen, als er kurz das Gesicht verzog. Dabei fiel mir auf, dass die Schramme auf seiner Wange schon beinahe verheilt war.

»Igitt«, meinte Romy. »Also ich will nie einen Frosch aufschneiden.«

Ich zuckte mit den Schultern. »Manches kann man sich eben nicht aussuchen.«

»Anderes schon«, sagte Vitus und blieb direkt vor uns stehen. »Lust auf einen Ausflug?«, fragte er mich dann und nickte mit dem Kinn in Richtung des glänzenden schwarzen Motorrads, das noch ziemlich neu aussah.

Überrascht starrte ich ihn an. »Du willst mich auf deinem Motorrad mitnehmen?«

Er zog eine Augenbraue hoch. »Ich dachte, es sei dir lieber, als neben mir herzurennen.«

Romy begann zu kichern, als sie das hörte, und Vitus zwinkerte ihr zu. Dabei schlich sich ein amüsierter Ausdruck in sein Gesicht, der etwas in meinem Bauch zum Flattern brachte.

»Wer sagt dir denn, dass ich überhaupt Lust habe, mitzukommen?«, erwiderte ich schnell und versuchte, mir nichts von dem Herzklopfen anmerken zu lassen.

Er lächelte träge und zupfte eine weiße Margerite aus seinem Strauß. »Immerhin habe ich dir eine Blume mitgebracht.«

Ich starrte auf die Wiesenblume und meine Finger bewegten sich wie von selbst darauf zu, um sie anzunehmen.

»Lori, ich glaube nicht, dass Mama und Papa damit einverstanden wären«, raunte Romy mir von der Seite zu und ich wusste, dass sie recht hatte. Meine Eltern waren begeisterte Anhänger von Dominik und sicher alles andere als erfreut, wenn ich Blumen von einem Gewöhnlichen annahm. Aber irgendwie waren meine Finger schneller als mein Verstand.

Vitus grinste, als ich die Margerite entgegennahm, und entblößte eine Reihe weißer Zähne, die zusammen mit seinem Bartschatten und den markanten Gesichtszügen unverschämt sexy auf mich wirkten.

»Wieso sollten deine Eltern nicht einverstanden damit sein, dass ich Blumen bei euch kaufe?«, fragte er amüsiert nach.

Romy öffnete den Mund und da ich nicht das Risiko eingehen wollte, dass sie Vitus mit einer seltsamen Antwort irritierte, ging ich rasch dazwischen.

»Wenn Vitus in Zukunft immer alle Blumen *bei uns* kauft, haben sie sicher nichts dagegen«, flüsterte ich ihr zu. »Immerhin ist er dadurch gut fürs Geschäft.«

Vitus' Grinsen vertiefte sich. »Deine Art, zu denken, gefällt mir, Blumenmädchen. So materialistisch.« Dann zog er einen Motorradschlüssel aus seiner Jeanstasche und betrachtete mich intensiv. »Also, fährst du jetzt mit oder willst du lieber rennen?«

»Ich habe noch nicht gesagt, dass ich überhaupt mitkomme«, erwiderte ich schnell und fühlte, wie mir das Blut in die Wangen stieg.

»Du hast aber auch nicht gesagt, dass du es nicht tust.«

Seine dunklen Augen bohrten sich in meine, was mich zunehmend nervös machte.

Romy blickte zwischen uns hin und her. Ich wusste, dass es am klügsten gewesen wäre, die Hand meiner kleinen Schwester zu nehmen und nach Hause zu gehen. Aber meine Beine waren wie festgewachsen.

»Wohin fährst du eigentlich?«

»Es gibt eine Ausstellung, die wollte ich mir ansehen«, meinte er beiläufig. »Magst du Kunst?«

»Ist das ein Date?«, mischte sich Romy von der Seite ein und senkte die Stimme. »Du darfst doch nicht allein weit wegfahren«, flüsterte sie dann.

Vitus rieb sich die kleine Narbe oberhalb seiner Augenbraue. »Wieso nicht? Deine Schwester ist doch schon ein großes Mädchen.«

»Ja, aber …«, begann Romy und biss sich auf die Lippen.

»Außerdem fahren wir gar nicht so weit weg, falls dich das beruhigt«, fügte er hinzu und machte ein paar Schritte zu seinem Motorrad. Dort verstaute er den Blumenstrauß in einer Seitentasche und stülpte sich den dort befestigten Helm über den Kopf. Dabei betrachtete er mich herausfordernd. »Also? Du hast mir noch keine Antwort gegeben.«

»Ja«, sagte ich aus einem Impuls heraus. »Ich mag Kunst.«

»Großartig, ich auch.« Vitus klappte das Visier herunter. Dann schwang er sich auf die schwarze Maschine und fischte einen zweiten Helm hervor, den er mir entgegenhielt.

Zögernd blickte ich auf seinen ausgestreckten Arm und dachte kurz, dass ich ihn eigentlich noch nicht gut genug kannte, um mit ihm auf eine Spritztour zu gehen. Andererseits gingen wir in dieselbe Klasse.

Mit klopfendem Herzen schob ich alle Bedenken beiseite, griff nach dem Helm und befestigte den Verschluss unter meinem Kinn. Dabei war mir klar, dass meine Eltern mir eine Standpauke halten würden, wenn sie Wind davon bekamen, dass ich mit einem Gewöhnlichen einfach so auf seinem Motorrad mitfuhr.

»Sagst du Mama, dass ich etwas später heimkomme?«, bat ich Romy, die mit zusammengekniffenen Augen auf dem Gehweg stand.

»Und was soll ich sagen, wenn sie mich fragt, wo du bist?« Meine kleine Schwester verschränkte herausfordernd die Arme vor der Brust.

»Sag ihr, ich bin mit jemandem aus meiner Klasse unterwegs«, sagte ich und legte in meinen Blick die Bitte, mich nicht zu verpetzen. Wenn Vitus Romys Verhalten seltsam vorkam, so ließ er es sich zumindest nicht anmerken.

»Okay«, meinte sie nach einer merklichen Pause. »Sollen wir mit dem Essen auf dich warten?«

»Besser nicht«, gab Vitus zurück und seine etwas raue Stimme klang durch den Helm hindurch noch aufregender als sonst. »Steig auf«, sagte er dann in meine Richtung.

Ich war froh, dass ich eine enge Jeans und kein Kleid trug, als ich hinter ihm auf die Maschine kletterte und zaghaft die Arme um seinen Bauch legte.

»Fester«, sagte er über die Schulter. »Du musst auch näher an mich rutschen, sonst fällst du bei der ersten Kurve runter.«

Befangen rutschte ich auf dem Sattel so nah zu ihm, bis ich seinen Rücken an meiner Brust fühlte, und verstärkte meinen Griff um seinen Körper. Sein Nacken befand sich nun genau vor meiner Nase und ich konnte seinen frischen und leicht herben Geruch wahrnehmen. Automatisch atmete ich tiefer ein.

Er drehte leicht den Kopf. »Klapp das Visier runter. Und halt dich gut fest.«

Ich nickte und fühlte, wie mein Magen einen kleinen Hüpfer machte, als Vitus den Motor startete. Das tiefe Brummen der Maschine passte zu ihm und seiner männlichen Ausstrahlung.

Rasch winkte ich Romy zu, die noch immer skeptisch wirkte, und schlang die Arme fest um seinen Bauch. Im nächsten Moment gab er Gas und lenkte das Motorrad auf die Straße. Die Maschine nahm rasch an Fahrt auf und ich klammerte mich an ihm fest, während der

Herbstwind uns entgegenwehte und die Landschaft an uns vorüberzog. Mein Herz schlug wahnsinnig schnell in meiner Brust und ich hatte das Gefühl, als würde ich fliegen. Es erinnerte mich an meine Ausritte mit Zerberus – nur dass ich hier eine brummende Maschine statt eines warmen Pferdeleibes unter meinen Schenkeln hatte. Und einen verdammt attraktiven Typen vor mir auf dem Sattel.

Er trug wieder die graue Lederjacke und ein schwarzes T-Shirt, dessen Stoff so dünn war, dass ich seinen Sixpack hindurch fühlen konnte. Offenbar machte Vitus Sport – anders ließen sich diese Muskeln nicht erklären – und ich versuchte, meine Finger nicht über seinen Bauch streichen zu lassen.

In dem Moment machte die Straße einen Schlenker und ich presste mich unbewusst an ihn, während er sich in die Kurve legte. Obwohl es das erste Mal war, dass ich auf einem Motorrad mitfuhr, fühlte ich mich in jeder Sekunde sicher bei ihm und war fast ein wenig enttäuscht, als wir den dichteren Verkehr der Innenstadt erreichten und er schließlich in eine Seitengasse einbog, wo er die Maschine parkte und den Motor abstellte.

»Wir sind da«, verkündete er über die Schulter und ich hatte ein wenig weiche Knie, als ich von dem Bike kletterte und den Helm abnahm.

»War besser als rennen, oder?« Auf seinen attraktiven Zügen spielte ein herausforderndes Lächeln.

»Für dich auch, oder?«, erwiderte ich im gleichen Tonfall und brachte ihn damit zum Lachen. Es war ein tiefes Geräusch, das mir direkt in den Magen fuhr. »Also«, überspielte ich das schnell und gab ihm den Helm zurück. »Wohin hast du mich gebracht?«

»Wir sehen uns eine Ausstellung an«, sagte er, nachdem er abgestiegen war, und verstaute die Helme in den Satteltaschen. Dann griff er wie selbstverständlich nach meiner Hand. »Edvard Munch. Liebe, Tod und Einsamkeit.«

»Wow. Das klingt ja …«

Er warf mir im Gehen einen Blick von der Seite zu und ich fühlte mein Herz bis zum Hals klopfen, weil ich bis vor einer halben Stunde noch nicht damit gerechnet hatte, den Nachmittag heute mit ihm zu verbringen.

»Wie klingt das?«, wollte er wissen.

»Speziell.«

»Dann passt es ja zu dir, Blumenmädchen«, meinte er und zog mich durch einen hohen Eingang in eine riesige mit Marmor ausgelegte Halle. Kühle Luft schlug mir entgegen und unsere Schritte verursachten hallende Geräusche in dem großen Foyer.

»Warst du schon mal bei einer Munch-Ausstellung?«, wollte ich wissen und folgte Vitus bis zu einem Kartenschalter, wo er zwei Eintrittskarten löste.

»Nein«, meinte er über die Schulter. »Aber meine Eltern haben einen Druck von Munch im Esszimmer hängen.«

»Im Esszimmer?«, wiederholte ich skeptisch. »Ganz schön düster.«

Er zuckte mit den Schultern. »Wir sind eben nicht so blumig unterwegs wie du.«

»Das hätte ich jetzt nicht vermutet«, meinte ich. »Schließlich hast du bei zwei von drei Begegnungen Blumen in der Hand gehabt.«

»Ja, aber immer nur kurz. Und bei unserer zweiten Begegnung war es ein toter Frosch, das kompensiert natürlich einiges.«

Ein Lächeln legte sich auf mein Gesicht und wir traten durch eine weitere Tür in einen breiten Korridor, der mit einem dunklen Läufer ausgelegt war. An den Wänden hingen ausschließlich Bilder von Edvard Munch und schon beim ersten Blick auf die düsteren Farben und die melancholischen Motive spürte ich die Stimmung des norwegischen Künstlers auf mich übergehen.

»Das wirkt nicht so, als ob er ein glücklicher Mensch gewesen war«, bemerkte ich, als wir langsam durch die Reihen mit den Exponaten schritten.

»Munch hat mit fünf Jahren seine Mutter verloren und seiner älteren Schwester beim Sterben zugesehen.«

Vitus blieb vor einem Bild stehen, das ein blasses Mädchen in einem Krankenbett zeigte. Neben ihr saß eine Frau, die das Gesicht in den Händen verborgen hatte und völlig gebrochen wirkte.

Das kranke Kind, stand unter dem Werk und mir stockte der Atem, als mich die Eindringlichkeit des Gemäldes traf.

»An diesem Bild hat er länger als ein Jahr gemalt«, fuhr Vitus fort und ich lauschte ihm gebannt, während er etwas näher trat. Es waren nicht viele Menschen im Museum und die Stille der Korridore, gemeinsam mit den düsteren Gemälden, erzeugte eine ganz eigene Stimmung, die mir eine Gänsehaut bescherte.

»Nachdem Munch monatelang mit diesem Bild gerungen hatte, entschloss er sich 1886, es als Skizze zur Herbstausstellung in Oslo zu präsentieren.« Vitus stockte und warf mir einen kurzen Blick zu. »Die Reaktionen der anwesenden Maler waren vernichtend. Ihm wurde gesagt, er male wie ein Schwein und dass seine Hände wie Vorschlaghämmer aussähen. Dennoch war dies wahrscheinlich sein bedeutendstes Werk, wenn auch nicht sein berühmtestes.«

Ich nickte und versuchte, etwas von der beklemmenden Atmosphäre des Bildes wieder abzuschütteln.

»Der Tod ist auf diesem Bild allgegenwärtig«, murmelte ich.

»Der Tod ist immer allgegenwärtig.« Vitus ging weiter. »Selbst wir sterben in jedem Augenblick, den wir miteinander sprechen.«

»Unsere Zellen vielleicht. Gleichzeitig erneuern sie sich jedoch unablässig. Ich würde daher eher sagen, das Leben ist allgegenwärtig.« Mit einem schiefen Lächeln blickte ich mich um. »Okay, hier vielleicht nicht – aber außerhalb dieser Mauern schon.«

»Du bist ganz anders, als ich dachte, Blumenmädchen«, sagte Vitus und blieb vor dem *Schrei* stehen, dem einzigen Bild hier, das ich auch zuvor schon oft gesehen hatte.

»Wie bin ich denn?«, wollte ich wissen und hob beide Augenbrauen. »Abgesehen von speziell«, fuhr ich fort, da mir seine Bemerkung von vorhin nicht mehr aus dem Kopf gegangen war.

»So ... lebensbejahend«, sagte Vitus und es klang beinahe überrascht. Seine Augen glitten über mein Gesicht und ich konnte den Ausdruck darin nicht deuten.

»Dachtest du, nur weil ich schwarze Haare habe, stehe ich auf düstere Geschichten von Vampiren und Friedhöfen?«, erwiderte ich spöttisch.

Er antwortete nicht und steckte stattdessen die Hände in die Hosentaschen. »Tust du es denn?«, fragte er gelassen zurück. »Immerhin verdient ihr mit Friedhöfen auch euer Geld, richtig?«

»Das ist wahr. Und womit verdient ihr so euer Geld?« Ich betrachtete bezeichnend die Schramme auf seiner Wange. »Mit Boxkämpfen?«

Vitus grinste. »Beinahe. Mein Vater ist Diplomat und meine Mutter Menschenrechtsanwältin.«

»Und du redest nicht gern über sie?« Ich schlenderte mit ihm weiter zu einem Bild, das den Titel *Zwei Frauen am Meeresufer* trug. Eine der beiden hatte den Blick auf den Ozean gerichtet. Sie trug ein weißes Kleid und hatte lange blonde Haare, während die zweite in einem schwarzen Kleid und von einem Schleier verhüllt auf einem Stein saß. Eine seltsame Traurigkeit ging von dem Bild aus und ich musste automatisch an die Hellen und die Dunklen denken, die sich ebenso stark voneinander unterschieden wie die beiden Frauen auf diesem Gemälde.

»Wie kommst du darauf?«

»Nur so ein Gefühl. Du scheinst nicht über sie sprechen zu wollen. Haben sie vielleicht etwas mit dem Anruf in der Cafeteria zu tun?«

Ich wollte nicht neugierig wirken, aber irgendwie hatte mir diese Frage noch immer auf der Zunge gelegen.

Er sah mich unbewegt an. »Das beschäftigt dich und Lucy noch immer, oder?«

»Vielleicht.«

»Meine Eltern sind nicht sonderlich spannend«, erklärte er, während sich seine Augen an der schwarz gekleideten Frau auf dem Bild festsaugten.

»Welche Eltern sind das schon«, sagte ich und beschloss, das Thema mit dem Anruf nicht weiter zu vertiefen, da er offensichtlich nicht mit mir darüber sprechen wollte.

Vitus wandte den Kopf zu mir. »Ich hatte den Eindruck, dass du dem Beruf deiner Mutter einiges abgewinnen kannst.«

Schulterzuckend ging ich weiter. »Ist das so offensichtlich?«

Vitus nickte. »Würdest du es denn gern verstecken?«

Ich schüttelte den Kopf. »Nein, eigentlich nicht. Ich mag die Arbeit mit Blumen.«

»Das habe ich schon bei unserer ersten Begegnung bemerkt«, sagte er. »Der Strauß ist auch gut angekommen.«

»Ist er das?«

»Sehr sogar«, erwiderte Vitus. »Allerdings haben die Blumen nur einen Tag gehalten. Deshalb musste ich heute Nachschub besorgen.«

»Nur einen Tag?« Ich runzelte die Stirn. »Was habt ihr denn mit ihnen gemacht? – Nein, ich will es lieber nicht wissen.«

Er lachte leise. »Offensichtlich haben wir kein besonderes Händchen für Pflanzen.«

»Du und deine Lady?«, fragte ich und Vitus blieb plötzlich vor mir stehen. Seine unerwartete Nähe brachte mich total durcheinander und seine dunklen Augen waren so eindringlich auf mich gerichtet, als ob sie jedes meiner Geheimnisse erforschen wollten. Ich schluckte gegen meinen trockenen Mund an, während ich den Blick erwiderte.

»Dich scheint meine Lady doch irgendwie zu interessieren.« Er hob eine Hand und schob mir sanft eine Haarsträhne aus dem Gesicht.

»Wie meinst du das?«, fragte ich so gelassen wie möglich.

»Das weißt du genau.«

Als seine Fingerspitzen meine Haut berührten, fühlte es sich an, als hätte er mir einen leichten elektrischen Schlag versetzt, und ich atmete scharf ein. Auch Vitus' Gesicht wurde völlig ernst.

»Also?« Er hob eine Augenbraue.

»Gibt es sonst noch etwas, das du gern tust, abgesehen davon, dir deprimierende Kunst anzusehen?«, fragte ich schnell, weil ich mich nicht in die Enge drängen lassen wollte.

Er lächelte. »Ich sehe mir auch gern deprimierende Filme an«, gab er in einem Ton zurück, dass ich mir nicht sicher war, ob er es ernst meinte oder nicht. »Bevorzugt in Schwarz-Weiß.«

»Das ist ungewöhnlich.«

»Wirklich?«, fragte er.

Ich kniff die Augen zusammen. »Oder sagst du das nur, weil du doch ein besserer Stalker bist, als du mir weismachen willst?«

Vitus lachte und das Geräusch führte dazu, dass meine Mundwinkel wie von selbst ebenfalls nach oben wanderten.

»Und wieso das?«, wollte er amüsiert wissen, während einige Museumsbesucher uns irritierte Blicke zuwarfen, weil wir offenkundig zu gute Laune für diese Ausstellung hatten.

»Weil ich alte Schwarz-Weiß-Filme liebe. Fast genauso wie Blumen – und das will was heißen.«

»Nun, dann weiß ich auch schon, wohin uns unser nächstes Date führen wird«, meinte er ganz selbstverständlich und ein kleiner Glücksschauer rieselte über meine Haut. Er beugte sich zu mir. »Meine Lady wird auch nichts dagegen haben«, erklärte er in einem verschwörerischen Tonfall.

Ich zuckte mit den Schultern. »Ich habe einem neuen Treffen noch nicht zugestimmt.«

»Das wirst du schon noch.«

»Wer weiß.«

Das Eingangssignal einer WhatsApp-Nachricht ertönte, das ich ignorierte. Wenn Romy mich bei Mama verpetzt hatte, weil ich mit einem Gewöhnlichen ausging, dann würde ich das schon noch früh genug erfahren.

»Vielleicht hilft es dir, wenn ich dir sage, dass meine Lady über achtzig ist.«

Eine spontane Woge der Erleichterung kam in mir hoch, doch ich tat erschrocken. »Du stehst also auf ältere Frauen?«

Vitus nickte, während sein Mundwinkel zuckte. »Normalerweise schon, aber bei dir mache ich eine Ausnahme.«

Spöttisch lächelnd hob ich eine Augenbraue. »Ich könnte aber beim nächsten Mal auch einen Gehstock mitnehmen, falls das hilft.«

Ein tiefes Grinsen zeichnete sich auf seinem Gesicht ab. »Also gibt es ein nächstes Mal?«

KAPITEL 8

Sein Lächeln war absolut heiß – und ich musste mich beherrschen, nicht allzu enthusiastisch zurückzugrinsen, obwohl ich mir nun wirklich Schlimmeres vorstellen konnte, als ein weiteres Date mit Vitus Rabenau.

»Danke für die Einladung zur depressivsten Kunstausstellung, auf der ich je gewesen bin«, sagte ich am Abend, als er mich zwei Stunden später wieder vor unserem Grundstück abgesetzt und ich ihm den Motorradhelm zurückgegeben hatte.

»Gern geschehen.« Er lächelte mich an. »Das nächste Mal versuche ich, es mit dem depressivsten Schwarz-Weiß-Film, den du je gesehen hast, zu toppen. Was hältst du vom *Elefantenmensch*?«

»Klingt verlockend.« Angespannt warf ich einen Blick über die Schulter, um sicherzugehen, dass wir nicht von meinen wütenden Eltern belauscht wurden. »Falls du danach noch zu gut drauf bist, kann ich dir im Anschluss *Umberto D.* empfehlen. Nach diesem Film möchte man für gewöhnlich aus dem Fenster springen.«

Vitus lachte leise. »Klingt nach einem verdammt guten Plan.«

Ich hob eine Augenbraue. »Sei dir da nicht zu sicher«, meinte ich und machte einen Schritt rückwärts zu unserem schmiedeeisernen Gartentor, über das ich einen neuerlichen Blick warf.

»Machst du dir Sorgen, dass dein eifersüchtiger Freund aus dem Gebüsch springt?«, fragte Vitus und sah mich spöttisch an. Seine Worte führten dazu, dass sich mein Magen kurz zusammenzog, was ich mir jedoch nicht anmerken ließ.

»Falls Dominik aus dem Gebüsch springen würde, solltest wohl eher du dir Sorgen machen«, gab ich ebenso spöttisch zurück.

Vitus grinste sexy und startete seine Maschine. Das tiefe Brummen des Motors passte perfekt zu seinen breiten Schultern und seiner selbstbewussten Körpersprache. »Bis zum nächsten Mal, Blumenmädchen«, meinte er dann und tippte sich an den Helm.

Ich nickte ihm zu und lächelte noch kurz, bevor ich mich umdrehte und durch unser Gartentor schlüpfte. Dabei hatte ich das Gefühl, seinen intensiven Blick in meinem Rücken zu fühlen, bevor ich hörte, wie er Gas gab und davonfuhr.

Unwillkürlich drehte ich mich noch einmal zur Straße um, bevor ich den verschlungenen Pfad zu unserem Haus einschlug. Dabei musste ich aufpassen, nicht zu breit zu grinsen – andernfalls würden meine Eltern sofort checken, dass ich nicht nur bei einem harmlosen Treffen mit einem Klassenkameraden gewesen war.

In diesem Moment ertönte wieder das Eingangssignal einer WhatsApp-Nachricht und ich umrundete einen wild wuchernden Hortensienstrauch, als ich nach meinem Telefon griff.

»Lori, du musst sofort nach Hause kommen«, las ich die Nachricht von Romy und schloss für einen Moment die Augen.

Verdammt. Offenbar hatte sie Mama doch mehr über Vitus erzählt, als ich gehofft hatte.

In dem Moment trudelte noch eine Nachricht ein. *»Bitte, ich habe Angst.«*

Meine Finger verkrampften sich um das Handy und ich blickte automatisch hoch zu unserer alten Villa mit dem efeubewachsenen Giebeldach, das sich in den Nachthimmel reckte. Alle Fenster waren hell erleuchtet, dennoch hatte ich das Gefühl, als würde sich etwas um meinen Brustkorb wickeln und zudrücken.

»Bin schon im Garten. Was ist los?«, schrieb ich zurück und schrak zusammen, als ich rechts von mir ein schepperndes Geräusch hörte. Geduckt huschte ich in den Schatten des knorrigen Apfelbaumes, unter dessen Zweigen ich schon als Kind gespielt hatte, und linste zu unserem Gewächshaus. Es war komplett verglast und hatte ein nach oben hin spitz zulaufendes Dach mit schwarz eingefassten Aluminiumrändern, das ihm entfernte Ähnlichkeit mit einem Fachwerkhaus verlieh. Mein Herz klopfte wild und schnell in meiner Brust, als ich sah, dass sich mehrere Männer darin bewegten, die alle die schwarze Uniform der Roten Garde trugen.

Was machte die Garde bei uns? Und warum waren sie in Mamas Gewächshaus?

Ohne lange zu überlegen, schlich ich mich an die großen Scheiben heran und schluckte trocken, als ich von außen sah, mit welcher Brutalität die Männer sich durch unsere Pflanzen wühlten. Auf einer Länge von etwa zwölf Metern hatten Mama und ich Felder für die Schnittblumen angelegt, die sich bei den Kunden am besten verkauften. Nun presste ich meine Hand auf den Mund, als ich sah, wie die Mitglieder der Roten Garde mit ihren schweren Stiefeln durch die Beete stapften, ohne auch nur die geringste Rücksicht auf unsere Blumen zu nehmen. Ihre zarten Stängel wurden niedergetrampelt oder gar ausgerissen, während die Männer schweigend die Erde durchsuchten. Ihre glatten roten Masken, die nur die obere Hälfte des Gesichts bedeckten, passten zu ihren zusammengepressten Lippen und der schweigsamen Effizienz, mit der sie ihre Aufgabe erledigten.

In diesem Moment ertönte erneut das Eingangssignal meines Handys und ich zuckte bei dem Ton heftig zusammen. Einer der Männer drehte den Kopf in meine Richtung und ich wich instinktiv in den Schatten des Apfelbaumes zurück. Die herabhängenden Zweige schaukelten sanft im Wind und ich spürte die beruhigende Kühle auf meinen erhitzten Wangen, während mein Herz so heftig gegen meinen Brustkorb klopfte, dass ich jeden Schlag spüren konnte.

Durch das Glas des Gewächshauses konnte ich sehen, wie der Gardist einen Schritt in meine Richtung machte und dabei eine gelbe Nelke zertrat, die aus dem Blumenbeet in die Höhe wuchs. Währenddessen suchten seine dunklen Augen den Bereich vor dem Gewächshaus ab und ich presste meinen Rücken gegen den Stamm des Apfelbaumes. Als er sich kurz zu einem Kollegen umwandte, wartete ich keine Sekunde länger und sprintete los. Ich wandte mich nach links, in Richtung unseres Hauses, doch statt die drei Stufen zur großen Terrasse und dem Haupteingang hinaufzulaufen, umrundete ich das Gebäude und hielt erst an, als ich den Hintereingang erreicht hatte. Dieser Bereich des Hauses wirkte verwittert, was zum einen an der undichten Regenrinne und zum anderen an der abblätternden Farbe der schmalen Holztür lag, die zur Zeit der Jahrhundertwende wohl als Dienstboteneingang genutzt worden war. Heute war es der kürzeste Weg zur Küche und ich schlich mich atemlos ins Haus, während ich zu verstehen versuchte, was hier vor sich ging.

Was hoffte die Rote Garde, bei uns zu finden? Hatte es doch etwas mit der Sache zu tun, wegen der Josephines Vater befragt worden war?

Meine Hände zitterten leicht, als ich das Handy auf lautlos stellte und die neue Nachricht von Romy abrief.

»Die Rote Garde durchsucht alles«, schrieb sie. *»Mama hat mich in mein Zimmer gesteckt und gesagt, ich darf erst wieder rauskommen, wenn sie es mir erlaubt.«*

»Ich bin gleich bei dir«, schrieb ich schnell zurück. *»Bleib, wo du bist, und hab keine Angst.«*

»Ich verstehe nicht, was Sie hier zu finden glauben«, hörte ich in dem Moment die Stimme meiner Mutter aus der Küche zu meiner Linken. Obwohl die Tür geschlossen war, konnte ich sie gut verstehen. Automatisch wich ich vor dem schmalen Streifen hellen Lichts zurück, der unter der Holztür durchfiel.

Ich befand mich in einem engen Korridor, von dem mehrere Türen abzweigten. Links ging es in die hell erleuchtete Küche, rechts in einen Abstellraum und daneben in das Arbeitszimmer meines Vaters. Danach kam der Treppenaufgang in den ersten Stock und dahinter befanden sich unsere Wohnbereiche. Am Ende des Korridors war die schwere Eingangstür mit dem Glasbesatz zu erkennen und ich fühlte mich wie auf dem Präsentierteller, als ich in Richtung Treppenaufgang huschte, um auf schnellstem Weg zu Romy zu gelangen.

Ich war gerade am Arbeitszimmer meines Vaters vorbeigekommen, als ich eine kalte Stimme vernahm und mitten in der Bewegung erstarrte.

»Sie geben also zu, dass Sie den Mann gekannt haben?«

Einen Augenblick lang war es still und ich hörte nur das Rauschen des Blutes in meinen Ohren, während ich auf die Antwort meines Vaters wartete.

»Natürlich gebe ich das zu, immerhin war er ein Patient von mir«, drang seine Stimme gedämpft durch das Holz und ich merkte an seinem Zögern, dass er vorsichtig war mit dem, was er sagte.

Ohne es zu wollen, kamen mir wieder die alten Geschichten meiner Urgroßmutter in den Sinn, die mir oft von den schrecklichen Foltermethoden der Roten Garde erzählt hatte. Mama hatte zwar behauptet, dass es sich dabei nur um Märchen handelte, aber nun fragte ich mich, ob sie die angeblichen *Märchen* nicht zu schnell abgetan hatte. Was, wenn an den Geschichten wirklich etwas dran war?

»Und Sie kennen die Pflanze, aus der das Gift gewonnen wurde?«, fuhr die kalte Stimme nüchtern fort. Obwohl ich den dazugehörigen Mann nicht sehen konnte, stellte ich mir einen groß gewachsenen Kerl mit kahl rasiertem Schädel vor, dessen glatte rote Maske die Narben in seinem Gesicht verbarg. Er klang wie jemand, der alles tun würde, um die gewünschten Antworten aus seinem Gegenüber herauszubekommen, und ich betete, dass meine Urgroßmutter mit ihren Geschichten maßlos übertrieben hatte.

»Natürlich kenne ich die Pflanze, ich bin schließlich Arzt«, gab mein Vater müde zurück.

Im selben Moment hörte ich schwere Schritte, die sich von drinnen auf die Tür zubewegten, und stolperte kopflos zurück. Hier in dem Korridor gab es keine Versteckmöglichkeit und ich starrte auf die Türklinke, die vermutlich jeden Moment nach unten gedrückt werden würde.

Drei Sekunden verstrichen, in denen ich nicht atmete. Dann erklangen die schweren Schritte erneut und bewegten sich wieder von der Tür weg.

»Sie kennen also die Giftpflanze und hatten eine Verbindung zum Opfer«, fasste der Gardist emotionslos zusammen und es klang, als würde er bereits die Anklage für den Roten Gerichtshof vorbereiten. »Sind Sie auch im Besitz der tödlichen Substanz, die im Blut des Opfers gefunden wurde?«

»Da ich den Leichnam nicht untersucht habe, weiß ich nicht genau, welche Substanz in seinem Blut gefunden wurde«, antwortete mein Vater und mir schnürte sich die Kehle zu, als ich die Vorsicht in seiner Stimme hörte. »Aber wenn es sich, wie Sie andeuten, um den Extrakt einer Herbstzeitlosen handelt, dann ist die Antwort Nein. Ich besitze kein solches Gift.«

Im selben Moment vibrierte mein Handy in meiner Hand und ich zuckte erschrocken zusammen.

»Wo bleibst du????«, schrieb Romy.

»Ich komme gleich. Warte noch einen Moment«, tippte ich schnell.

»Sind Sie sicher?«, hakte der Gardist kühl nach.

»Ich bin sicher«, sagte mein Vater.

In diesem Augenblick wurde die große Eingangstür aufgestoßen und drei Mitglieder der Roten Garde betraten das Haus. Das Licht der Lampen an unseren Wänden tanzte über ihre glänzenden roten Masken und für einen Moment hatte ich den Eindruck, in drei blutüberströmte grimmige Gesichter zu sehen. Mein Herz machte einen Satz und ich wich an die Wand zurück, als sie mit schweren Schritten näher kamen.

Einer fasste mich besonders intensiv ins Auge und ich versuchte zu erkennen, ob es sich um jenen Mann aus dem Gewächshaus handelte, obwohl es ohnehin egal war.

»Was tust du hier?«, wollte er mit tiefer Stimme wissen und packte mich am Arm. Gleichzeitig ging die Tür des Arbeitszimmers auf und ich blickte in das aschfahle Gesicht meines Vaters. Seine sonst so funkelnden grauen Augen wirkten stumpf und seine Haltung müde. Hinter ihm kamen zwei muskulöse Männer mit blutroten Masken und steifen schwarzen Uniformen aus dem Raum. Einer hielt meinen Vater im Nacken fest und mein Herzschlag geriet ins Stolpern, als ich das sah. Offenbar handelte es sich bei dem Gardisten um einen Dunklen.

Tiefe Abscheu kam in mir hoch, denn ich wusste, was sein Handgriff zu bedeuten hatte. Der Einsatz seiner Blutgabe würde reichen, um meinen Vater tot umfallen zu lassen.

»Wir haben, wonach wir gesucht haben«, erklärte einer der drei Männer aus dem Garten.

Der Gardist, der meinen Vater festhielt, nickte knapp.

»Packt alles ein. Wir verschwinden.«

Im selben Moment ging die Küchentür auf und zwei Mitglieder der Roten Garde kamen gemeinsam mit meiner Mutter aus dem Raum. Als sie mich und meinen Vater im Korridor stehen sah, füllten sich ihre Augen mit Tränen.

»Es ist alles in Ordnung, Schatz«, sagte mein Vater ruhig. »Es wird sich alles aufklären, mach dir keine Sorgen.«

»Ruhe«, sagte der Mann, der meinen Vater festhielt, und richtete seine schwarzen Augen auf mich. »Wie ist dein Name?«

»Lorelai«, antwortete ich und schluckte, um den lästigen Kloß in meinem Hals loszuwerden.

»Ein Verhör der Roten Garde zu belauschen, ist kein Kavaliersdelikt, Lorelai«, erklärte mir der Mann kalt. Von seiner Maske verlief eine feine Narbe schräg über seine schmalen Lippen bis zum kantigen Kinn. Obwohl ich ihm liebend gern die Meinung gesagt hätte, hielt ich nach einem Blick in die Gesichter meiner Eltern den Mund. Die Rote Garde zu verärgern, wäre zum jetzigen Zeitpunkt nur eines gewesen: unsagbar dumm.

Der Gardist mit der Narbe gab seinen Männern ein Zeichen und sie wandten sich geschlossen nach links und strebten auf die Eingangstür zu, meinen Vater führten sie in ihrer Mitte.

»Warten Sie! Was wird ihm eigentlich vorgeworfen?«, rief ich und spürte die besänftigende Berührung meiner Mutter auf meinem Arm, während keiner meine Frage beantwortete. Mein Vater wurde aus dem Haus geführt, um im nächsten Moment von der Nacht verschluckt zu werden. Ich zuckte zusammen, als die schwere Eingangstür mit einem lauten Knall hinter ihnen zufiel.

Blinzelnd starrte ich auf die Tür und konnte nicht glauben, dass die Rote Garde meinen Vater offenbar tatsächlich verdächtigte, jemanden ermordet zu haben. Wir standen schließlich für das Leben, unsere ganze Familie *gab* Leben, statt es zu nehmen.

»Die denken nicht wirklich, dass Papa jemanden töten könnte, oder?«, flüsterte ich.

Meine Mutter atmete tief ein und für einen kurzen Moment konnte ich einen Blick auf ihre Unsicherheit erhaschen, bevor sie entschieden den Kopf schüttelte. »Natürlich nicht.« Dann schwenkte ihr Blick zur Treppe, wo Romy aufgetaucht war. »Lass uns später über alles sprechen – ich muss jetzt telefonieren.« Sie strich sich mit beiden Händen ihre blonden Haare zurück. »Kümmerst du dich bitte solange um Romy?«

Ich nickte und bekam ein schlechtes Gewissen, weil ich nicht sofort zu ihr gegangen war, als sie mich gebraucht hatte. Rasch legte ich meine Hand auf das alte Geländer und stieg über Romys Bücher, die noch immer auf dem unteren Treppenabsatz lagen, bevor ich die Stufen hinauflief.

Meine kleine Schwester blickte mir mit riesigen Augen entgegen. »Was ist mit Papa?«, fragte sie.

»Die Rote Garde hat ein paar Fragen an ihn.« Ich versuchte, meine Stimme ruhig und fest klingen zu lassen.

»Aber wieso müssen sie ihn dann mitnehmen? Sie haben ihn doch schon hier befragt!«, antwortete sie aufgeregt und ich konnte in ihrer Stimme die gleiche Panik vernehmen, die ich so verzweifelt zu unterdrücken versuchte.

»Ich bin sicher, dass sich alles bald aufklärt und Papa wieder nach Hause darf.« Ich strich ihr sanft über die dunkelblonden Haare.

»Was haben die überhaupt gesucht?«, fragte Romy weiter, als Quasimodo aus dem Bad spaziert kam, sich einmal tief streckte und dann maunzend um Romys Beine strich. »Sie haben über eine Stunde im Gewächshaus zugebracht, ich habe sie durch mein Fenster beobachtet.«

»Offenbar haben sie nach einer giftigen Pflanze gesucht«, erwiderte ich, da ich mit Romy so ehrlich wie nur möglich sein wollte, ohne sie zu verängstigen.

»Und haben sie sie gefunden?«, fragte sie und hob Quasimodo hoch, um ihre Nase in seinem getigerten Fell zu vergraben.

Ich biss mir auf die Lippen, während die Worte des Gardisten wie ein kalter Wind durch meine Erinnerung fegten.

Wir haben, wonach wir gesucht haben.

Ging es hier wirklich um die Herbstzeitlose, die vielleicht irgendwo bei uns auf dem Grundstück wuchs, oder doch um etwas anderes?

»Vielleicht – ich kann es dir nicht genau sagen. Aber was ich dir genau sagen kann, ist, dass Papa unschuldig ist. Und deshalb wird er auch wieder nach Hause kommen. Das Hohe Herrscherhaus verurteilt keine Unschuldigen.«

»Niemals?«

»Niemals«, gab ich zurück und wollte es selbst zu gern glauben.

Jeglicher Einsatz der Blutgabe – ob Leben spendend oder todbringend – darf nur unter bestimmten Bedingungen erfolgen (Absatz 3). Da die magische Fähigkeit immer auf den gesamten Organismus eines Lebewesens wirkt, werden die Mitglieder des Blutadels zu größter Vorsicht im Umgang mit ihrer Gabe aufgerufen. Sollte die Anwendung der Fähigkeit aus rein egoistischen Zwecken erfolgen, so kann dieses Vergehen je nach Schweregrad der Übertretung mit einer Inhaftierung durch die Rote Garde bis hin zu Folter oder Tod geahndet werden.

Paragraph 11 der Roten Gesetze
aus dem Scharlachroten Buch

KAPITEL 9

Nachdem ich Romy ins Bett gebracht hatte, lief ich die Treppe wieder hinunter ins Erdgeschoss. Aus der Küche hörte ich meine Mutter telefonieren und obwohl sie normalerweise eine Frau war, die man nicht so schnell einschüchtern konnte, schwang in ihrer Stimme deutlich Angst mit.

Ich wollte nicht darüber nachdenken, was das bedeutete, und griff nach meinem Telefon, während ich die Eingangstür zu unserem Garten aufdrückte, der blühend und duftend vor mir lag. Ein kühler Wind blies mir entgegen und ich wählte rasch Josephines Nummer, bevor ich das Handy ans Ohr presste und die drei Verandastufen zu dem weißen Kiesweg hinunterlief.

Dort umrundete ich das kleine Biotop mit den Seerosen, das von hübschen Kugelleuchten erhellt wurde, und schlug den verschlungenen Weg zum Blumenladen ein. Es handelte sich dabei um ein flaches, ebenerdiges Gebäude am anderen Ende unseres Gartens mit zwei Zugängen. Einer war für die Kundschaft und befand sich direkt auf der Straße, während der zweite auf unserem Grundstück lag und durch eine Hintertür in den großzügigen Arbeitsbereich führte, in dem wir die Blumen lagerten, bevor wir sie in den Verkaufsraum brachten.

Auf dem Weg zum Laden kam ich auch wieder an unserem knorrigen Apfelbaum vorbei und vermied den Blick zum Gewächshaus. Ich hatte die vielen Männer in den schwarzen Uniformen noch deutlich vor Augen, wie sie durch unsere Beete gestapft waren und dabei keine Rücksicht auf unsere Pflanzen genommen hatten.

»Hallo?«, meldete sich Josephine in diesem Moment und ich war unglaublich froh darüber, ihre Stimme zu hören.

»Ich bin's«, sagte ich. »Josephine, du musst mir helfen. Die Rote Garde war hier.«

Einen Moment lang war es still.

»Bei euch?«, fragte sie ungläubig und ich hörte, wie sie die Musik in ihrem Zimmer leiser stellte.

»Ja, bei uns. Sie haben Papa mitgenommen und denken wohl, dass er irgendwas mit einem Giftanschlag zu tun hat«, fasste ich die Ereignisse der letzten halben Stunde mit gedämpfter Stimme zusammen. Schon allein, die Worte auszusprechen, führte dazu, dass sich mein Brustkorb unangenehm zusammenzog.

»Dein Vater? Das ist doch absurd.«

»Hör zu, du musst mir helfen. Weißt du irgendetwas über einen Mann, der durch Gift gestorben ist?« Ich bog die Zweige eines wuchernden Rhododendrons zurück. »Angeblich war es ein Patient meines Vaters und so wie es aussieht, hat die Rote Garde ihn deswegen im Verdacht.«

»Ich habe noch nichts von einem Todesfall gehört, allerdings habe ich auch den ganzen Nachmittag in einem Tanzkurs für die Rote Audienz verbracht und bin nicht auf dem neuesten Stand.«

Ich verlangsamte meine Schritte, als die Rückseite unseres Blumenladens in Sicht kam. »Hast du denn eine Ahnung, weshalb dein Vater damals mitgenommen wurde?«

»Er will nicht darüber sprechen«, gab Josephine gedämpft zurück, »aber ich habe die Dienerschaft munkeln hören, dass seine Aussage irgendetwas mit einem vergifteten Wein zu tun hatte.«

»Also ging es auch um Gift«, flüsterte ich und erzählte Josephine von dem Verhör der Roten Garde, das ich belauscht hatte.

»Hey, mach dir keine Sorgen«, versuchte sie, mich zu beruhigen. »Dass sie ihn mitgenommen haben, ist sicher nur eine Vorsichtsmaßnahme, weil sie den wahren Täter noch nicht gefasst haben. Meine Privatlehrerin hat mir erzählt, dass die Sicherheitsvorkehrungen bei der anstehenden Roten Audienz deswegen extrem verschärft wurden.«

»Ich weiß nicht, ob es nur eine Vorsichtsmaßnahme ist, denn sie scheinen irgendetwas bei uns gefunden zu haben, das meinen Vater verdächtig erscheinen lässt«, sprach ich meine Befürchtung aus und drückte die Klinke zum Hinterzimmer des Blumenladens hinunter. Dann tastete ich in der Dunkelheit nach dem Lichtschalter und erstarrte, als die Deckenbeleuchtung ansprang. Die Rote Garde hatte diesen Raum offenbar nicht nur durchsucht, sie hatte hier richtiggehend gewütet. Tontöpfe und Blumenvasen lagen zerbrochen auf dem Boden, die gelagerten Schnittblumen waren auf einen wüsten Haufen geworfen worden und selbst das Blumenpapier lag aufgerollt und zerrissen zwischen den Scherben der Blumentöpfe.

»Lorelai? Alles in Ordnung?«, drang Josephines besorgte Stimme durch den Hörer und ich atmete tief ein, bevor ich gewaltsam nickte.

»Ja. Die Rote Garde hat bei uns nur … ein ziemliches Chaos hinterlassen.«

»Sollen wir euch jemanden vorbeischicken, der beim Aufräumen hilft?«

Ich schüttelte den Kopf, obwohl sie das nicht sehen konnte. Dabei fühlte ich Tränen der Wut in meine Augen steigen, als ich mich auf den Boden kniete und die Blumen zu sortieren begann. Bei vielen waren die Stängel gebrochen oder die Köpfe abgeknickt worden, doch ein paar waren noch zu retten.

»Halte nur bitte deine Ohren offen und sag mir, wenn du irgendetwas über diesen Giftanschlag erfährst.«

Ich versuchte, die verdammte Angst in meinem Bauch zu ignorieren, die immer größer und erdrückender wurde.

»Das mache ich. Versuch, dich zu entspannen. Die Rote Garde weiß, was sie tut.«

»Das hoffe ich«, erwiderte ich, bevor ich mich verabschiedete und auflegte. Dann rief ich Sophie an, bei der jedoch sofort die Mailbox ansprang, und hinterließ ihr eine Nachricht, bevor ich die Scherben zusammenkehrte und alles in eine große Mülltüte stopfte.

Als ich mit den wichtigsten Aufräumarbeiten fertig war, löschte ich das Licht und trat wieder zurück in den Garten. Dabei bemerkte ich die Gestalt einer schlanken Frau mit hochgesteckten Haaren, die soeben hinter einem verblühten Lavendelbusch verschwand und sich auf unser Haus zubewegte. Es war zu dunkel, um zu erkennen, um wen es sich handelte.

Rasch folgte ich ihr und schüttelte dabei die Finger meiner rechten Hand, die seltsam kribbelte.

Die schlanke Frau erreichte unsere Veranda und wurde von meiner Mutter in Empfang genommen, die herzlich nach ihren Händen griff, bevor sie sie ins Haus bat. Ich beschleunigte meine Schritte und öffnete die Eingangstür in dem Moment, als meine Mutter und ihr Besuch im Wohnzimmer verschwanden.

»Frau von Sonnenberg«, sagte ich überrascht, als ich Josephines Mutter erkannte.

»Lorelai«, begrüßte sie mich mit einem knappen Nicken. »Wie geht es dir?«

»Ich hatte schon bessere Tage«, gab ich ehrlich zurück.

Sie zog ihre Seidenhandschuhe aus. »Das kann ich verstehen.«

»Danke, dass du so schnell gekommen bist. Setz dich doch.« Meine Mutter deutete auf unser weißes Leinensofa mit den bunten Kissen, das sich an der Stirnseite des Raumes direkt neben unserem riesigen Ficus befand. »Möchtest du etwas trinken?«

»Nur Wasser.« Josephines Mutter ließ sich elegant auf der hellen Sitzgarnitur nieder. Alles an ihr zeugte von ihrer vornehmen Herkunft: die perfekt arrangierte Hochsteckfrisur, die noble Blässe auf ihren Wangen, ihre aristokratischen Gesichtszüge und das figurbetonte Kostüm, das sicher ein paar tausend Euro gekostet hatte.

Frau von Sonnenberg ließ den Blick aus ihren grünen Augen einmal kurz durch unser Wohnzimmer gleiten und ich fragte mich, was sie darin sah. Im Gegensatz zu ihrem herrschaftlichen Sitz wohnten wir unter geradezu beengten Bedingungen, obwohl unser Haus mit seinen 180 Quadratmetern nicht gerade klein war. Allerdings war hier alles vollgeräumt mit Pflanzen und Büchern und Kissen und selbst gehäkelten Patchworkdecken meiner verstorbenen Oma. Auf dem gläsernen Couchtisch stapelten sich Magazine über Botanik und Medizin, wobei auch ein paar Klatschzeitschriften darunter zu finden waren. Die hellen Vollholzschränke hatten Kratzspuren an den Seiten, wo Quasimodo sich seine Krallen geschärft hatte. Und der gemusterte Teppich war durchgelaufen, womit er zumindest dem typischen Vintage-Look entsprach, der im Moment wieder in war.

Frau von Sonnenberg war jedoch zu gut erzogen, als dass man ihr Urteil an ihrem Gesicht hätte ablesen können. Sie strich sich nur einmal kurz über ihren dunkelblauen Rock und neigte leicht den Kopf, als meine Mutter ihr ein Glas Wasser brachte.

»Danke, Dagmar«, sagte sie und nippte kurz an dem Getränk, bevor sie es mit einem sanften Klirren auf dem Couchtisch vor sich abstellte. »Wie ist der Stand der Dinge?«, fragte sie dann ernst.

»Unverändert.« Meine Mutter setzte sich schräg gegenüber in einen bunten Ohrensessel. Dabei wirkte sie äußerlich gefasst – mal abgesehen von ihren Händen, die immerzu beschäftigt werden mussten. Mal knetete sie ihre Finger, dann strich sie über die Armlehnen ihres Sessels.

»Ich weiß, es ist schwer, aber ihr müsst nun Geduld beweisen.« Josephines Mutter sah zuerst mich und dann Mama eindringlich an. Ich ging ein paar Schritte durch den Raum und lehnte mich mit dem Rücken gegen das Glas des Wintergartens, hinter dem ich Romys Meerschweinchen in seinem Käfig leise scharren hörte.

»Was passiert als Nächstes?«, fragte ich dann.

»Die Rote Garde wird ihn verhören und dann entscheiden, ob er wieder nach Hause darf oder bis zum nächsten Roten Gerichtshof festgehalten wird«, sagte Josephines Mutter ruhig.

»Das kann passieren?«, stieß Mama hervor. »Sie können ihn so lange festhalten?«

»Natürlich können sie«, erwiderte Frau von Sonnenberg mit leichtem Tadel in der Stimme. »Es ist die Rote Garde.«

Ich schluckte. »Können Sie uns mehr über den Giftanschlag erzählen? Ich habe gehört, dass das Opfer einer von Papas Patienten gewesen sein soll.«

»Viel weiß ich auch nicht«, gab Frau von Sonnenberg nach kurzem Zögern zurück und schlug die schlanken Beine übereinander. »Aber ich habe gehört, dass das Gift dasselbe sein soll, das auch in dem vergifteten Wein gefunden wurde.«

»Oh Gott, Audette, ich weiß nicht mal etwas von einem vergifteten Wein. Willst du damit sagen, dass die Sache, wegen der Christian verhaftet wurde, mit der Sache zusammenhängt, warum sie Konstantin mitgenommen haben?«

»Ich fürchte, so ist es«, erwiderte Frau von Sonnenberg mit gedämpfter Stimme. »Deshalb wollte ich auch nicht am Telefon darüber sprechen. Konstantin wurde von der Roten Garde als Zeuge befragt, weil er sich mit dem Küchenchef des Palastes den Weinkeller angesehen hat. Es ging um irgendeinen speziellen Wein, über den Konstantin etwas wissen wollte. Ein dunkler Gardist scheint an dem Tag eine Weinflasche aus dem Keller entwendet zu haben, die eigentlich für den Dunklen Fürsten vorgesehen war – er hat aus ihr getrunken und ist kurze Zeit später an dem Gift gestorben. Allerdings ist die Flasche selbst verschwunden – man hat nur Spuren des Giftes in dem benutzten Glas des Gardisten gefunden.«

»Und dieses Gift wurde nun auch benutzt, um einen Hellen zu töten?«, hakte ich nach und versuchte verzweifelt, einen Zusammenhang zu erkennen. Viele Helle verabscheuten die Dunklen, und viele Dunkle verabscheuten uns – aber jemand, der es sowohl auf

Helle als auch auf Dunkle abgesehen hatte ... Das ergab doch keinen Sinn.

»Kann es sein, dass ein Gewöhnlicher hinter den Angriffen steckt?«, überlegte meine Mutter laut.

Frau von Sonnenberg runzelte die Stirn. »Das wäre unter Umständen möglich, aber extrem unwahrscheinlich. Immerhin haben wir viel Energie und Ressourcen in den Umstand gesteckt, dass die gewöhnlichen Menschen nichts von unserer Existenz erfahren. Du weißt, wie viel Aufwand betrieben wird, damit dieser Zustand auch so bleibt.«

Bei ihren Worten musste ich plötzlich an Vitus denken und daran, wie glücklich ich heute Nachmittag noch gewesen war, bevor das alles passiert war.

»Wie wahrscheinlich ist es denn, dass es zu einer Anklage beim Roten Gerichtshof kommt?«, fragte ich.

»Ich fürchte, dieser Möglichkeit müsst ihr ins Auge sehen«, antwortete Frau von Sonnenberg vorsichtig. »Immerhin geht es hier anscheinend um ein- bis zweifachen Mord – und die Rote Garde steht unter dem Druck, Ergebnisse zu bringen. Außerdem hat es einen von ihren eigenen Leuten erwischt, das nehmen sie natürlich sehr persönlich.«

»Und dennoch können wir nichts tun?«, begehrte meine Mutter auf und erhob sich wieder. »Ich habe wirklich versucht, Ruhe zu bewahren, Audette, und grundsätzlich vertraue ich auch auf das Urteil des Hohen Herrscherhauses. Doch du hättest sie heute Abend sehen sollen, wie sie vorgegangen sind – als wäre Christian schon verurteilt. Und wenn es jetzt plötzlich um zweifachen Mord geht, will ich nicht glauben, dass meine beste Option darin besteht, hier zu sitzen und darauf zu hoffen, dass das Hohe Herrscherhaus sich richtig entscheidet, wenn es zur Anklage meines Mannes kommt!«

»Ich würde dir abraten, aktiv zu werden«, entgegnete Frau von Sonnenberg beschwichtigend. »Wenn du jetzt losziehst und einen Wirbel um Christians Verhaftung machst, kann es sein, dass die Rote Garde sich noch mehr in die ganze Sache verbeißt. Versucht, nach außen souverän und unbesorgt zu wirken. Ihr müsst den Eindruck erwecken, den Ermittlungen der Roten Garde vollständig zu vertrauen. Schließlich ist es das, was einen ehrbaren Hellen auszeichnet.«

Frau von Sonnenbergs kühl vorgebrachte Argumente klangen logisch, auch wenn ich wie Mama nicht einfach dasitzen und warten wollte.

»Für die Zukunft ist es wichtig, besonnen zu agieren«, machte Frau von Sonnenberg weiter. »Hat Christian sich irgendwelche Dinge zuschulden kommen lassen? Oder ihr als Familie?«

Meine Mutter schüttelte den Kopf. »Bei Romy und Lorelai ist die Blutgabe noch nicht erwacht. Und Sophie ist sehr anständig – sie würde nie etwas tun, was gegen die Regeln verstößt.«

Josephines Mutter zog eine Augenbraue hoch. »Bist du dir sicher? Du weißt, es reichen schon kleine Dinge, um bei der Roten Audienz vor dem Hohen Herrscherhaus zu landen. Ein wiederbelebter Schmetterling in der Öffentlichkeit wird schon als Missbrauch der Blutgabe gewertet und dementsprechend bestraft.«

»Ich bin mir sicher, dass meine Tochter nichts dergleichen unternehmen würde«, antwortete meine Mutter mit Nachdruck. »Es ist ja nicht so, dass wir unsere Kinder nicht darauf vorbereitet hätten, was sie dürfen und was nicht.«

Frau von Sonnenberg atmete tief ein und schüttelte den Kopf. »Nimm es mir nicht übel, Dagmar. Ich will nicht eure Erziehung infrage stellen, es geht mir nur darum, dich davor zu warnen, dass ihr nun verstärkt in den Fokus der Roten Garde gerückt seid. Auch meine Familie muss damit leben.«

»Nun, was erwartet die Rote Garde denn, zu entdecken?«, warf ich ein. »Wir werden wohl kaum herumlaufen und Tote zum Spaß wieder ins Leben zurückholen.«

»Lorelai«, sagte meine Mutter streng. »Darüber macht man keine Witze – schon gar nicht in einer Situation wie dieser.«

Frau von Sonnenberg blickte mich nur an, bevor sie mit ihren manikürten Fingern kurz die perfekt sitzenden blonden Haare betastete. »Auch wenn du es dir nicht vorstellen kannst, Lorelai – auch solche Helle hat es gegeben«, erklärte sie ruhig. »Natürlich ist dieser Frevel nicht zu vergleichen mit dem eines Dunklen, der nur zum Spaß tötet – aber es ist beides widernatürlich. Wir tragen Verantwortung für unsere Blutgabe.«

»Lasst uns wieder auf Christian zurückkommen.« Meine Mutter verschränkte die Arme vor ihrem üppigen Busen. »Du sagst also, wir sollen gar nichts tun und einfach darauf warten, was die Rote Garde entscheidet?«

»Das würde ich euch empfehlen. Immerhin seid ihr mit einer drittgeborenen Tochter gesegnet, die euch reichlich Nachkommen schenken kann. Schon aus diesem Grund wird das Hohe Herrscherhaus sicherlich nicht vorschnell urteilen – selbst wenn es beim Roten Gerichtshof zu einer Anklage kommen sollte.«

Die Selbstverständlichkeit, mit der sie diese Möglichkeit in Betracht zog, führte dazu, dass mir übel wurde. Nicht nur, weil Papas Zukunft nicht mehr in unserer Hand lag, sondern auch, weil mir die Vorstellung, dass Romy wie eine Zuchtstute gesehen wurde, ganz und gar nicht gefiel.

Ich räusperte mich. »Was ist denn die schlimmste Strafe, die am Roten Gerichtshof verhängt wurde?«

Josephines Mutter zögerte. »Das kann ich nicht genau sagen. Ich weiß nur, dass es in den letzten zehn Jahren ein paar Mal zur Vollstreckung des zweifachen Todes gekommen ist.«

»Was ist der zweifache Tod?«, erklang in dem Moment eine Kinderstimme von der Wohnzimmertür und mein Kopf ruckte herum.

»Romy!«, rief meine Mutter. »Wieso bist du nicht im Bett?«

Sie zuckte mit den Schultern. »Ich hatte Durst und habe mir was zu trinken geholt. Und dann hörte ich euch hier reden.« Ihre intelligenten Augen glitten über die Szene. »Also, was ist der zweifache Tod?«

Einen Moment lang herrschte Stille, dann ergriff Frau von Sonnenberg das Wort. »Der zweifache Tod ist eine Art, zu sterben«, erklärte sie überraschend sanft. »Du weißt doch, dass die Blutgaben der Hellen und Dunklen an einem Menschen insgesamt nur drei Mal angewendet werden können, oder?«

Romy nickte und trat ganz in das Zimmer hinein.

»Wenn ein Dunkler also jemanden tötet, ein Heller diesen Menschen wieder zum Leben erweckt und ein Dunkler ihn ein zweites Mal tötet, so kann er nicht wiedererweckt werden. Und das nennt man den zweifachen Tod.«

»Und droht Papa dieser zweifache Tod?«, fragte Romy ernst und ich war überrascht, wie gut sie die ganze Situation aufnahm.

»Nein, Schätzchen«, erwiderte Mama bestimmt. »Deinem Vater droht nichts dergleichen, sicher nicht.«

KAPITEL 10

In dieser Nacht konnte ich kaum schlafen. Ich träumte von der Garde mit ihren roten Masken und dem Moment, als sie meinen Vater abgeführt hatten. Die Bilder flossen ineinander und ich sah deutlich vor mir, wie sie unsere Pflanzen zerstörten, wie sie mit ihren schweren Stiefeln auf sie traten, als wären sie vollkommen unbedeutend. Wie die Gardisten alles um sich herum vernichteten, auf der Suche nach einem Beweis – einem Beweis für die Schuld meines Vaters, um ihn vor dem Roten Gerichtshof mit dem zweifachen Tod zu verurteilen.

Mit einem Schrei fuhr ich in die Höhe. Das Letzte, was ich in meinem Traum gesehen hatte, war der Rote Gardist, der meinen Vater mit einem Nackengriff erledigt hatte, bis sein ganzer Körper von funkelnden schwarzen Adern überzogen war und er lautlos vor mir zusammenbrach.

»Lorelai!«, hörte ich die Stimme meiner Mutter und schlug die Bettdecke von mir, da mir so heiß war, als ob ich von innen verbrennen würde. Im nächsten Moment schüttelte mich die Kälte und meine Zähne klapperten aufeinander.

»Lorelai, geht es dir gut?«, rief meine Mutter und stürmte in mein Zimmer. »Ist es die Blutgabe?«, stieß sie hervor und legte eine Hand auf meine Stirn, die sich anfühlte, als ob sie mich verbrennen würde.

»Nicht«, keuchte ich und taumelte in die Höhe. Hitze und Kälte wechselten sich in schnellem Tempo ab und ich fühlte mich so wackelig auf den Beinen, dass ich mich an der Kante meines Bettes abstützen musste.

»Lorelai, sprich mit mir«, verlangte meine Mutter besorgt. Ihre blonden Locken standen ihr wirr vom Kopf ab und sie wusste offenbar nicht, was sie tun sollte.

»Mir ist schlecht«, flüsterte ich und taumelte ins Bad. Dort fiel ich vor der Toilette auf die Knie und würgte. Meine Hände und Füße waren so kalt, als ob flüssiges Eis durch meine Adern fließen würde, und mein ganzer Körper wurde von der Kälte geschüttelt.

»Mein armer Schatz«, murmelte meine Mutter und hielt mir die schwarzen Haare aus dem Gesicht, als ich etwas Magenwasser erbrach.

Keuchend rutschte ich danach ein Stück zurück, während meine Mutter die Spülung betätigte.

»Ist dir heiß?«

»Nein, kalt«, antwortete ich zähneklappernd.

Sie runzelte die Stirn. »Dann liegt es nicht an der Blutgabe. Du scheinst einfach krank zu sein. Vielleicht liegt es auch an der ganzen Aufregung.«

Sie half mir in die Höhe und brachte mich zurück in mein Zimmer, wo sie mich in meine Decke wickelte.

»Wie geht es dir jetzt?«, fragte sie fürsorglich und strich mir über die Stirn.

»Besser«, flüsterte ich, da das Schlimmste wirklich vorüber zu sein schien. »Aber ich wünschte, es wäre ein Anzeichen für meine Blutgabe«, fügte ich hinzu und fühlte Tränen in mir aufsteigen. Zuerst Papas Verhaftung, dann der Traum und jetzt dieser Zusammenbruch hatten meiner Selbstbeherrschung schwere Risse zugefügt.

»Ich mache dir einen Tee.« Meine Mutter strich mir sanft über die Wange. »Versuch, zu schlafen.«

»Mama?«, fragte ich leise, als sie schon auf dem Weg aus meinem Zimmer war. »Denkst du, dass sie Papa lange festhalten?«

»Nein«, antwortete sie bestimmt. »Er ist sicher zurück, noch ehe deine Gabe erwacht ist.«

Am nächsten Morgen ging es mir zwar besser, aber ich fühlte mich dennoch wie gerädert, als ich mich an den Küchentisch schleppte.

»Hat der Tee geholfen?«, fragte meine Mutter und sah mich besorgt an. Unter ihren Augen lagen tiefe Schatten und sie trug noch immer ihren Morgenmantel, obwohl sie eigentlich eine routinierte Frühaufsteherin war.

Ich nickte. »Ja, ich bin echt okay«, erklärte ich und griff nach einem Stück Toast, von dem ich ein winziges Stück abknabberte. Dabei war mir die fehlende Anwesenheit unseres Vaters nur zu deutlich bewusst.

Meine Mutter kam zu mir und strich mir sanft über die Schultern. »Es wird alles gut werden, mein Schatz.«

»Bist du dir da sicher?«

Sie sog tief die Luft ein und ich wusste, dass sie Zuversicht ausstrahlen wollte, auch wenn es ihr selbst schwerfiel.

»Auch ich mache mir Sorgen, aber dein Vater hat nichts getan – und das werden sie erkennen«, sagte sie und knetete ihre Hände. »Das müssen sie erkennen.«

Ich nickte und hoffte, dass sie recht hatte, als Romy die Treppe hinuntergepoltert kam.

»Einen schlechten Morgen«, begrüßte sie uns.

Ich zog die Augenbrauen zusammen. »Hey, ich war heute so früh auf, dass du das Waschbecken im Bad ganz für dich allein hattest. Da kannst du uns doch keinen schlechten Morgen wünschen.«

Romy ließ ihren Blick über uns beide schweifen.

»Waschbecken hin oder her, ihr beide seht so aus, als hättet ihr die ganze Nacht gespuckt. Da passt es doch nicht, euch einen guten Morgen zu wünschen.«

»Ich bin die Einzige, die heute Nacht gespuckt hat«, gab ich zurück und stupste Romy an.

»Und trotzdem sieht deine Schwester aus wie das blühende Leben«, sagte meine Mutter.

»Na ja, das blühende Leben sieht hoffentlich anders aus.«

Romy gähnte und schnappte sich die Cornflakes-Packung. Dann füllte sie ihre orangefarbene Schüssel voll und vermanschte alles mit Milch.

»Habt ihr Quasimodo gesehen?«

Meine Mutter schüttelte den Kopf und stellte eine Tasse Tee vor mir ab. »Nein, allerdings habe ich Napoleon im Wohnzimmer unter einem Stapel Zeitschriften entdeckt. Aber mach dir keinen Kopf, wahrscheinlich ist dein Kater schon draußen im Garten.«

»Der hat's gut«, maulte Romy schmatzend. »Ich wäre auch lieber im Garten und nicht in der Schule.«

»Und wieso?« Ich nippte an meinem Tee. »Hast du heute wieder Theaterprobe?«

Meine Schwester nickte und schob sich noch einen Löffel Cornflakes hinein, die in ihrem Mund geräuschvoll knackten.

»Schon wieder. Probe, Probe, Probe – wie das nervt. Vor allem Finja ist total anstrengend, die spielt sich mega auf, nur weil sie die Hauptrolle hat.«

»Romy«, sagte meine Mutter streng. »Iss bitte so, dass es die Nachbarn nicht hören können.«

»Unsere Nachbarn wohnen doch viel zu weit weg. Außerdem sind die doch schwerhörig.«

»Vielleicht sind sie nur schwerhörig, weil sie einmal zu nah bei dir zum Frühstück saßen«, entgegnete ich scherzhaft. Dabei war ich gleichzeitig froh, dass unsere Nachbarn – ob nun schwerhörig oder nicht – tatsächlich zu weit weg wohnten, um etwas von dem Besuch der Roten Garde mitbekommen zu haben. Wobei mir Josephine mal erzählt hatte, dass die Offiziere darauf geschult waren, ihre Einsätze niemals unter den Augen Gewöhnlicher durchzuführen. Angeblich setzten sie auch ihre roten Masken erst dann auf, wenn sie sich Mitgliedern des Blutadels näherten, um ihre Identität geheim zu halten.

Romy verengte ihre Augen. »Sehr witzig. So laut esse ich nicht, um andere Leute schwerhörig zu machen.«

»Doch, das tust du«, pflichtete mir meine Mutter bei. »Also versuch wenigstens, ein bisschen Manieren zu zeigen.«

Romy verzog das Gesicht, bemühte sich dann aber, etwas leiser zu essen. Meine Mutter stellte sich an den Küchentresen und blickte durch das große Fenster hinaus in unseren Garten. Dabei schlich sich ein trauriger Ausdruck in ihr Gesicht.

Rasch räumte ich meine Tasse in den Geschirrspüler und ging zu ihr. »Die haben gestern für ganz schön viel Verwüstung gesorgt«, sagte ich leise.

Meine Mutter nickte. »Ich habe es noch nicht übers Herz gebracht, mir anzusehen, was sie alles ruiniert haben.« Sie drehte sich zu mir um. »Aber es nützt deinem Vater auch nichts, wenn wir hier Trübsal blasen. Also springe ich kurz unter die Dusche und dann sehe ich mir das Desaster an. So schlimm wird es schon nicht sein – und außerdem haben wir ja einen besonderen Vorteil anderen Leuten gegenüber: Ich werde einfach neue Pflanzen einsetzen und zum Blühen bringen.« Sie lächelte und es tat gut, dass sie sich nicht unterkriegen ließ.

»Gibst du mir Bescheid, wenn du irgendetwas hörst?«, fragte ich und schnappte mir meinen Rucksack.

Meine Mutter nickte. »Natürlich. Bist du wirklich fit genug für die Schule?«

»Ja, ich fühle mich wirklich wieder okay.« Ich drückte ihr einen Kuss auf die Wange und betrachtete Romy, die noch immer über ihren Cornflakes saß. »Und ich wünsche allen hier Anwesenden einen *wunderschönen* Morgen.«

Der Morgen wurde jedoch nicht wesentlich besser, weil mir die Schwere der gestrigen Ereignisse noch immer in den Knochen steckte. Dennoch versuchte ich, positiv zu bleiben – zum einen, weil ich Lucy meine schlechte Stimmung wohl kaum erklären konnte, und zum anderen, weil meine Mutter absolut recht hatte. Es nutzte niemandem, wenn wir Trübsal bliesen.

Allerdings war dies leichter gesagt als getan und es war ganz schön anstrengend, dem Unterricht auch nur irgendwie zu folgen.

»Du wirkst abwesend«, flüsterte Lucy mir zu, als wir in Mathe nebeneinandersaßen. »Bist du wieder an dem Ort, von dem ich denke, an dem du bist?«

Ich runzelte die Stirn.

»Na, wie oft hast du heute schon an Vitus gedacht?«

Lucy linste zu ihm hinüber und schob sich eine dunkle Haarsträhne aus dem Gesicht. Heute trug sie einen perfekt geflochtenen französischen Zopf und ich fragte mich, wie viel früher sie wohl aufgestanden sein musste, um diese Frisur hinzubekommen.

»Ich habe kaum an ihn gedacht«, erklärte ich wahrheitsgemäß.

»Das stimmt doch nicht«, erwiderte sie, während unser Mathelehrer seine Formeln auf das Whiteboard kritzelte.

Durch die Geschehnisse mit meinem Vater war die Verabredung mit Vitus total in den Hintergrund gerückt, aber wenn ich jetzt daran dachte, zauberte sie doch ein kleines Lächeln auf mein Gesicht.

»Was ist passiert?«, wollte Lucy sofort wissen, die meine Reaktion bemerkt hatte.

Ich warf einen prüfenden Blick zu unserem Mathelehrer.

»Hey, lass mich nicht warten, du weißt doch, wie ungeduldig ich bin!«, wisperte Lucy mir zu.

Ich nickte und beugte mich dann zu ihr, um ihr leise von Vitus' gestrigem Spontanbesuch und unserem Museumsausflug zu erzählen.

»Wow. Der Typ weiß anscheinend, was er will. Und hat er noch irgendetwas über diesen seltsamen Anruf in der Cafeteria fallen lassen?«, fragte Lucy, als ich meinen Bericht abgeschlossen hatte.

Ich schüttelte den Kopf. »Darüber wollte er definitiv nicht reden.«

Lucy zog die Stirn kraus. »Interessant. Muss nichts bedeuten, könnte es aber doch. Ich habe nach wie vor das Gefühl, dass er uns etwas verheimlicht. Macht ihn aber natürlich auch irgendwie spannender.« Sie presste die Lippen aufeinander. »Was genau waren denn seine letzten Worte?«

»Keine Ahnung. Man sieht sich, Blumenmädchen?«

»Aha.«

Ich war froh, dass unser Mathelehrer noch immer so sehr in seine Formeln vertieft war, dass er nichts von unserem Gespräch mitbekam.

»Das und die Andeutung mit den deprimierenden Filmen bedeutet eindeutig, dass er auf dich steht.«

»Vielleicht sucht er nur Anschluss«, sagte ich schnell.

Obwohl ich das Date mit Vitus genossen hatte, wusste der vernünftige Teil von mir, dass unsere Treffen keine Zukunft hatten. Nicht nur wegen meiner Eltern, sondern einfach aus dem Grund, weil er ein gewöhnlicher Mensch war und ich eine Helle.

»Jetzt sei nicht so bescheiden, das ist doch lächerlich«, bemerkte Lucy. »Du siehst klasse aus. Außerdem hast du mit deiner hellen Haut und den dunklen Haaren schließlich auch etwas Morbides an dir, und das scheint ihm ja zu gefallen.«

»Na danke. Das ist aber nicht unbedingt ein Kompliment.«

Lucy zuckte mit den Schultern. »Andere würden sich darum reißen, mit Vitus auszugehen. Und du schaffst das«, sie schnippte leise mit den Fingern, »einfach so. Jetzt freu dich doch auch mal darüber. Feiere. Tanze. Lache.«

Ich lächelte tatsächlich, auch wenn mir innerlich nicht zum Lächeln zumute war. Denn die Sache mit Papas Verhaftung lag mir einfach schwer im Magen. Was machten sie gerade mit ihm? Verhörten sie ihn etwa noch immer?

Lucy grinste und deutete mit dem Kinn in Richtung Vitus, der zwei Reihen vor uns saß und gerade etwas auf seinem Block notierte. »Wahrscheinlich kritzelt er gerade hundert Mal deinen Namen auf das Papier. Plus Herzchen.«

Ich schnaubte amüsiert. »Wir sind doch keine zehn mehr.«

»Stimmt. Eigentlich wäre das ganz schön peinlich und ein absolutes Ausschlusskriterium. Das müssen wir prüfen.« Lucy lehnte sich auf ihrem Stuhl etwas nach vorn. »Ich stehe gleich auf, tue so, als würde ich aufs Klo gehen, und schiele dabei auf seinen Block. Einverstanden?«

»Untersteh dich«, flüsterte ich. »Die Aktion in der Mensa war wirklich schon genug.«

»Das mit dem Winken? Das war doch nett.«

»Möchten uns die Damen von Wittgenstein und Brinkmann auch ihre Aufmerksamkeit schenken?«, fragte in dem Moment unser Mathelehrer. Wir zuckten kurz zusammen, während die anderen ihre Köpfe nach uns umdrehten.

»Aber natürlich möchten wir das«, entgegnete Lucy selbstbewusst und straffte die Schultern. »Schließlich ist das alles hier … höchst interessant.«

»Da bin ich aber froh, dass Sie das so empfinden – vielen Dank für Ihr Feedback«, bemerkte Herr Werner stoisch und wandte sich dann wieder seinem Whiteboard zu, um weiter darauf herumzuschreiben.

Lucy und ich kicherten und ich fing kurz den Blick von Vitus auf, der mich amüsiert betrachtete. Ein warmes Gefühl schoss schlagartig in meinen Magen – und dann richtete ich meine Aufmerksamkeit wieder auf mein Mathebuch, weil ich Vitus nicht zu lange anstarren wollte.

Lucy stieß mich mit dem Ellenbogen an. »Er steht auf dich«, verkündete sie in einem Singsang.

»Das hat nichts zu bedeuten«, gab ich leise zurück. »Außerdem sollten wir jetzt lieber ruhig sein, bevor uns der Werner noch einmal aufruft.«

»Ach«, seufzte Lucy und machte eine wegwerfende Handbewegung. »Man muss Prioritäten setzen. Außerdem muss ich dir noch erzählen, dass die Mädels Wetten abgeschlossen haben, wer deinen Vitus zuerst rumkriegt.«

In dem Moment klingelte es zur Pause.

»Es ist nicht *mein* Vitus«, sagte ich leise und dachte daran, wie die Schülerinnen in der Cafeteria ihn förmlich mit ihren Augen ausgezogen hatten.

»Sei vorsichtig«, warnte mich Lucy. »Wenn die Mädels spitzbekommen, dass du mit Vitus abhängst, werden sie dich killen.« Lucy machte mit dem Handrücken eine schnelle Bewegung, als würde sie sich die Kehle aufschlitzen.

Ich schüttelte nur den Kopf und schulterte meinen Rucksack, während die anderen schon aus dem Klassenzimmer strömten. Vitus konnte ich nirgends mehr sehen.

»Pass auf deinen Rücken auf.« Lucys Stimme war nicht mehr als ein Flüstern.

»Wie war eigentlich das Treffen mit der Freundin deines Vaters?«

»Ganz okay«, meinte Lucy. »Ich habe sie gleich gefragt, ob ich Mama zu ihr sagen darf.«

»Nicht dein Ernst, oder?«

Lucy lachte. »Nein – obwohl ich echt versucht war. Aber sie war wie die anderen vor ihr supernett. Mein Vater hat halt echt einen guten Geschmack. Immerhin hat er sich meine Mutter ausgesucht – und voilà, sie haben die beste Tochter überhaupt zur Welt gebracht.«

»Selbstverständlich«, pflichtete ich ihr bei und schielte kurz auf die Uhr. Wir hatten noch genügend Zeit, um zur Turnhalle zu gelangen. Gleich hatten wir Sport und Unpünktlichkeit war etwas, das unsere Lehrerin Brustmann mit einer Extrarunde Laufen um den Fußballplatz bestrafte.

»Deine Eltern haben aber auch eine gute Leistung erbracht«, meinte Lucy.

Ich kniff die Augen zusammen. »Bitte sag so etwas nicht.«

»Leistung? Deine Eltern?« Lucy strich sich über ihr rotes Shirt. »Oder stellst du sie dir jetzt beim Sex vor?«

»Ich will mir meine Eltern nicht beim Sex vorstellen.«

Dabei schlich sich wieder dieses ungute Gefühl in meinen Magen, wenn ich an meinen Vater dachte. Allein die Vorstellung, dass er etwas mit dem Giftanschlag zu tun haben könnte, war absurd.

»Erde an Lorelai«, hörte ich Lucy sagen. »So schlimm ist das jetzt auch wieder nicht. Die Alten haben eben auch Sex, wenn auch ekelhaften Sex.«

»Ich würde jetzt wirklich gern das Thema wechseln.«

Auf der Treppe zu den Umkleidekabinen kamen uns einige verschwitzte Schüler entgegen.

Lucy stieg neben mir die Stufen hinab. »Jetzt sei doch nicht so verklemmt. Es ist doch schön, wenn alte Leute Sex haben.«

Unwillkürlich zog ich die Oberlippe hoch. »Ich denke nicht, dass ich das schön finde.«

»Aber wenn du alt wirst, willst du dann nicht auch ein gesundes …«

»Lucy! Lass es jetzt«, presste ich hervor und erntete ein breites Grinsen.

»Okay, ich höre schon auf.« Sie fummelte an ihrem Zopf herum. »Aber an deiner Einstellung müssen wir noch arbeiten.«

»Ich bin so froh, wenn ich aus der Schule raus bin und nicht mehr diese verdammten Runden drehen muss«, schnaufte Lucy, als wir wenig später ein paar Runden um das Fußballfeld liefen. Die Brustmann hatte uns dazu verdonnert – nicht, weil wir zu spät gewesen waren, sondern weil sie laut Lucy einfach masochistisch veranlagt war.

»Das ist unser letztes Jahr. Wie viele müssen es heute sein?«

»Zwanzig«, murrte Lucy. »Ich hasse Laufen.«

»Du magst doch gar keinen Sport«, bemerkte ich.

Wir liefen gerade im Gleichschritt an einer Zypressenhecke vorbei, die Teile des Fußballfeldes umspannte, und Lucy wurde immer langsamer.

»Natürlich mag ich keinen Sport. Sport ist anstrengend«, gab sie erschöpft zurück. »Viel zu anstrengend. Keine Ahnung, warum die Jungs aussehen, als hätten sie irgendwie Spaß dabei.«

Mein Blick glitt zu dem Fußballfeld, auf dem gerade gespielt wurde. Unter den beiden Mannschaften hatte ich bereits vor drei Runden Vitus entdeckt, der mit seinem schwarzen Trainings-Outfit nicht nur super aussah, sondern auch super spielte. Immer wieder kam er in Ballbesitz, dribbelte den Gegner aus und schoss ein Tor nach dem anderen.

»Das macht er echt gut.«

»Du hast wenigstens was zu beobachten«, schnaubte Lucy und

blieb abrupt stehen, als wir den Eingang zur Turnhalle passierten. Mit dem Handrücken strich sie sich über die Stirn. »Die Brustmann macht mich echt fertig. Ich gehe jetzt lieber mal aufs Klo. Und komme erst wieder, wenn die Stunde vorbei ist.« Sie grinste. »Bis später, Lorelai.«

»Bis später«, sagte ich lachend und lief weiter.

Das Laufen machte mir weniger aus als Lucy, dafür war ich nicht besonders gut in Weitsprung und hoffte, dass das heute nicht auch noch auf dem Programm stand.

Ich war gerade ein paar Minuten gerannt und bog um die Ecke, als einer meiner Schnürsenkel aufging. Da die Brustmann sowieso gerade nicht zu sehen war, setzte ich mich auf eine Bank, band mir meine Schuhe neu und holte dann mein Handy aus der Hosentasche.

Nichts. Ich hatte keine Nachricht von meiner Mutter bekommen. Kurz überlegte ich, sie anzurufen, und nestelte an meiner Sporthose herum.

»Hey«, sagte Vitus, der plötzlich auf mich zugelaufen kam. Hinter ihm verteilten sich auch die anderen Fußballer, die anscheinend gerade Pause machten.

»Selber hey.« Ich ignorierte mein Herz, das ins Stolpern geriet. »Du hast gut gespielt.«

Er fuhr sich durch seine dunkelblonden Haare, die vom Sport etwas verschwitzt waren. Dabei traten die Muskeln seines Oberarms hervor und ich versuchte, nicht allzu lange hinzustarren. »Du bist gut gelaufen.«

»Das hast du doch gar nicht gesehen«, sagte ich schnell und zog mir mein ziependes Gummiband aus den Haaren.

»Ich sehe mehr, als du denkst.«

Ich hob eine Augenbraue und legte das Gummiband auf die Bank neben mein Handy. »Und was zum Beispiel?«

»Ich habe zum Beispiel gesehen, dass dieser Dominik nichts für dich ist. Und dafür habe ich nur einen kurzen Blick gebraucht.«

Er kam einen Schritt näher und mich traf eine Wolke seines anziehenden Duftes. Obwohl er vom Sport verschwitzt war, roch er noch immer fantastisch, wenn auch einen Tick herber als sonst.

Ich atmete tief ein und stand auf. »Ich will nicht über Dominik sprechen.«

Er grinste. »Dann lass uns über unser nächstes Date sprechen.«

Vitus stand plötzlich so nah neben mir, dass mir für einen Moment der Atem stockte. Ich musste meinen Kopf heben, um ihm in seine dunklen Augen zu sehen. Ein Feuer schien darin zu lodern, ein Feuer, das mich vom Kopf bis zu den Zehenspitzen mit vibrierender Hitze erfüllte.

Vitus streckte die Hand nach mir aus und fuhr sanft mit dem Daumen über mein Kinn. Seine Berührung war sinnlich und bestimmt. Ich schloss die Augen, als er über meine Lippen strich.

»Wann, Blumenmädchen? Wann treffen wir uns«, fragte er rau. Als ein paar Jungs auf dem Fußballplatz zu lachen begannen, löste ich mich rasch von ihm. Das Blut schoss in meine Wangen und ich vermied es, in ihre Richtung zu sehen.

»Es tut mir leid – ich kann nicht«, antwortete ich und schlang die Arme um meinen Oberkörper.

Vitus kniff die Augen zusammen. »Wegen diesem Typen?«

»Nein, es liegt nicht an ihm«, sagte ich schnell. Aber ich musste an meine Familie denken. Papa wurde aktuell von der Roten Garde verhört, da konnte ich mich unmöglich mit einem Gewöhnlichen treffen. Abgesehen davon würde es mir mit Sicherheit Schmerz ersparen, wenn ich jetzt einen sauberen Schnitt machte.

Vitus durchbohrte mich mit seinem brennenden Blick und seine Nähe war so verwirrend, dass ich mir auf die Lippen biss, während ich den Kopf schüttelte.

»Das zwischen uns, das klappt einfach nicht.«

In diesem Moment erklang der schrille Ton einer Trillerpfeife und der Sportlehrer der Jungs winkte alle wieder zu sich. Vitus starrte mich noch einen Moment lang intensiv an, bevor er sich mit einem Lächeln abwandte.

»Das werden wir noch sehen, Blumenmädchen.«

Ich atmete tief aus und sagte nichts, während ich seiner athletischen Gestalt nachblickte. Als er wieder auf dem Spielfeld angelangt war, erklang das Eingangssignal einer WhatsApp-Nachricht. Sie war von meiner Mutter. Schlagartig schoss mein Puls in die Höhe.

»Papa ist wieder zu Hause«, schrieb sie und ich fühlte mich auf einmal ganz leicht, als könnte ich mit einem Luftballon davonfliegen. *»Es geht ihm gut, Lorelai.«*

»Es war nicht schlimm«, bestätigte mein Vater, als wir kurze Zeit später mit meiner Mutter im Wohnzimmer saßen. Der Brustmann und Lucy hatte ich erzählt, dass mir total übel wäre, und war daraufhin gleich nach Hause geschickt worden.

»Aber was wollten sie von dir?« Ich lehnte mich in unserem bunten Ohrensessel ein Stück nach vorn, während Papa auf unserer hellen Sitzgarnitur saß und meine Mutter ihm ein Stück Kuchen brachte.

»Sie wollten mir nur ein paar Fragen stellen«, erklärte mein Vater und strich Mama sanft über den Arm, als sie sich zu ihm setzte.

»Aber das hätten sie doch auch hier tun können. Immerhin haben sie dich auch schon im Arbeitszimmer verhört. Warum mussten sie dich denn unbedingt wie einen Verbrecher abführen?«

»Anscheinend war es ihnen nicht genug und sie hatten noch einige Fragen an mich«, entgegnete mein Vater und sog tief die Luft ein. Er wirkte müde – was kein Wunder war, wenn sie ihn die ganze Nacht verhört hatten. »Sie vermuten einen Serientäter hinter den Anschlägen.«

Meine Mutter setzte sich gerader hin. »Einen Serientäter? Das heißt, sie gehen davon aus, dass noch weitere Anschläge passieren werden?«

»Offenbar ja. Ich wurde von einem Hauptmann der Garde ins Kreuzverhör genommen. Ich weiß nicht viel, aber so wie er die Fragen formuliert hat, glaube ich, dass ein Giftmischer Freude daran entwickelt hat, wahllos irgendwelche Leute zu ermorden.«

»Deswegen trifft es sowohl Helle als auch Dunkle«, schloss ich und mein Vater nickte.

»Der erste Vorfall hat im Palast des Hohen Herrscherhauses stattgefunden, deswegen muss die Rote Garde schnelle Ergebnisse bringen.«

Meine Mutter atmete tief ein. »Und dass ein Gardist von dem vergifteten Wein getrunken hat, macht sie natürlich ganz besonders betroffen.«

»Du sagst es«, bemerkte mein Vater und kratzte sich am Kinn. »Da der erste Tote im Palast gefunden wurde, ist die Rote Garde natürlich zuerst von einer politischen Intrige ausgegangen, die mit dem Hohen Herrscherhaus zu tun hat.«

»Und Josephines Vater wurde verhört, weil er im Weinkeller des Palastes war?«

»Anscheinend«, antwortete mir mein Vater. »Aber das hat natürlich nicht unbedingt etwas zu bedeuten.«

Meine Mutter strich sich den Ärmel ihrer geblümten Bluse glatt. »Die Rote Garde begibt sich natürlich auf dünnes Eis, wenn sie die von Sonnenbergs befragen. Immerhin könnte Josephine die nächste Helle Fürstin werden. Ich habe gehört, dass es dem Neffen des Fürsten gesundheitlich nicht so gut gehen soll.«

Mein Vater griff nach dem Teller mit Kuchen, den meine Mutter neben den ganzen Zeitschriften auf dem kleinen Glastisch vor unserer Couch abgestellt hatte. Zwischen seinen Füßen tauchte der Kopf von Romys Meerschweinchen auf, das offenbar schon wieder aus seinem Käfig ausgebüxt war und kurz darauf zwischen den Töpfen zweier blühender Hortensien verschwand.

»Die Rote Garde muss wohl ziemlich aufgebracht gewesen sein, dass einer ihrer Leute dem Giftmischer zum Opfer gefallen ist. Ich kann mir schon vorstellen, dass sie emotionaler gehandelt haben als sonst.«

Ich schnaubte. Emotional war wirklich kein Wort, das ich mit der Roten Garde in Verbindung brachte. Schon eher distanziert, rücksichtslos und brutal.

»Es mag sein, dass sie deswegen etwas aktionistischer gehandelt haben als sonst.« Meine Mutter sah zu Boden und gab einem Knäuel Wolle, mit dem unser Kater immer spielte, mit der Fußspitze einen Schubs. »Aber haben sie denn schon eine Spur zu dem Giftmischer? War das der Grund, warum sie dich freigelassen haben?«

Mein Vater schüttelte den Kopf und lehnte sich auf dem Sofa mit den vielen bunten Kissen zurück. »Nein, das war nicht der Grund. Sie haben mich freigelassen, weil ich diesen Hauptmann anscheinend von meiner Unschuld überzeugt habe. Ich meine, nur weil du einen Blumenladen hast und ich eine Arztpraxis, in der das zweite Opfer zufällig Patient war, bedeutet das noch lange nicht, dass ich ein Serienkiller bin. Natürlich befinden sich unter meinen Patienten viele Helle – so wie auch bei den anderen Ärzten unserer Blutlinie. Und gerade eine Blume wie die Herbstzeitlose wächst praktisch überall – deswegen haben sie sie ja auch irgendwo auf unserem Grundstück gefunden. Allerdings ist es für niemanden schwer, an dieses Gift ranzukommen.«

Der Gedanke war nicht schön, dass sich hier irgendwo ein Serienmörder herumtrieb.

»Wer war denn das zweite Opfer? Kanntest du ihn gut?«, wollte ich wissen und strich mir meine dunklen Haare aus dem Gesicht.

»Es war ein älterer Herr, ein sehr netter Mann. Er gehört zu der Familie der von Grottengras, ein Großonkel von Hannelore und Peter.« Mein Vater teilte sich mit der Gabel ein Stück Kuchen ab und schob es sich dann in den Mund.

Automatisch musste ich an die romantischen Grußkarten aus dem Blumenladen denken, die von einem Henry von Grottengras stammten. War er etwa derjenige, der ermordet worden war?

»Wie hieß der Mann mit Vornamen?«, wollte ich wissen.

»Henry – warum?«

Meine Mutter seufzte. »Der Name kommt mir auch bekannt vor. Ich glaube, er hat regelmäßig Blumen über unseren Laden verschickt.«

Mein Vater tupfte sich mit einer Serviette seinen Mund ab. »Das kann gut sein, er war ein unscheinbarer Mann mit einem unauffälligen Lebensstil – aber doch einem gewissen Charme. Er wohnte etwas außerhalb der Stadt und kam ab und an wegen seiner Kopfschmerzen zu mir. Auch mit dem Cholesterin hatte er so seine Probleme, aber es war jetzt nichts außerhalb der Norm.« Er schnaubte. »Ich kann mir nicht vorstellen, wer diesen netten Mann umgebracht hat.«

Auch wenn ich Herrn von Grottengras nie persönlich kennengelernt und nur heimlich seine Grußkarten gelesen hatte, tat es mir wirklich leid, dass er nicht mehr am Leben war. Wie musste sich seine Angebetete jetzt fühlen?

»Ein Giftmischer«, hauchte meine Mutter und schluckte. »So etwas gab es bis jetzt noch nie. Das ist so eine perfide, hinterhältige Art, zu morden.«

Ich betrachtete meine Mutter ungläubig. »Gibt es denn auch eine nette, freundliche Art, zu morden?«

»Das meine ich doch nicht, Lorelai.« Ich sah, wie ihre Wangen sich leicht röteten. »Ich finde nur, dass es ein äußerst abscheuliches Verbrechen ist. Es ist so geplant und durchdacht ... und lässt auf einen sehr gestörten Charakter schließen, nicht wahr? Keiner, der aus der Emotion heraus falsch handelt und danach Reue zeigt, sondern jemand, der seine Tat von langer Hand plant.«

Mein Vater schob sich noch ein Stück Kuchen in den Mund.

»Leider gibt es immer wieder Verrückte, aber die Rote Garde ist nun mehr als alarmiert. Kein Wunder, dass die Sicherheitsvorkehrungen für die Rote Audienz jetzt noch einmal verstärkt werden.«

Ich zog meine Beine zu mir auf den Sessel. »Befürchten sie denn dort auch einen Anschlag?«

»Ich denke, dass sie mit allem rechnen«, mutmaßte mein Vater und sah mich besorgt an. »Aber das ist kein Grund zur Panik. Die Rote Garde wird sicher einen guten Job machen und sie wird diesen verdammten Giftmischer früher oder später schnappen.«

»Lieber früher als später«, stieß meine Mutter hervor. »Ich bekomme schon eine Gänsehaut, wenn ich nur daran denke, dass der noch sein Unwesen treibt.«

Ich runzelte die Stirn und versuchte, die Informationen, die ich erhalten hatte, zu verarbeiten.

»Könnte es sein, dass es ein Gewöhnlicher ist, der etwas gegen unsere Blutgabe hat?«

Mein Vater rieb sich über die Wangen. »Das weiß ich nicht. Ich meine, selbst wenn ein Gewöhnlicher von uns wüsste – wie sollte er denn eine vergiftete Flasche Wein in den Palast schmuggeln? Da ist doch alles streng bewacht.«

»Stimmt. Weißt du denn, wie das zweite Opfer umgekommen ist? Hatte er ebenfalls von einem vergifteten Wein getrunken?«

Mein Vater rieb sich über das Kinn. »Ich weiß es nicht. Auch wenn ich der Roten Garde schon die Krankenakte übergeben habe, werde ich wohl nicht zur Obduktion eingeladen.«

Meine Mutter betrachtete meinen Vater. »Glaubst du denn, dass sie dich wirklich nicht mehr verdächtigen?«

»Ich bin mir ziemlich sicher, dass ich als Verdächtiger ausscheide. Sonst hätten sie mich noch länger dortbehalten. Außerdem glaube ich, dass der Hauptman tatsächlich eine andere Spur verfolgt, auch wenn ich nicht genau weiß, welche. Und dass sie mich nicht in ihre Untersuchungsergebnisse einweihen, ist selbstverständlich. Aber«, sagte mein Vater abschließend, »das soll alles nicht unsere Sorge sein. Wir machen jetzt einfach weiter wie bisher und vergessen diese unschöne Angelegenheit.«

Hinter dem Vorhang war das leise Fiepen von Romys Meerschweinchen zu hören und ich versuchte, alle negativen Gefühle und die ganze

Angst vor der Roten Garde sowie vor weiteren Morden weit wegzuschieben.

Mein Vater lächelte meine Mutter an und sie griff nach seiner Hand. »Du willst das Abendessen mit Phillip also nicht verschieben?«

Er schüttelte den Kopf und gähnte. »Nein, ich möchte, dass unser Alltag weitergeht wie bisher. Es reicht schon, dass Simon heute meine Praxis übernehmen musste.«

»Willst du dich dann vorher vielleicht noch etwas hinlegen?«, fragte meine Mutter.

»Das ist eine gute Idee.« Mein Vater stand auf, stieg über ein Legospielzeug von Romy und nahm seinen Teller. »Lorelai, jetzt mach nicht so ein Gesicht«, sagte er, als er an mir vorbeikam. »Ich bin wieder da und alles ist gut.«

»Na ja, für die Männer, die gestorben sind, ist nicht alles gut«, entgegnete ich. »Gab es denn keine Möglichkeit, sie zu erwecken?«

Mein Vater fasste sich an die Stirn und schüttelte den Kopf. »Die Hilfe kam zwar in den ersten drei Stunden, aber das Gift hatte ihre inneren Organe bereits geschädigt. Du weißt, dass dann nichts mehr zu machen ist.«

Ich nickte und dachte daran, wie endgültig und hässlich der Tod sein konnte. Auch wenn unsere Blutgabe den Tod manchmal austrickste, so gab es doch unzählige Fälle, in denen wir nichts mehr tun konnten.

»Wie sieht es denn übrigens mit deiner Blutgabe aus?«, wollte mein Vater in dem Moment wissen.

Ich streckte frustriert die Beine aus. »Sie hat sich noch immer nicht gezeigt.«

Mein Vater lächelte mich an. »Das wird schon noch. Mach dir nicht so viele Gedanken, dann kommt sie ganz von allein. Aber jetzt lege ich mich erst mal aufs Ohr.«

Er brachte seinen Teller in die Küche und ging dann nach oben.

»Diese Treppe«, hörte ich ihn noch einmal von der Diele aus murren. »Was machen nur die ganzen Bücher schon wieder hier? Man kommt ja gar nicht mehr hoch.«

Ich musste schmunzeln, da ich mir das Gesicht meines Vaters nur zu gut vorstellen konnte, dem die vollgestellten Stufen ein Dorn im Auge waren.

»Ich gehe jetzt einfach schlafen«, rief er uns zu. »Und hoffe, dass das alles weggeräumt ist, wenn ich aufwache.«

»Die Hoffnung stirbt bekanntlich zuletzt!«, lachte meine Mutter und zwinkerte mir fröhlich zu, während ich hoffte, dass in den nächsten Wochen überhaupt keiner mehr sterben würde.

KAPITEL 11

»Liebe Maren, du bist mein Sonnenschein, meine Blume, mein Leben – und das noch nach 9 Jahren, 7 Monaten und 6 Tagen. Lass es dir sagen – wir werden für immer glücklich sein. Dein Dagobert.«

»Das klingt ja beinahe nach einer Drohung«, bemerkte ich zu Romy, als ich am Nachmittag die Schnittblumen im Laden sortierte.

»Wer heißt denn bitte schön Dagobert, außer einer Ente?«, ätzte Romy und schwang ihre Beine von der Arbeitsplatte auf und ab, während sie die Grußkarten las.

Ich zuckte mit den Schultern. »Ist zumindest außergewöhnlicher als Finn, Piet oder Anton. Der war in seiner Klasse sicher der Einzige mit dem Namen.«

»Das bin ich auch und außer dieser alten Schauspielerin kenne ich niemanden, der Romy heißt.« Sie verzog das Gesicht und betrachtete mich vorwurfsvoll. »Du bist an meinem Namen schuld.«

Ich lächelte. »Dafür musst du schon unsere Eltern verantwortlich machen.«

»Aber du hast den Vorschlag gemacht.«

»Kann sein.«

»Ich würde viel lieber Ahsoka oder Padmé heißen«, meinte sie.

Ich wischte mit der Hand über die Arbeitsplatte und fegte dabei die abgeschnittenen Stiele zusammen.

»Mama und Papa hätten dich sicher nicht nach irgendeiner *Star Wars*-Figur benannt.«

Romy reckte mir trotzig das Kinn entgegen. »Wer weiß? Jetzt werden wir es wohl nie herausfinden.« Sie seufzte. »Phillip und Sophie werden ihren Kindern sicher auch langweilige Namen geben.«

»Liebe Ciara«, las sie die nächste Karte vor. *»Ich wünsche mir nichts sehnlicher, als dass du mir endlich vergibst und wieder mit mir sprichst. Worte können nicht ausdrücken, wie sehr ich unter deiner Distanz leide. Ich wollte Leopold nicht zerstören, wirklich nicht. Deine Alma.«*

Meine Schwester blickte irritiert drein. »Wer ist denn bitte Leopold – und wie hat sie ihn zerstört?«

»Vielleicht ist Leopold der Name für ein Rezeptbuch oder ein Auto, das Alma zu Schrott gefahren hat.«

Romy lächelte. »Oder der Kanarienvogel, den sie mit dem falschen Futter gefüttert hat?«

Ich wischte mir die Hände an meiner grünen Schürze ab.

»Oder das Meerschweinchen, auf das sie sich draufgesetzt hat?«

Romy verzog das Gesicht. »Iiiih. Wenn sie das gemacht hat, dann reicht aber ein Blumenstrauß als Entschuldigung nicht aus.« Dann schüttelte sie den Kopf. »Ich kann gar nicht glauben, dass der von Grottengras nie wieder eine Grußkarte schicken wird.«

»Ich weiß.« Ich atmete tief ein und beschloss, das Thema zu wechseln. »Wie war deine Theaterprobe?«

Sie stöhnte. »Schrecklich. Nein, schrecklicher als schrecklich.«

»Und weshalb?« Ich ging zu einem Regal und suchte ein paar bunte Vasen aus, die ich auf der Arbeitsplatte abstellte.

»Weil mich dieser Benjamin immer so blöd angrinst.«

Ich lächelte. »Ist das nicht der, den du zum Glück nicht küssen musst?«

Romy nickte und verzog das Gesicht.

»Vielleicht mag er dich. Vielleicht mag er dich sogar sehr.«

»Keine Ahnung«, schnaufte Romy und sprang vom Arbeitstisch herunter. »Hast du eigentlich Quasimodo gesehen?«, fragte sie im nächsten Moment und schielte durch das große Fenster hinaus in den Garten.

Innerlich schmunzelte ich über Romys schnellen Themenwechsel. Dieser Benjamin schien ihr wirklich etwas zu bedeuten.

»Leider nicht«, entgegnete ich. »Ist er dir nach der Schule nicht über den Weg gelaufen?«

Romy schüttelte den Kopf. »Nein. Ich geh mal lieber nach draußen und sehe, wo er steckt. Und dann bleibe ich für immer bei ihm, um nicht zur nächsten Theaterprobe zu müssen.«

»Klar«, sagte ich nur, als Romy die Grußkarten auf den Tisch legte und durch die Hintertür in unseren Garten verschwand. Danach richtete ich meine ganze Aufmerksamkeit wieder auf die Rosen, die vor mir lagen. Einige der Blütenköpfe waren von der Roten Garde zertreten worden, sodass mir keine andere Wahl blieb, als die Blumen auszusortieren.

Ich hatte gerade eine gelbe Rose in der Hand, als meine Fingerspitzen zu kribbeln anfingen – es war ein leicht unangenehmes Prickeln, das sich anfühlte, als würden meine Finger taub werden. Auch wenn ich das Gefühl bereits in Ansätzen gespürt hatte, war es doch zu schwach, um die Blutgabe zu sein. Aber vielleicht waren es die ersten Anzeichen dafür? Von Sophie und meiner Mutter wusste ich, dass es nicht das *eine* Zeichen für die Entwicklung der Fähigkeit gab und dass sich bei den unterschiedlichen Menschen auch unterschiedliche Symptome zeigten.

Vorsichtig strich ich über die herabhängende Blüte einer Rose, berührte mit den Fingerspitzen zart ihre weichen Blütenblätter – aber statt aufzublühen, schien sie das Blütenköpfchen noch weiter sinken zu lassen. Frustriert legte ich die Blumen zu dem Stapel der aussortierten und atmete tief durch. Wahrscheinlich hatten Sophie und Mama recht und ich brauchte einfach noch etwas mehr Zeit.

»Lorelai?«, hörte ich meine Mutter rufen, als ich eine Stunde später unser Haus betrat. Ich zog gerade die Eingangstür zu und schielte auf die große Uhr in der Diele. Es war genau fünf Uhr.

»Ja, ich bin hier«, erklärte ich und ging in die Küche, aus der die Stimme meiner Mutter gekommen war.

»Gut, dass du da bist. Wir können gleich zu Abend essen. Kannst du den Salat bitte schon nach drinnen bringen?«

Ich nickte und schnappte mir die Schüssel, mit der ich ins Esszimmer ging, wo bereits Phillip und Sophie saßen.

»Guten Abend, Lorelai«, sagte Phillip mit einer angedeuteten Verbeugung auf meine Begrüßung hin. Mit seiner hohen Stirn, dem bereits schütter werdenden Haar und der aristokratischen Nase passte er perfekt in eine Adelsfamilie. Er trug wie immer ein Polohemd, diesmal in Hellblau, und dazu eine beigefarbene Jeans, auf der seine Initialen aufgestickt waren.

Ich konnte nur hoffen, dass etwaige Kinder der beiden durchgehend Sophies Gene erben würden. Denn meine Schwester war wirklich hübsch – was man von Phillip nicht unbedingt behaupten konnte.

Ich stellte die Salatschüssel auf unseren schweren Eichentisch, der bereits gedeckt war.

»Wer kommt denn noch?«, fragte ich, da ich insgesamt sieben Gedecke zählte.

»Mama hat Dominik noch eingeladen«, erklärte Sophie beiläufig und lächelte mich an. »Wie war dein Tag?«

»Durchwachsen«, antwortete ich ehrlich und überlegte kurz, ob ich mit ihr über das plötzliche Erscheinen der Roten Garde sprechen sollte. Mir war es egal, wenn Phillip das eventuell nicht als angemessen betrachtete – aber mein Vater hatte den Wunsch geäußert, wieder Alltag einkehren zu lassen, und das wollte ich respektieren.

»Wie geht es euch?«, fragte ich und bemühte mich um eine freundliche Miene.

»Danke der Nachfrage. Ich hatte heute einen schwierigen Fall in der Anwaltskanzlei meines Vaters.«

Phillip ließ sich auf einem dunkelbraunen gepolsterten Stuhl nieder.

Ich mochte unser Esszimmer ganz besonders, weil hier jeder Stuhl anders aussah. Auch wenn Papa das anfangs seltsam gefunden hatte, hatte sich meine Mutter durchgesetzt und darauf bestanden, dass wir damit etwas Vielfalt in unser Haus brachten.

Sophie setzte sich neben Phillip auf einen einfachen weißen Holzstuhl, der mit Farbklecksen übersät war.

»Und was war das für ein Fall?«

»Es geht um eine Firmenfusion, eine äußerst knifflige Sache. Die

Eigentümer beider Firmen wollen fusionieren, können sich aber nicht über die Details einigen.«

»Aha«, machte ich. »Das klingt ja … interessant.«

»Du sagst es«, pflichtete Phillip mir bei. »Ich gehe davon aus, dass es noch etliche Monate dauern wird, bis wir eine Einigung erzielen können. Und diese Monate bedeuten Unsicherheit für die Belegschaften und höhere Kosten – aber letztendlich liegt das nicht in unserer Hand.« Er seufzte und es entstand eine kurze Pause, die mir irgendwie unangenehm war.

»Und du, Sophie, wie war es bei dir heute?«, wandte ich mich an meine Schwester.

»Ich habe für die Prüfungen gelernt, wie immer. Und kurz war ich in Papas Praxis, um Dr. Liebernich unter die Arme zu greifen.«

»Dein Vater war heute nicht in der Praxis?«, wollte Phillip wissen.

Sophie schüttelte den Kopf. In dem Moment ging die Haustür auf und Romy kam mit Dominik zu uns.

»Hey allerseits, sorry, dass ich zu spät bin«, sagte Dominik und lächelte mich an. »Hi, Lorelai.« Seine blauen Augen glitten kurz über meine Gestalt und ich registrierte, dass er wieder mal wirklich gut aussah. Er trug ein weißes Shirt zu einer hellblauen Jeans und bei seiner Figur wunderte es mich nicht, dass er zum Kapitän des Eishockey-Teams ernannt worden war.

»Hallo – und kein Problem, wir haben noch nicht angefangen«, sagte ich.

Während sich alle begrüßten, zupfte Romy an meinem Ärmel. »Lori, ich kann Quasimodo nirgends finden.«

»Hast du denn überall im Garten nachgesehen?«

Romy nickte. »Glaubst du, dass er auf die Straße gerannt ist?«

Ich atmete tief ein. »Das glaube ich nicht. Ich helfe dir nachher suchen, versprochen.«

Dominik lächelte Romy an. »Ich begleite euch, wenn ihr wollt. Im Katzenfinden bin ich einsame Spitze.«

Romy nickte ihm dankbar zu. Im nächsten Augenblick kam meine Mutter mit einer dampfenden Lasagne ins Esszimmer, die sie vor uns auf dem Tisch abstellte.

»Das ist Nummer eins«, erklärte sie. »Hallo, Dominik, schön, dass du kommen konntest. Ich dachte, du hättest noch Vorlesungen.«

Er schüttelte den Kopf. »Heute nicht mehr. Ich soll dir übrigens schöne Grüße von meinen Eltern ausrichten.«

»Das ist lieb, wir müssen uns auch bald wieder einmal alle zusammen treffen«, erwiderte meine Mutter. »Wie geht's dir denn mit dem Studium?«

»Ziemlich gut«, erwiderte Dominik. »Die meisten Leute glauben ja, dass Biochemie stinklangweilig ist, aber ich finde es super. Da lernt man wirklich eine Menge.«

Mama lächelte. »Das freut mich für dich. – Romy, holst du mal deinen Vater? Der telefoniert noch im Arbeitszimmer.«

»Ja, mache ich.«

Wie ein kleiner Wirbelwind rauschte Romy hinaus.

»Die Lasagne sieht lecker aus. Was meintest du denn vorhin mit Nummer eins, Dagmar?«, wollte Phillip wissen und lächelte sein typisches Schwiegermutter-Lächeln, über das sich Romy und ich gern lustig machten.

»Das ist die Lasagne mit Fleisch – ich bringe gleich noch die mit Gemüse. Meine Familie besteht darauf, dass sie die Wahl hat, auch wenn ich dafür doppelt so viel schuften muss.«

»Und deine Familie liebt dich dafür noch mehr«, sagte ich, während mein Magen leise knurrte.

»Darauf bestehe ich auch!« Meine Mutter lachte, bevor sie die zweite Lasagne aus der Küche holte, die mit Zucchini und Karotten gefüllt war und einfach nur herrlich schmeckte.

Während des Abendessens unterhielten sich Dominik, Phillip und mein Vater über Politik, Sophie erzählte von ihrem Studium und es wurde eigentlich ganz nett – was vielleicht auch daran lag, dass ich einfach erleichtert war, dass mein Vater wieder hier war. Nichts erinnerte mehr an den gestrigen Abend und mir wurde klar, wie fragil das alles war. In dem einen Moment war noch alles in Ordnung und im nächsten konnte es schon ganz anders aussehen.

Nachdem meine Mutter Tiramisu als Nachtisch serviert hatte, tranken meine Eltern mit Phillip und Sophie noch ein Gläschen Wein im Wohnzimmer, während Romy, Dominik und ich nach draußen gehen wollten, um Quasimodo zu finden. Im Laufe des Abends war Romy immer unruhiger über sein Verschwinden geworden und ich fand es nun langsam auch seltsam, dass von ihm jede Spur fehlte.

Gerade öffnete ich die Haustür und stockte in der Bewegung, als plötzlich Vitus vor mir stand.

»Was … was machst du denn hier?«, fragte ich erschrocken und blickte in sein scharf geschnittenes Gesicht mit den dunklen Augen, die mich amüsiert musterten und meinen Herzschlag noch weiter beschleunigten.

»Du hast das hier vergessen«, bemerkte er und hielt mir mein Haarband entgegen, das ich anscheinend während des Sportunterrichts auf der Bank liegen gelassen hatte. »Und auf dem Weg hierher ist mir auch der hier nachgelaufen«, fügte er hinzu und deutete mit dem Kinn auf ein dickes graues Fellknäuel zu seinen Füßen, das leise maunzend um seine Beine strich.

»Quasimodo!«, hörte ich Romy kreischen, die von hinten angestürmt kam und zu unserem Kater stürzte. »Wo warst du nur?«

Ich blickte Vitus noch immer irritiert an, der den Kater sanft mit dem Fuß in Romys Richtung schob, die Quasimodo überglücklich in ihre Arme schloss.

Dominik stellte sich beschützend neben mich. »Und wegen des Haarbandes bist du extra zu ihr nach Hause gekommen?«

Vitus' Gesichtsausdruck wurde kälter. »Ehrensache.«

Romy, die nur noch Augen für Quasimodo hatte, ging mit ihm ins Haus und erklärte ihm dabei, wie sich ein guter Kater zu verhalten hatte.

»Hast du denn eine Katzenallergie?«, fragte Dominik als Nächstes.

Vitus blickte ihn abfällig an.

»Wieso?«

»Weil du den Kater mit dem Fuß ins Haus gestoßen hast.«

Vitus hob eine Augenbraue. »Ich habe ihn geschoben – nicht gestoßen. Aber ich kann dir den Unterschied gern zeigen.«

Dominik machte einen Schritt auf Vitus zu. »Gern. Ich bin schon gespannt.«

Schnell ging ich dazwischen. »Es ist wohl besser, wenn du jetzt gehst«, sagte ich zu Vitus, weil ich nicht auch noch die Aufmerksamkeit meiner Eltern auf uns lenken wollte. Immerhin war mein Vater erst vor wenigen Stunden von dem Verhör durch die Rote Garde zurückgekehrt – und ich wollte ihm nicht noch zusätzlichen Kummer bescheren. Vitus betrachtete mich etwas überrascht. Dann rutschte sein Blick nach unten, als Dominik seine Hand auf meine Hüfte legte.

»Klar. Habt noch einen schönen Abend«, sagte er und ich fühlte mich, als würde man mir einen Eispickel ins Herz stoßen, als er sich umdrehte und durch unseren Garten verschwand.

»Arrogantes Arschloch«, knurrte Dominik, nachdem ich die Tür geschlossen hatte. Seine Hand lag noch immer auf meiner Hüfte und ich machte mich sanft los.

»Lass gut sein«, murmelte ich und blickte dann zu ihm hoch. »Sei mir nicht böse, aber ich werde jetzt ins Bett gehen. Ich habe in der Nacht nicht gut geschlafen.«

Sofort wurden Dominiks Züge weicher und ich sah Besorgnis in seinen Augen aufblitzen. »Die Sache mit deinem Vater?«

Ich nickte. »Woher weißt du das?«

»Deine Mutter hat es meiner Mutter kurz erzählt, als sie mich zum Essen eingeladen hat.« Er strich mir eine Haarsträhne aus dem Gesicht. »Du hast dir sicher Sorgen gemacht.«

»Riesige Sorgen«, bestätigte ich und sog tief die Luft ein. Dominik nahm mich in den Arm.

»Wenn du das nächste Mal solche Sorgen hast, ruf mich einfach an. Zu jeder Tages- und Nachtzeit. Egal wann, okay?«, bat er mit gesenkter Stimme.

Ich löste mich von ihm und nickte. »Danke.«

»Das ist doch selbstverständlich.« Er beugte sich zu mir und drückte mir einen sanften Kuss auf die Wange. »Schlaf gut, Lorelai.«

Ich lächelte. »Du auch.«

Er grinste. »Das werde ich. Solange ich von dir träume.«

Ich verdrehte die Augen und schlug ihm auf die Schulter.

Nachdem ich auch den anderen eine Gute Nacht gewünscht hatte, ging ich nach oben in mein Zimmer, schlüpfte in mein Schlafshirt und öffnete noch einmal kurz das Fenster, um frische Luft reinzulassen. Mein Blick fiel auf den großen Apfelbaum, dessen Äste ich beinahe berühren konnte, und ich hoffte, dass der Anblick des Gartens eine beruhigende Wirkung auf mich haben würde. Hatte er aber nicht.

Die widersprüchlichsten Gefühle strömten durch mich hindurch und ich überlegte, ob ich Vitus eine Nachricht zukommen lassen sollte. Ich schuldete ihm eine Erklärung – aber was konnte ich ihm sagen? Dass ich meinem Vater nicht noch mehr Ärger bereiten wollte, jetzt, wo er gerade von einer Befragung durch die Rote Garde zurückgekehrt war? Dass ich bald über eine Blutgabe verfügen würde, die es mir ermöglichte, andere zum Leben zu erwecken? Dass Dominik deswegen die bessere Wahl für mich war?

Das waren alles Dinge, die ich Vitus niemals erzählen durfte.

Der Wind wehte mir meine Haare ins Gesicht und ich schloss das Fenster, um ins Bett zu gehen, als ich ein Geräusch hörte. Es klang, als würde jemand Steine gegen die Scheibe werfen.

Schnell ging ich wieder zurück und traute meinen Augen nicht.

»Was … Wie … – Was machst du hier?«, fragte ich Vitus, nachdem ich das Fenster geöffnet hatte. Er saß auf einem dicken Ast des Apfelbaumes und war nicht mehr als einen Meter von mir entfernt. Der Vollmond beleuchtete sein ebenmäßiges Gesicht, auf dem sich ein leichtes Lächeln abzeichnete.

»Ich sitze auf einem Baum«, kommentierte er das Offensichtliche.

»Aber warum?«

»Wenn ich bei dir schon aus irgendwelchen Gründen nicht durch die Tür kann, schien mir dieser Zugang angemessen – jetzt wäre übrigens der Zeitpunkt, an dem du mich hineinbittest.«

Seine tiefe Stimme vermischte sich mit dem heftigen Klopfen meines Herzens und ich warf einen schnellen Blick über die Schulter.

»Ich weiß nicht … meine Eltern«, setzte ich an und Vitus lehnte sich ein Stück zurück. »Pass doch auf!«, flüsterte ich erschrocken.

»Es ist schon ganz schön hoch hier.« Er löste eine Hand vom Stamm des Baumes. »Glaubst du, dass ich mir sämtliche Knochen breche, wenn ich runterfalle?«

In diesem Moment ging ein Stockwerk tiefer die Eingangstür auf und ich hörte Dominik, der sich von meinen Eltern verabschiedete. Dann waren seine Schritte auf dem Weg zu hören und ich bekam Panik, dass er Vitus bei mir entdeckte.

»Komm schon rein«, flüsterte ich und hielt ihm meine Hand hin. Mit einer geschmeidigen Bewegung zog er sich zu meinem Fensterbrett und kletterte dann in mein Zimmer.

Schon allein diese kurze Berührung reichte, dass meine Knie ganz weich wurden. Erst jetzt fiel mir auf, dass ich nur in meinem Schlafshirt vor Vitus stand, und zog den Stoff etwas nach unten.

»Das musst du wegen mir nicht tun«, sagte er rau und ein prickelndes Gefühl machte sich in mir breit. »Ich hab dir übrigens was mitgebracht.« Er zog zwei DVDs aus seiner Jacke und hob beide Augenbrauen. »Es sind Schwarz-Weiß-Filme.«

»Der Elefantenmensch«, lachte ich leise. »Und *Umberto D*. Du verstehst es wirklich, ein Mädchen rumzukriegen.«

»Wusstest du, dass es Vermutungen gab, dass Joseph Merrick Jack the Ripper war?«, fragte Vitus, als wir wenig später auf meiner kleinen Couch saßen und uns den *Elefantenmensch* ansahen. Da es schon spät war, hoffte ich, dass meine Eltern nicht mehr in meinem Zimmer auftauchen würden. Trotzdem verhielten wir uns leise.

»Aber wie soll der Elefantenmensch Jack the Ripper gewesen sein? Mit seinen körperlichen Deformationen wäre er doch niemals in der Lage gewesen …«

»… die ganzen Frauen aufzuschlitzen?«, beendete Vitus meinen Satz. »Stimmt. Deswegen wurden diese Vermutungen auch schon bald verworfen.« Er lehnte sich auf der Couch etwas zurück. »Sie sind sich auch nicht ganz einig, an welcher Krankheit Joseph Merrick gelitten hat. Einer der Genetiker vermutet, dass es sich um eine Form der Punktmutation handelt, bei der ein *einziger* fehlerhafter Buchstabe im genetischen Code schuld an der jeweiligen Krankheit ist.« Vitus drehte sich mir zu. »Nur ein fehlender Buchstabe … verursacht so etwas.« Er kniff die Augen zusammen. »Die Natur ist ein absolutes Rätsel.«

»Das ist sie.«

Automatisch musste ich an die Blutgabe denken. Auch wenn ihre Existenz für mich völlig normal war, war sie es für die meisten Menschen nicht.

»Was ist?«, fragte Vitus.

»Ach nichts. Ich bin nur selbst immer wieder fasziniert, wie wenig wir über manche Dinge wissen.«

»Das stimmt«, sagte er und ließ mich nicht aus den Augen, während im Hintergrund der Schwarz-Weiß-Film lief. Ansonsten war mein Zimmer völlig dunkel und ich wurde mir bewusst, dass Vitus nur ganz knapp neben mir in der verführerischen Dunkelheit saß. »Ich weiß zum Beispiel auch noch ziemlich wenig über dich.« Seine Stimme hatte diesen rauen Klang, der mich ganz nervös machte.

»Du weißt, dass ich Schwarz-Weiß-Filme mag. Und du weißt, dass unser Kater Quasimodo heißt und ich Blumen liebe. Was weiß ich denn eigentlich über dich?«

»Du weißt, dass ich auf deprimierende Kunst stehe.« Er legte auf der Couchlehne den Arm um mich. »Und du weißt, dass ich nicht nur ein guter Motorradfahrer bin, sondern auch großartig auf Bäume klettern kann.«

Er grinste schief und ich hatte den Eindruck, in seinen dunklen Augen zu versinken. Seine Nähe machte mich ganz benommen und ich fühlte mich, als wären wir zwei Magnete, die unaufhaltsam voneinander angezogen würden.

»Ich weiß aber nicht, wieso du auf unsere Schule gekommen bist«, murmelte ich und versuchte, einen halbwegs klaren Kopf zu bewahren, was sich als beinahe unmöglich herausstellte, da ich bei jedem Atemzug seinen unwiderstehlichen Duft nach Kiefern und Wald in die Nase bekam.

»Stimmt. Dafür weißt du aber, dass ich ein Faible für Mädchen habe, die Schwarz-Weiß-Filme mögen, ihren Katern unmögliche Namen verpassen und Blumen lieben.«

Mein Herz machte einen Satz. »Das weiß ich?«, fragte ich atemlos.

Er nickte. »Aber stimmt, wir müssen noch mehr übereinander erfahren.«

Ich sah ihm in seine funkelnden Augen. »Was willst du denn sonst noch wissen?«

Er lächelte unverschämt sexy und strich mit seinen Fingerspitzen über meine Schulter. »Es gibt da etwas, das ich unbedingt über dich wissen muss. Es beschäftigt mich schon die ganze Zeit.«

»Und was?«

Er antwortete nicht sofort und ich hörte das Blut in meinen Ohren rauschen, während ich ihn anstarrte. Alles an ihm wirkte so anziehend auf mich, dass ich am liebsten seine Lippen auf meinen gespürt hätte.

Auch Vitus' Gedanken schienen in diese Richtung zu gehen, denn sein Blick wanderte hinunter zu meinem Mund, während seine Finger von meiner Schulter zu meinem Hals glitten und mich ein köstlicher Schauer durchfuhr. Ich schloss für einen Moment die Augen und biss mir auf die Lippen, um keinen Ton von mir zu geben. Gleichzeitig beugte sich Vitus näher zu mir und mein Herz begann wie wild in meinem Brustkorb herumzuspringen.

»Die Frage, die mich beschäftigt, ist naheliegend«, raunte er mit seiner tiefen Stimme. »Ich muss wissen, wie du küsst.«

Ich riss die Augen auf und spürte, wie er mit seiner Hand von meinem Hals abwärts strich und mich dann langsam zu sich zog. Mein Körper folgte willenlos der Bewegung, während er mich anstarrte, als ob er noch nie so etwas Schönes gesehen hätte. Mein Herzschlag pochte so laut in meinen Ohren, dass er die Gedanken in meinem Kopf übertönte, und in meinen Fingerspitzen begann es zu prickeln, als uns nur noch Millimeter voneinander trennten. Vitus' Blick brannte sich in meinen und mir stockte der Atem, als unsere Lippen sich berührten. Es fühlte sich an, als würde etwas in mir explodieren, und ich spürte, wie er mich noch näher an sich heranzog. Jede Berührung war so unglaublich intensiv, dass kleine Stromschläge durch mich hindurchzuckten, und ich stöhnte leise, während er mich küsste. Im Hintergrund lief der Film weiter, doch ich bekam nichts mehr davon mit. Das Einzige, was mich beschäftigte, waren Vitus' Bewegungen, die ein Feuer in mir entzündeten, wie ich es noch nie zuvor empfunden hatte. Unser Atem wurde schneller und meine Hände glitten rastlos über sein T-Shirt, als er nach meinen Hüften griff und mich mit einem Ruck näher an sich zog, bis unsere Oberkörper aneinanderklebten.

Dann beugte er sich über mich und ich schlang die Arme um seinen Nacken, während seine Hände fiebrig an meinem Körper entlangglitten. In dem Moment hörten wir vor meinem Zimmer Schritte auf der Treppe und erstarrten beide.

Mein Brustkorb bewegte sich heftig auf und nieder und in meinem ganzen Körper pulsierte noch die Leidenschaft unseres Kusses.

»Du musst gehen«, flüsterte ich heiser, als die Stimmen meiner Eltern zu hören waren.

Vitus sah mir tief in die Augen und nickte dann knapp.

»Aber glaub nicht, dass ich vergesse, wo wir aufgehört haben«, murmelte er, bevor er mich noch ein letztes Mal küsste und dann durch mein Fenster in die Nacht verschwand.

KAPITEL 12

»Ich will jedes Detail hören, jedes einzelne schmutzige Detail, hörst du?«, empfing Lucy mich ungeduldig, als ich mich im Bus neben sie setzte.

»Pssst«, flüsterte ich, da Kim und Kristin, die beiden größten Klatschtanten der Klasse, nur eine Reihe schräg hinter uns saßen.

»Na und? Hast du etwa Schiss, dass sie gleich auf dich losgehen? Haben sie vielleicht schon irgendwelche Waffen dabei?« Sie grinste schelmisch. »Ich werde dich verteidigen, Lorelai – mir macht es nichts aus, dass du mit einem heißen Typen rumgemacht hast.«

Ich sah mich schnell um. »Wenn du in der Lautstärke weitersprichst, werde ich dir kein einziges schmutziges Detail verraten.«

Lucy riss erschrocken die Augen auf und hob beschwichtigend die Hände. »Tut mir leid«, flüsterte sie. »Ich verspreche auch, nur ganz leise Laute des Entzückens von mir zu geben. Aber du MUSST mir von gestern Abend erzählen. Sonst sterbe ich auf dem Weg zum Museum an akuter unbefriedigter Neugierde.«

»Daran kann man nicht sterben.«

»Ich schon«, behauptete Lucy und griff sich ans Herz. »Du musst ... mir von ... deinem Date ... mit –«

»Pssst«, flüsterte ich schmunzelnd und blickte nach vorn, wo unser glatzköpfiger Biolehrer gerade in den Bus stieg. Lucy hatte ihn noch nicht gesehen und brach scheinbar tot neben mir zusammen, als der Kindler seinen Blick über die Schüler schweifen ließ und mit den Fingern die Anwesenden abzählte, während sich seine Lippen lautlos dazu bewegten.

Ich rempelte Lucy sanft an. »Aufwachen«, sagte ich leise. »Sonst kommt unser Biolehrer noch rüber und versucht, dich wiederzubeleben.«

»Das wäre eher ein Grund, *nicht* aufzuwachen«, erwiderte Lucy grinsend und öffnete ein Auge, bevor sie sich gerade hinsetzte. Sie trug heute eine lässige Latzhose über einem roten T-Shirt und hatte die dunkelbraunen Haare zu einem hohen Dutt zusammengebunden. Außerdem hatte sie roten Lippenstift aufgetragen. Ich ging davon aus, dass sie sich nur wegen der Nähe zum Kindler in die Mitte des Busses und nicht in die letzte Reihe gesetzt hatte.

»Zwei fehlen noch«, sagte unser Biolehrer in dem Moment, als Hendrik hinter ihm auftauchte.

»Keine Sorge, Ladys, ich bin hier«, rief der laut über die Köpfe hinweg. Dann zwängte er sich an unserem Biolehrer vorbei, der sich kopfschüttelnd über die Glatze strich.

»Funktioniert dieses Verhalten denn tatsächlich in der Damenwelt, Herr Schuh?«

Hendrik hielt kurz inne und wandte ihm seinen schlaksigen Körper zu. »Sagen Sie bloß, Sie benötigen Nachhilfe, Herr Lehrer.«

»Wenn der Kindler jemanden verführen will, stelle ich mich nur zu gern als Versuchsobjekt zur Verfügung«, raunte Lucy mir zu und ich schmunzelte, als ich aus dem Augenwinkel eine dunkle Gestalt sah, die in ebendiesem Moment den Bus betrat.

»Oh Gott sei Dank«, seufzte Lucy neben mir. »Ich dachte schon, er kommt nicht.«

Mein Blick glitt nach vorn und mein Herz machte einen Satz, als ich Vitus neben dem Kindler stehen sah. Er war komplett in Schwarz gekleidet und seine dunkelblonden Haare fielen ihm auf eine Art in die Stirn, dass ich am liebsten zu ihm gegangen und sie ihm aus dem Gesicht gestrichen hätte. Und wenn bei dieser Gelegenheit der Bus losgefahren wäre und der Ruck mich in seine Arme gedrückt hätte, dann hätte ich damit leben können.

Vitus grinste mich quer über die Sitzreihen hinweg an und ich konnte das herausfordernde Funkeln in seinen Augen sehen, das mich sofort an unseren Kuss denken ließ. Schräg hinter mir erklang Getuschel und ich wandte kurz den Kopf in die Richtung. Kim und Kristin verschlangen ihn geradezu mit ihren Blicken, als er sich ohne Eile durch die Reihen in meine Richtung bewegte.

»Er kommt auf dich zu«, kommentierte Lucy Vitus' Näherkommen, als Hendrik auch nur noch ein paar Schritte entfernt war.

»Ganz richtig, aber ich stehe mehr auf Blondinen.«

Hendrik grinste und ließ sich auf einen freien Sitz neben uns fallen.

»Mit dir redet keiner«, gab Lucy etwas lauter als nötig zurück. »Ich habe mit Lorelai gesprochen.«

»Haben dich deine Eltern eigentlich nach dieser Meerjungfrau benannt?«, fragte Hendrik entspannt und fuhr sich durch seine gelockten braunen Haare.

»Eigentlich war Lorelai der Sage nach eine verlassene Jungfrau, die sich in den Tod gestürzt hat«, bemerkte Vitus, der neben uns aufgetaucht war. Seine raue Stimme ließ meinen Magen einen Purzelbaum schlagen. »Rutsch mal rüber«, meinte er dann zu Hendrik.

»So habe ich das mit den Blondinen aber nicht gemeint«, antwortete der und rückte einen Platz weiter zum Fenster.

Vitus' Mundwinkel zuckte nur spöttisch, bevor er sich neben mich setzte und mich auf eine Weise ansah, dass mir abwechselnd heiß und kalt wurde.

»Wie geht's der Katze mit dem hässlichen Namen?«

»Hat sich trotz ihrer Hässlichkeit noch nicht in den Tod gestürzt.«

»Gut«, meinte er schmunzelnd.

»Aufgepasst, Leute!«, ließ sich der Kindler in diesem Moment von vorn vernehmen. »Das ist unser erster Lehrausflug zu einem Thema, das auch bei den Abschlussprüfungen abgefragt wird. Wir besuchen eine Sonderausstellung zum Thema Evolution. Versucht, so viel wie möglich mitzunehmen, schließlich sind die Evolutionsfaktoren und -theorien ein wichtiger Bestandteil der Prüfung.«

Während er weitersprach, ertönte auf Vitus' Handy das Eingangssignal einer WhatsApp-Nachricht. Vitus warf einen kurzen Blick darauf und ich bemerkte, wie sich sein Gesichtsausdruck versteinerte.

Irritiert blickte ich ihn an. »Alles okay?«

»Klar, alles bestens«, erwiderte er und presste die Lippen zusammen. »Sorry, ich hab noch was zu erledigen.« Mit diesen Worten ging er durch den schaukelnden Bus weiter nach hinten, während er sich das Telefon ans Ohr hielt.

»Claire? Ist das dein Ernst?«, hörte ich ihn verärgert fragen, bevor er sich in eine leere Reihe setzte.

Den Mädchennamen aus seinem Mund zu hören, ließ einen Stein in meinen Magen plumpsen und ich sah, wie auch Kim und Kristin die Köpfe wandten.

»Was war das denn? Ich wusste doch, dass er noch ein Geheimnis hat«, flüsterte Lucy mir zu. Unauffällig warf ich einen Blick über die Schulter. Vitus saß noch immer für sich allein in einer Reihe und hielt das Handy an sein Ohr. Und egal, was die Person am anderen Ende zu ihm sagte, es schien ihm nicht zu gefallen.

»So, aussteigen, Leute, wir sind da«, erklärte unser Lehrer eine halbe Stunde später, als der Bus auf einem großen Parkplatz direkt neben dem Völkerkundemuseum gehalten hatte.

»Mann, endlich. Ich hätte mein Frühstück nicht mehr lange drin behalten«, murrte Hendrik und drängte sich als einer der Ersten nach vorn.

Ich griff nach meiner Tasche und hängte sie mir über die Schulter. Dabei blickte ich bewusst nicht zurück, obwohl mich die Neugier, was mit Vitus los war, fast zerriss. Wer war diese Claire? Und war sie der Grund, weshalb er schon damals in der Cafeteria so seltsam reagiert hatte?

»Oh Gott, ich hasse es, so lange zu warten«, stöhnte Lucy, als die anderen aus unserer Klasse von ihren Sitzen rutschten und sich im Mittelgang ein Stau bildete. »Aus dem Grund fliege ich auch nicht mit dem Flugzeug.«

»Niemals?« Ich bewegte mich einen kleinen Schritt nach vorn, als es weiterging. Da der Bus über keine Klimaanlage verfügte, war mir so warm, dass mein T-Shirt an meinem Rücken klebte. Es war ein ausgesprochen warmer Septembertag.

Lucy fächelte sich hektisch mit ihren Händen Luft zu.

»Kommt natürlich immer darauf an. Wenn der Kindler mich einladen würde, mit ihm in die Normandie zu fliegen, um dort ein romantisches Wochenende zu verbringen, würde ich es mir vermutlich überlegen.«

»Hör doch mit dem Kindler auf«, flüsterte ich zurück. »Er ist mindestens zwölf Jahre älter als du. Das ist doch ekelhaft.«

»Genau. Absolut ekelhaft«, stimmte mir Kim zu, die sich hinter uns eingereiht hatte.

»Aber weniger ekelhaft als deine schmachtenden Blicke Vitus gegenüber«, bemerkte Kristin und wickelte eine blonde Locke um ihren Finger.

»Da gab es keine schmachtenden Blicke«, verteidigte mich Lucy sofort und ihre Augen begannen zu funkeln. »Die beiden haben sich nur ganz normal unterhalten. Aber nicht schlimm, dass ihr den Unterschied nicht kennt. Wahrscheinlich wisst ihr einfach nicht, wie das geht – mit einem Jungen reden, ohne ihm eure Zunge in den Mund zu stecken.«

Kim öffnete entsetzt den Mund und Lucy zog mich rasch weiter.

»Sei doch nicht immer gleich so aggressiv«, murmelte ich, als wir ausgestiegen waren und uns vor dem Völkerkundemuseum versammelten. Dabei vermied ich den Blick in Richtung von Kim und Kristin. Stattdessen begegnete ich unabsichtlich den dunklen Augen von Vitus. Er hatte die Hände in seinen schwarzen Jeans vergraben und wirkte in sich gekehrt, ganz anders als heute Morgen. Kurz begann ich, mir beinahe Sorgen zu machen.

»Schlechte Nachrichten«, erklärte der Kindler in dem Moment, während mir der Wind meine langen schwarzen Haare ins Gesicht wehte. »Offenbar gibt es seit letzter Woche eine neue Sonderausstellung, die sich nicht mit dem Thema Evolutionstheorie, sondern mit verschiedenen Bestattungskulten beschäftigt. Irgendwie muss ich mir das falsche Datum aufgeschrieben haben.«

Er blickte ein wenig unglücklich zu dem riesigen roten Backsteinbau mit den langen Fensterfronten, über dessen Eingang ein großes Banner hing, auf dem »Leben und Sterben im Wandel der Zeit« stand.

Unwillkürlich huschte mein Blick wieder hinüber zu Vitus und ich sah, wie sein rechter Mundwinkel nach oben zuckte. Was auch immer im Bus dazu geführt hatte, dass er sich auf einen anderen Platz gesetzt hatte – offenbar war es doch nicht so schlimm gewesen, um seine Laune nachhaltig zu trüben.

»Gut, dann schlage ich vor, Zweierteams zu bilden«, sagte unser Biolehrer in dem Moment und ließ die Augen über unsere Gruppe schweifen.

Lucy machte unwillkürlich einen Schritt auf ihn zu und ich hatte das Gefühl, sie wäre am liebsten direkt mit dem Kindler in ein Team gegangen.

»Was wir von der Evolution auf jeden Fall lernen können, ist die Fähigkeit, sich unerwarteten neuen Lebensbedingungen anzupassen«, fuhr er fort. »Und wir werden uns an die geänderte Sonderausstellung anpassen. Jedes Team macht sich Notizen zu den verschiedenen Bestattungsriten und wählt eine Lieblingsart aus. Wie ich das Ganze am Ende mit unserem Stoff verbinde, muss ich mir noch überlegen.«

Seine Worte lösten Gelächter aus und ich sah, wie Hendrik auf mich zu startete, als Vitus plötzlich vor mir stand.

»Wie wär's?«, fragte er mich mit einem unwiderstehlichen Lächeln.

Automatisch atmete ich tiefer ein, da er schon wieder so unverschämt gut nach Kiefernnadeln roch.

Zögernd warf ich einen Blick zu Lucy.

»Schon gut«, sagte sie schnell und fuchtelte bestätigend in der Luft herum. »Geh mit Vitus in ein Team. Immerhin ist er ganz in Schwarz gekleidet. Das ist doch prädestiniert für eine Ausstellung zum Thema Bestattung.«

Vitus beugte sich ein Stück zu mir herunter. »Und dein weißes Shirt passt mit der Trauerfarbe Weiß ebenfalls perfekt zum Thema Tod.« Seine Stimme hatte diesen sexy Tonfall und sein Atem strich über mein Schlüsselbein, woraufhin meine Haut zu prickeln begann. Vitus' Nähe brachte wieder die Erinnerung an den Kuss zurück und sein Gesicht war so knapp vor meinem, dass ich mich nur auf die Zehenspitzen zu stellen gebraucht hätte, um seine weichen Lippen erneut auf meinen zu fühlen.

»Haben alle einen Partner gefunden?«, fragte unser Biolehrer in dem Moment und ich sah, wie Kim und Kristin sehnsüchtig Vitus anstarrten, der knapp neben mir stand, während Hendrik sich rasch zu Lucy stellte und ihr was ins Ohr flüsterte, was sie mit einem kurzen Schmunzeln quittierte.

Unser Biolehrer ließ seinen Blick über die Gruppe wandern. »Das sieht gut aus. Dann lasst uns jetzt reingehen.«

KAPITEL 13

Das Museum empfing uns mit einer angenehmen Kühle und ich legte den Kopf in den Nacken, als wir in den Eingangsbereich mit dem glatten grauen Marmorboden gingen. Die Halle war so hoch, dass ich mir ganz klein vorkam, und mir fiel wieder das Banner zur Sonderausstellung auf, das quer über unsere Köpfe gespannt worden war.

Nachdem der Kindler die Eintrittskarten für die ganze Gruppe gelöst und uns in den nächsten Raum geschleust hatte, trommelte er uns in der Mitte der großen Halle zusammen, die von drei düsteren Skulpturen beherrscht wurde.

»Aufgepasst, Leute. In zwei Stunden treffen wir uns hier wieder. Bis dahin solltet ihr euch entsprechend umgesehen haben«, sagte er und schielte auf seine Armbanduhr. »Zwei Stunden, verstanden? Nicht eine Minute später – und auch keine fünf Minuten später. In zwei Stunden wieder hier.«

Er deutete mit dem Zeigefinger auf den Boden und wir nickten gehorsam.

»Gut. Stellt keinen Unsinn an. Aber das muss ich euch ja in eurem Alter nicht mehr sagen, oder?« Er grinste schief und Lucy lächelte ihn verzückt an. »Hier geht's übrigens zur Ausstellung.« Er deutete auf einen Eingang, der mit einem schwarzen Samtvorhang verhängt war und neben dem eine steinerne Figur in einem Kapuzenumhang stand, die mich an die geläufigen Darstellungen des Sensenmannes erinnerte. »Und nun viel Erfolg bei der Auswahl eurer Lieblingsbestattung.«

Kim und Kristin verdrehten die Augen, während ein paar andere grinsten und sich auf den Weg zu dem schwarzen Samtvorhang machten.

Ich wandte meine Aufmerksamkeit zuerst noch der Skulptur neben uns zu, die eine beklemmende Ausstrahlung auf mich hatte. Sie war aus einem glatten, fast schwarzen Holz gefertigt und zeigte einen Mann, der in eine schlanke Flöte blies und dazu schwungvoll einen Fuß in die Luft hob, als würde er einen Schritt machen wollen. Sein langer, fließender Mantel schwang hinter ihm her. Eigentlich hätte man meinen können, dass der Mann eine fröhliche Melodie spielte – doch irgendetwas an seinem kantigen Gesicht machte mich unruhig. Wie gebannt starrte ich auf die gespitzten Lippen und die schmale Hakennase, als zwei Jungs aus meiner Klasse hinter mir lachten und ich im nächsten Moment einen Schubs bekam, der mich gegen die Skulptur taumeln ließ.

Im Reflex stützte ich mich an dem Holz ab und verzog das Gesicht, da ich auf irgendetwas Spitzes gegriffen hatte. Erst jetzt sah ich, dass der Mantel der Figur mit einem Heer von Dornen übersät war.

»Verdammt, pass doch auf«, knurrte Vitus einen der Typen an und schubste ihn zurück.

»Jetzt mach keinen Aufstand«, sagte sein Freund und rempelte Vitus mit Absicht an, sodass er ebenfalls gegen den Dornenmantel gedrückt wurde.

»Schon gut«, sagte ich schnell und griff nach Vitus' Unterarm. »Es war ja keine Absicht.«

Vitus wirkte noch immer verärgert, aber ich hatte keine Lust, dass er sich mit den Typen prügelte, und wandte mich rasch in Richtung des schwarzen Samtvorhangs. »Lass uns reingehen.«

Die Jungs steuerten auch auf den Eingang der Ausstellung zu und Vitus überraschte mich, indem er nach meinem Handgelenk griff. »Hey, was hältst du davon, wenn wir mit unserer Erkundungstour dort beginnen?« Er nickte mit dem Kopf in den anderen Flügel des Museums.

Ich kniff die Augen zusammen und wischte kurz den Finger an meiner Jeans ab, der durch den Pikser ein wenig blutete.

»Sollten wir uns nicht die Ausstellung ansehen?«

»Kenne ich schon«, erklärte er trocken und zog mich ein paar Schritte zu einem großen Durchgang, hinter dem sich jede Menge Dinosaurierskelette befanden.

»Ach ja? Woher denn?«

»Ich war letztes Wochenende mit meinen Eltern hier«, erwiderte er knapp. »Konnte ja keiner ahnen, dass sich unser Biolehrer mit den Ausstellungszeiten vertun würde.«

Ich zog eine Augenbraue hoch. »Das machst du also in deiner Freizeit? Guckst dir Ausstellungen über Munch oder alte Bestattungsriten an?«

»Dafür stehst du auf düstere Filme mit depressivem Inhalt.«

»Touché.«

Vitus lächelte mich an und mir wurde wieder einmal bewusst, was für unglaublich weiße Zähne er hatte.

»Und was entgeht mir heute?«, fragte ich, während wir durch den Dinosaurier-Raum schlenderten, in dem wir im Moment allein waren. Abgesehen von den Skeletten gab es auch noch eine täuschend echte Nachbildung eines Velociraptors, der offenbar von einem Motor betrieben wurde und aufmerksam den Kopf schief legte, als wir näher kamen. Dazu ertönte ein lautes Saurier-Fauchen und ich blieb fasziniert vor dem Dino stehen.

»Unter anderem entgehen dir die Farbfotos einiger abgetrennter Finger«, erwiderte Vitus und streckte die Hand aus, um den sich bewegenden Saurierhals zu berühren.

Ich sah ihn von der Seite an und musste lachen. »Das hast du jetzt erfunden.«

Er schüttelte grinsend den Kopf. »Nein, absolut nicht. Das Volk der Dani aus Papua-Neuguinea hat die Tradition, den Frauen und Kindern eines Verstorbenen einen Finger zu amputieren, um die Geister zu besänftigen. Außerdem dient der physische Schmerz als Ausdruck des Leidens.«

»Okay.« Ich ging weiter. »Das klingt total barbarisch. War das die skurrilste Tradition?«

Vitus schüttelte den Kopf und wir verließen den Saurier-Saal und gelangten in einen kühlen Bereich voller ausgestopfter Tiere. Zwei riesige Grizzlys standen mit drohend erhobenen Tatzen auf den Hinterbeinen und nur wenige Schritte weiter schlich sich ein Tiger gerade an sein Opfer an. Er befand sich auf einem schwarzen Podest und wurde von unten mit schwachen Lichtspots beleuchtet, sodass er in dem dämmrigen Museum beinahe lebendig wirkte.

»Aus meiner Sicht ist die skurrilste Tradition die Famadihana-Umbettung aus Madagaskar«, antwortete Vitus und verschränkte die Arme hinter dem Rücken, während wir durch den kühlen Saal spazierten. »Dabei ist nicht das Begräbnis selbst das Besondere, sondern die Ausgrabung der Leichen einige Jahre danach. Die komplette Dorfgemeinde tanzt dabei mit den Toten, um ihnen Respekt zu zollen, und ersetzt die alten Leichentücher durch neue Seidentücher. Für die Familien ist dieser Tag ein Tag der Freude.«

»Wenn sie ihre Toten ausgraben?«, fragte ich entsetzt und wollte mir nicht vorstellen, wie es sich anfühlen musste, seinen seit einigen Jahren toten Angehörigen auf diese Weise wiederzubegegnen.

»Ich muss gestehen, ich stelle es mir auch nicht so prickelnd vor«, sagte Vitus. Wie aufs Stichwort begannen meine Fingerkuppen zu jucken. Unruhig schüttelte ich meine Hände und hoffte, dass Vitus nichts davon mitbekam. »Es gibt aber noch ein Bestattungsritual, das dir gefallen müsste.« Er blieb knapp vor mir stehen. »In Ghana wird das Leben des Toten geehrt, indem er in einem individuell gestalteten Sarg bestattet wird, der seinen Beruf oder seine größte Leidenschaft repräsentiert. Die Menschen, die es sich leisten können, werden dort nicht in einfachen Holzkisten beigesetzt, sondern in bunten und fantasievoll gestalteten Sarg-Unikaten, wie zum Beispiel in Fischen, Flaschen oder Früchten.«

»Flaschen?«, wiederholte ich. »Wenn der Verstorbene beispielsweise Alkoholiker war?«

Vitus grinste und hob einen Finger an mein Kinn. Ich spürte die sanfte Berührung auf meiner Haut und schloss die Augen.

»Hey, was macht ihr zwei denn da?«, durchschnitt Hendriks Stimme in dem Moment die Stille. »Der Kindler hat mir gesagt, dass ich euch suchen soll. Ihr seid in die falsche Richtung abgehauen.« Er umrundete die beiden Grizzlys und fuhr sich leicht angepisst durch die kurzen Locken.

»Wo ist Lucy?«, fragte ich.

»Noch immer bei der Bestattungsscheiße«, erwiderte Hendrik und nippte an seinem Kaffeebecher. »Kommt schon. Ich hab echt keine Lust, den Babysitter für euch zu spielen.«

Mit diesen Worten drängte er sich zwischen uns, sodass ich automatisch einen Schritt zurückwich.

»Hey, pass auf, was du da machst«, sagte Vitus und Hendrik drehte sich zu ihm herum, bis er mir den Rücken zuwandte.

»Ich soll aufpassen, was ich mache? Pass du besser auf, mit wem du dich anlegst. Ich hab nämlich überhaupt keinen Bock, dass ich dir nachlaufen muss.« Hendrik deutete verärgert auf ihn und etwas Kaffee schwappte über Vitus' Jacke.

»Hendrik, pass auf«, murmelte ich und griff nach seiner Schulter. In diesem Moment drehte sich Hendrik herum und ich streifte unabsichtlich seinen Nacken. Gleichzeitig jagte ein starkes Prickeln durch meine Fingerspitzen, gefolgt von einem unangenehmen Taubheitsgefühl. Dabei wurde mir so kalt, als ob man mich nackt in ein Schneetreiben gestoßen hätte. Ein unkontrolliertes Zittern lief durch meinen Körper und mir stockte vor Schreck der Atem. Es fühlte sich an, als ob mein Blut direkt in den Adern zu Eis gefrieren würde – und das alles in einem Zeitraum von weniger als einer Sekunde.

Im nächsten Moment entlud sich die Kälte wie bei einem elektrischen Schlag durch meine Fingerspitzen an der Stelle, an der ich Hendrik berührte, und mein Herz blieb kurz stehen, bevor es umso schneller weiter trommelte. Ich sah, wie ein Zucken durch Hendriks

Körper lief und seine Knie unter ihm nachgaben. Der Becher mit Kaffee entglitt seinen Fingern und ergoss sich in einer schwarzen Lache auf den Boden, während Hendrik zusammensackte. Er fiel einfach hin, wie eine viel zu große Stoffpuppe, und ich hörte den dumpfen Schlag, mit dem sein Kopf auf dem spiegelnden Boden aufschlug.

Völlig entsetzt starrte ich auf meinen bewusstlosen Klassenkameraden, dessen kurze Locken sich nur wenige Zentimeter von der schwarzen Kaffeepfütze entfernt befanden.

Die Kälte von vorhin war wieder da, aber diesmal schien sie eine Reaktion auf den Schreck zu sein und weit weniger physisch als das erste Mal. Meine Augen glitten zu meinen zitternden Fingerspitzen und ein letzter Rest an logischem Denken versuchte zu verstehen, was passiert war.

Konnte es sein, dass ich Hendrik mit meiner Blutgabe in Ohnmacht versetzt hatte? War es meine Schuld, dass er nun wie tot auf dem Boden lag?

Mein Mund wurde so trocken, dass ich kaum schlucken konnte, und ich begegnete für einen Moment Vitus' Blick, der ebenso erstarrt wirkte wie ich. Allerdings war es nicht das Einzige, was ich in seinen Augen sehen konnte – doch bevor ich darüber nachdenken konnte, was da soeben aufgeblitzt war, beugte er sich schon hinunter und fühlte Hendriks Puls.

»Ist … ist alles okay mit ihm?«, presste ich hervor und ging neben Vitus und Hendrik in die Knie. Eine wächserne Blässe überzog Hendriks Haut und bei seinem fahlen Anblick drehte sich mir der Magen um.

»Er atmet nicht«, sagte Vitus ruhig. Die Worte fühlten sich an, als hätte mir jemand eine Eislanze in die Brust gerammt.

»Er … Was?«, keuchte ich und musste mich mit den Händen auf dem Boden abstützen, weil sich der riesige Raum zu drehen anfing. Schockiert beobachtete ich, wie Vitus sich vorbeugte und mit einer Herzdruckmassage begann. »Wir müssen einen Krankenwagen rufen«, wisperte ich und griff nach meinem Handy. Dabei zitterten meine Finger so stark, dass ich es nicht sofort aus meiner Jeans ziehen konnte. Und während der ganzen Zeit wiederholten sich Vitus' Worte in meinem Kopf in einem endlosen Strom. Er atmet nicht. Er atmet nicht. Er atmet nicht. Er atmet nicht er atmet nicht er atmet nicht *er atmet nicht*.

Mit fliegenden Fingern entsperrte ich das Handy und merkte, wie ich panisch wurde, als mir die Nummer des Rettungsdienstes nicht sofort einfiel. Hektisch presste ich die Handballen gegen die Augen und dachte nach. Im nächsten Moment fühlte ich eine knisternde Welle von Energie über meine Haut jagen und riss die Augen wieder auf.

Vitus zog sich gerade von Hendrik zurück, dessen ganzer Körper zuckte, als ob ein Elektroschock durch ihn hindurchgerast wäre. Gleichzeitig atmete Hendrik tief ein und ich sah, wie sich sein Brustkorb deutlich hob. Dann schlug er die Augen auf und blickte sich einen Moment lang orientierungslos um, bevor er sich über die Stirn rieb.

»Scheiße, hab ich Kopfschmerzen«, murmelte er und setzte sich langsam auf.

Mein Herz donnerte so laut gegen meine Brust, dass es in meinen Ohren dröhnte, und ich hielt das Handy noch immer in der Hand, während ich auf Hendrik starrte. Er rieb sich zwar noch immer den Kopf, doch seine Haut hatte wieder Farbe angenommen und vor allem atmete er, als wären die letzten Sekunden nie passiert.

»Wie fühlst du dich?«, stieß ich hervor und stand noch immer unter Schock.

»Beschissen, hab ich doch gerade gesagt«, murrte Hendrik und stemmte sich in die Höhe. »Sag mal, hast du mich eben niedergeschlagen, Mann?«, knurrte er dann Vitus an.

»Nein, du bist einfach ohnmächtig geworden«, warf ich rasch ein, als Vitus nicht antwortete und stattdessen nur mich anstarrte. In seinem Blick spiegelten sich Gefühle wider, die ich nicht deuten konnte, aber ich hatte jetzt auch keinen Kopf dafür. In meinem Inneren tobte ein solches Chaos, dass ich nicht klar denken konnte. Natürlich war ich erleichtert, dass Hendrik wieder auf den Beinen war, aber diese Erleichterung wurde überschattet von der Frage, was eigentlich genau mit ihm geschehen war.

Und ob ich an seinem Zustand schuld war.

»Ich werde nicht einfach so ohnmächtig.« Hendriks Stimme klang unfreundlich und er zog seine Sonnenbrille aus der Tasche. Dann setzte er sie auf und fuhr sich kurz durch die Locken. »Scheiße, mein Kaffee«, brummte er, als sein Blick auf die schwarze Lache auf dem Boden fiel, und ich unterdrückte den Impuls, ihm zu sagen, dass er nicht mehr geatmet hatte und verdammt noch mal froh sein konnte, überhaupt noch am Leben zu sein.

»Sag dem Kindler, wir kommen gleich«, sagte Vitus in diesem Moment. Seine Stimme klang ganz anders als sonst.

»Okay, macht, was ihr wollt«, erwiderte Hendrik und trat den Rückzug an, während die Gedanken durch meinen Kopf irrten.

War meine Blutgabe an Hendriks Ausfall schuld? Hatte ich ihm irgendwie einen elektrischen Schlag verpasst, der sein Herz dazu gebracht hatte, stehen zu bleiben? War ich dafür verantwortlich, dass er zu atmen aufgehört hatte?

Diese Möglichkeiten waren so furchterregend, dass ich sie sofort wieder wegschob. Das konnte einfach nicht sein. Hendrik konnte nicht meinetwegen einen Herzstillstand erlitten haben. Auch wenn die Blutgabe zu Beginn ihrer Entfaltung manchmal verrücktspielen konnte, hatte ich noch nie von *solchen* Nebenwirkungen gehört.

Als mir auffiel, dass Vitus unnatürlich still war, zwang ich meine Aufmerksamkeit zurück ins Hier und Jetzt.

»Ich wusste gar nicht, dass du das kannst«, flüsterte ich und atmete tief durch, um meinen rasenden Puls unter Kontrolle zu bekommen.

»Dass ich was kann?«, fragte er barsch zurück und brachte ein paar Schritte Abstand zwischen uns, bis er neben dem ausgestopften Tiger stand.

»Jemanden wiederzubeleben«, erwiderte ich und versuchte, seinen plötzlichen Stimmungswechsel zu verstehen. »Also die Herzdruckmassage.« In diesem Moment kam mir ein hässlicher Gedanke und ich sah ihn erschrocken an. »Meinst du, wir hätten den Rettungsdienst trotzdem rufen sollen? Schließlich hatte er für ein paar Sekunden keinen Puls!«

Vitus fuhr sich durch seine dunkelblonden Haare und wandte den Blick ab. Seine ganze Körperhaltung wirkte extrem angespannt und ich merkte, wie es mich mehr und mehr frustrierte, dass ich den Grund dafür nicht kannte.

»Was ist los mit dir?«, fragte ich und machte einen Schritt auf ihn zu.

»Nichts«, antwortete er, ohne mich anzusehen, und vergrößerte erneut den Abstand zwischen uns. »Du kannst ja den Rettungsdienst rufen, wenn du meinst.«

Sein Blick glitt für einen Moment zu mir und diesmal war die Distanz in seinen Augen unmissverständlich.

Völlig verwirrt blieb ich mitten im Raum stehen. Konnte es sein, dass er mich für die Situation hier verantwortlich machte? Der Gedanke biss sich in mir fest und ließ sich auch nicht mehr abschütteln. Hatte Vitus irgendwie gemerkt, dass ich Hendrik eine Art Schlag verpasst hatte? Konnte ein Gewöhnlicher so etwas überhaupt bemerken?

»Vitus, was ist denn bloß los mit dir?«, entfuhr es mir, woraufhin er zynisch schnaubte.

»Jetzt tu doch nicht so.«

»Was meinst du?«, fragte ich und versuchte, so ruhig wie möglich zu bleiben und die durcheinanderwirbelnden Gedanken in meinem Kopf zu ignorieren. Erneut machte ich einen Schritt auf Vitus zu und erneut vergrößerte er den Abstand zwischen uns, indem er das Podest mit dem ausgestopften Tiger umrundete, als wäre ich irgendwie ansteckend.

Oder *gefährlich*.

Ich hatte den Gedanken noch nicht zu Ende gedacht, als Vitus plötzlich über die Kante des Podests stolperte und das Gleichgewicht verlor. Ich sah, wie er erschrocken die Luft einzog und sich gerade noch an dem Tiger abfangen konnte, als eine knisternde Welle von Energie durch den Raum jagte. Innerhalb eines Herzschlags entzündete sich ein Netz aus leuchtend hellen Adern unter dem Fell der Raubkatze und durchlief ihren ganzen Körper. Das funkelnde Licht strömte durch die Gliedmaßen, bevor ein gewaltiges Zucken durch den ausgestopften Tiger lief. In der nächsten Sekunde erreichte die hell leuchtende Magie auch die Augen der Raubkatze und ich hielt erschrocken den Atem an, als ein Funken Leben darin aufflammte.

Mit einem heiseren Schrei taumelte ich zurück. Tausend Gedanken zischten durch meinen Kopf und einer davon war, dass Vitus kein Gewöhnlicher war.

Er war ein Heller.

Offenbar hatte er den Tiger mit seiner Blutgabe zum Leben erweckt und seine Seele für kurze Zeit zurück in dessen Körper geholt. Unter anderen Umständen hätte ich mich sicher darüber gefreut, doch als der Tiger den mächtigen Kopf hob und angriffslustig mit dem Schwanz zuckte, fühlte ich das gleiche Entsetzen, das sich auch auf Vitus' Gesicht widerspiegelte.

Im nächsten Moment richtete die Raubkatze ihren Blick auf mich, während sich die Muskeln unter dem orange-schwarz gestreiften Fell zu bewegen begannen. Dann stieß sie ein furchterregendes Brüllen aus und plötzlich ging alles ganz schnell. Ich sah nur noch, wie sich die Pupillen in den goldgelben Augen zu tiefschwarzen Seen erweiterten, bevor durch die Schultermuskulatur des Tigers ein Ruck ging und er sich mit einem Fauchen auf mich stürzte.

Wie in Zeitlupe bekam ich mit, wie die geballte Kraft aus Muskeln, Knochen und Sehnen in meine Richtung flog. Die ausgefahrenen Krallen des Tigers kamen immer näher und ich fühlte bereits den heißen Raubtieratem in meinem Gesicht, als mein Instinkt übernahm und ich meinen Körper nach rechts warf, um dem tödlichen Angriff auszuweichen. Eine eisige Kälte baute sich dabei in meinen Fingerspitzen auf, eine Kälte, die wie eine Welle durch meinen ganzen Körper spülte und meine Adern mit flüssigem Eis zu füllen schien. Der Tiger segelte haarscharf an mir vorbei und versuchte noch im Sprung, seine Richtung zu ändern, als ich mit den Fingern meiner linken Hand sein dichtes Nackenfell streifte und sich die Todeskälte in mir mit einem Schlag an ihm entlud.

Eine enorme Ladung von Energie jagte durch den Raum. Gleichzeitig breitete sich ein Gittergeflecht aus glitzernder Schwärze im Körper der Raubkatze aus. Einen Wimpernschlag später wich jegliches Leben aus dem Tiger, der steif und tot in derselben Haltung auf den Boden knallte, in der er ausgestopft worden war. Die funkelnden schwarzen Adern in seinem Körper verblassten wieder und ich wich mit zittrigen Knien zurück. Dabei starrte ich zuerst auf meine Hände und dann auf den toten Tiger, der durch meine Berührung sein Leben verloren hatte.

Genau wie es bei Hendrik geschehen war.

Ein unglaublich hässlicher Gedanke kratzte an den Rändern meines Bewusstseins, ein Gedanke, den ich nicht zulassen wollte.

Stumm blickte ich hoch zu Vitus, der mich mit einem Ausdruck absoluten Widerwillens betrachtete, eines Widerwillens, den ich selbst nur zu gut nachempfinden konnte. Und noch ehe diese Empfindung zu stark werden konnte, schlang ich die Arme um meinen Körper und stolperte zitternd aus dem Saal.

Seit dem 17. 11. 1771 ist die Vereinigung von Dunklen und Hellen strengstens untersagt. Die Vermischung des Blutes stellt eine tödliche Gefahr für Mutter und Kind dar und wird mit der sofortigen Hinrichtung des Vaters bestraft – sofern dieser bekannt ist.

Paragraph 5 der Roten Gesetze aus dem Scharlachroten Buch

KAPITEL 14

Während der Rückfahrt zur Schule flirrten die Gedanken durch meinen Kopf und mein Verstand versuchte zu verarbeiten, was im Museum passiert war. Noch immer zitterte ich am ganzen Körper, wenn ich daran dachte, was in der letzten Stunde alles vorgefallen war.

Sobald der Bus vor der Schule hielt, verabschiedete ich mich so schnell wie möglich von Lucy und machte mich auf den Nachhauseweg. Da ich nicht schon wieder in einen Bus einsteigen wollte, ging ich zu Fuß, wobei sich mit jedem Schritt eine tiefe Erkenntnis in mir ausbreitete – eine Erkenntnis, die absolut keinen Sinn ergab.

Denn ich konnte keine von ihnen sein.

Angespannt bog ich in unsere Straße ein und hoffte, dass das alles nur ein Traum war, ein Albtraum, aus dem ich bald erwachen würde. Der Wind strich mir sanft über die Wangen, fast als wolle er mich trösten, aber ich wusste, dass hier ein Fehler vorlag. Es musste einer vorliegen. Ich war nicht dazu geboren worden, um den Tod über die

Welt zu bringen. Das Leben sollte durch meine Hände fließen, nicht die Macht des dunklen Endes.

Es muss ein Fehler sein. Es kann nur ein schrecklicher Fehler sein, wiederholte eine Stimme ständig in meinem Kopf und ich klammerte mich an der Hoffnung fest, dass meine Blutgabe schlichtweg verrücktspielte, bevor sie sich endgültig manifestierte. Konnte das sein? Konnten die Nebenwirkungen so weit gehen, dass sie den Tod brachten? Oder machte ich mir selbst nur etwas vor?

Völlig durcheinander öffnete ich das mit Efeu überwucherte schmale Tor, das direkt in unseren Garten führte. Dabei schlang ich die Arme um meinen Oberkörper und versuchte, tief und langsam durchzuatmen. Die Bilder aus dem Museum tauchten wieder vor meinem geistigen Auge auf und ich durchlebte erneut, wie Vitus den Tiger zum Leben erweckt hatte, bevor das Tier mit einem gewaltigen Satz auf mich sprang, um mich zu zerfleischen. Wieder konnte ich fühlen, wie die Energie des Blutes durch mich hindurchgeströmt war, wie es meine Fingerspitzen mit eisiger Kälte durchtränkt und ich das Leben aus dem Tiger gezogen hatte.

Ich schluckte trocken. Auch wenn mir diese Fähigkeit heute das Leben gerettet hatte, konnte das nicht meine Blutgabe sein. Ich war eine Helle. Und als solche trug ich das Geschenk des Lebens in mir – und nicht die Kälte des Todes.

Rasch betrat ich unseren Garten, folgte dem geschlängelten Pfad in Richtung Haus und bog dann bei der großen Eiche nach links ab. Weiter hinten befand sich eines der kleinen Blumenbeete, das aufgrund der hüfthohen Hecke nicht eingesehen werden konnte. Als ich es erreichte, klopfte mein Herz wie wild in meiner Brust.

Schnell setzte ich meinen Rucksack ab, ging vor einem der Beete in die Knie und sog tief die Luft in meine Lungen. Meine Hände versanken in der Erde und mein Brustkorb hob und senkte sich schnell, während ich das bunte Blumenbeet mit den strahlenden Sonnenblumen, den roten Chrysanthemen und den violetten Dahlien betrachtete. Es lag so friedlich vor mir, dass ich mich noch einmal verstohlen umblickte, bevor ich vorsichtig eines der leuchtend gelben Blütenblätter mit den Fingerspitzen berührte. Dabei fühlte ich ein Prickeln durch meine Hand schießen, das sich in meinen Fingerkuppen wiederfand und dort innerhalb eines Augenblicks so eiskalt wurde, dass mir ein kühler Schauer über den Rücken rann. Glitzernde schwarze Linien durchzogen den Wasserkreislauf der Sonnenblume und im nächsten Moment senkte sie ihr Köpfchen und verwelkte innerhalb eines Augenblicks. Auch der Stängel verdorrte vor meinen Augen, während die Schwärze darin bis in den hintersten Winkel der Pflanze vordrang und das satte Gelb der Blütenblätter in ein dunkles Orange verwandelte.

Erschrocken prallte ich zurück und konnte kaum atmen. Es fühlte sich an, als wäre ein Baum auf mich gefallen, der mir die Luft aus den Lungen presste, während in mir die Erkenntnis reifte, dass das hier mehr war als nur die Nebenwirkung meiner Blutgabe.

Es war die falsche Blutgabe.

Erschöpft strich ich mir eine Haarsträhne aus dem Gesicht. Ich war die Tochter einer hellen Familie, wie konnte ich da die Fähigkeit der Dunklen in mir tragen?

Hatte es vielleicht mit Vitus zu tun? Aber warum war mir nicht schon früher aufgefallen, dass er ein Heller war?

Ich konnte mich nicht erinnern, ihn jemals bei einer Roten Audienz gesehen zu haben – und das, obwohl er definitiv aus der Masse hervorstach. Mit seinen markanten Gesichtszügen, den dunklen Augen und dem sexy Lächeln wäre er nicht lange unbemerkt geblieben und Josephine hätte mich mit Sicherheit auf ihn aufmerksam gemacht. Außerdem sah er mit seiner Lederjacke und der düsteren Kleidung wie ein Rockstar aus und wäre garantiert auch wie so einer behandelt worden. Die gut aussehenden, intelligenten Typen waren sehr beliebte Heiratskandidaten und wurden bei den offiziellen Treffen immer heiß umschwärmt.

Mein Kopf versuchte noch immer, zu verarbeiten, was in der letzten Stunde passiert war, als mir das Buch meines Großvaters wieder einfiel.

So schnell ich konnte, sprang ich auf, schnappte mir meinen Rucksack und raste in Richtung Haus. Dort schlug ich sofort den Weg zum Arbeitszimmer meines Vaters ein und hörte, wie die Eingangstür hinter mir ins Schloss knallte.

»Lorelai, bist du das?«, rief meine Mutter, die gerade aus der Küche kam.

»Ja, hallo.« Ich versuchte, so unaufgeregt wie möglich zu wirken, obwohl mein Puls auf 180 war.

Meine Mutter wischte sich die Hände an ihrer grünen Arbeitsschürze ab und betrachtete mich eingehend.

»Was ist denn mit dir los? Du wirkst ja vollkommen außer Atem.«

»Dann sollte ich wohl etwas mehr Sport machen. Ich komme gerade aus der Schule.«

Hoffentlich gab sie sich damit zufrieden.

»Aha«, machte meine Mutter nur. »Ich geh gleich rüber ins Gewächshaus. Hast du nachher noch Zeit, um mir beim Einpflanzen zu helfen?«

Bedauernd schüttelte ich den Kopf. »Ich hab leider eine Menge

Hausaufgaben«, log ich. »Das wird heute wahrscheinlich wirklich eng.«

»Ach, mach dir nichts draus.« Meine Mutter lächelte mich so freundlich an, dass ich sofort ein schlechtes Gewissen bekam, weil ich sie angelogen hatte. »Ich bekomme das auch so hin. Was wäre ich denn für eine Mutter, wenn ich dich von deinen Hausaufgaben abhalte.«

»Super – ich geh dann mal.«

Schnell verschwand ich über die mit Büchern belegte Treppe nach oben. Dann schloss ich rasch meine Zimmertür hinter mir, bevor ich mein Ohr ans Holz legte und den Geräuschen von unten lauschte. Nach etwa fünf Minuten verließ meine Mutter das Haus und ich nutzte den Moment, um nach unten ins Arbeitszimmer meines Vaters zu schlüpfen.

Vorsichtig schloss ich die Tür hinter mir und ließ meinen Blick durch den Raum schweifen. Er war sehr gemütlich eingerichtet, mit vielen wuchernden Topfpflanzen, wuchtigen Regalen aus poliertem Holz, einem großen Sekretär mit geschwungenen Tischbeinen in der Ecke und einer kleinen roten Couch, auf der jede Menge bunte Kissen lagen. An den Wänden hingen hell gerahmte Bilder, die mein Vater von einem Patienten geschenkt bekommen hatte. Seine Fotografien zeigten einsame, verlorene Landstriche und ich fühlte mich ihnen in dem Moment näher, als ich es je getan hatte.

Rasch schritt ich zu einem Bild, das ein sturmgepeitschtes Meer abbildete, und hängte es vorsichtig ab. Dahinter kam der alte graue Safe zum Vorschein, in dem meine Eltern ein paar Familienerbstücke aufbewahrten – inklusive der drei Bücher.

Mein Vater hatte nie ein Geheimnis um diese Bücher gemacht und als ich nach Romys Geburt das erste Mal zu einer Roten Audienz gedurft hatte, hatte er sie mir zum Lesen gegeben – was ich damals nicht besonders aufregend fand. Lieber las ich Bücher von spannenden Abenteuern als irgendwelche Paragraphen, Stammbäume oder historischen Aufzeichnungen.

Jetzt war es aber genau das, was ich in meiner Situation brauchte.

Mit angehaltenem Atem tippte ich die Zahlenkombination in das Bedienfeld ein und merkte erst, als die Safetür einen Augenblick später aufsprang, wie nervös ich wirklich war.

Neben ein paar antiken Schmuckstücken entdeckte ich die alten Werke. Mein Herz machte einen Sprung, als ich sie sah.

Behutsam nahm ich die drei Bücher an mich und setzte mich damit auf die Couch. Das Scharlachrote Buch war in rotem Samt eingebunden und relativ dick, da es unzählige Paragraphen enthielt, die die Gesetzgebung der Blutlinien regelte. In der Geschichte des Blutadels stellte dieses Buch einen großen Meilenstein dar, denn Jahrzehnte nach dem Scharlachroten Krieg hatten es die Nachfahren einiger Ridolfi und Medici geschafft, sich in wochenlangen Diskussionen auf diese gemeinsame Gesetzgebung zu einigen.

Gedankenverloren strich ich über den weichen Samteinband und legte es gemeinsam mit dem Buch der Stammbäume zur Seite, um mir die alten Aufzeichnungen meines Großvaters anzusehen. Das dicke Leder roch nach Geschichte und dem Parfüm meines Opas und ich zögerte einen Moment, bis ich es aufschlug und darin herumblätterte.

Mein Großvater, der sich sehr für die Entwicklung des Blutadels interessiert hatte, hatte in dem Buch alle Informationen gesammelt, die ihm im Laufe der Zeit untergekommen waren. Handgeschriebene Notizen, Zeitungsausschnitte und Zeichnungen reihten sich in den goldumfassten Blättern aneinander. Rasch blätterte ich durch die

Seiten und hoffte, hier irgendetwas zu finden, das mir weiterhelfen könnte. Dabei blieb ich an der Kopie eines Textes hängen, die mein Großvater vor Urzeiten gemacht haben musste.

Gunigunde wurde von einem Dunklen geschwängert, ebenso Ällin, Magdalene und Gerlin. Sie alle gehörten der Gemeinschaft der Blutsfrauen an und empfanden ihr Verhalten offenbar nicht als widernatürlich. Denn zur damaligen Zeit, noch weit vor dem Scharlachroten Krieg, gab es keine scharfe Trennung zwischen den Blutlinien und es ist auch unbekannt, ob es davor schon zu Vorfällen dieser Art gekommen war.

Doch alle vier Frauen verstarben bei der Geburt, bei der auch ihre Kinder tot zur Welt kamen. Es ist mir nicht zu Ohren gekommen, was mit den dunklen Vätern passierte, aber seit jeher existiert der Beweis, dass eine Vereinigung zwischen Hell und Dunkel von der Natur nicht gewollt ist. Zu gefährlich ist die Vermischung der beiden Blutlinien, deren geballte Kraft offenbar nur dazu imstande ist, Zerstörung zu bringen. Auch noch später wurde von einem Vorfall berichtet, in dem der umtriebige Dunkle Elbert von Reklawitz sich an einer hellen Frau vergangen hatte – die diesen Umstand mit dem Tode bezahlen musste.

Mit der Schaffung des Paragraphen 5 der Roten Gesetze aus dem Scharlachroten Buch, der im Jahr 1771 in Kraft trat, konnten weitere Todesfälle dieser Art vermieden werden.

Mein Großvater hatte als Quelle des Textes einen gewissen Hellen namens Tiberius von Quentina genannt, von dem noch mehrere Kopien existierten. In einem Text beschrieb er die erste Rote Audienz, bei der es zu unglücklichen Vorfällen gekommen war, weil die neuen Gesetze das erste Mal ihre Anwendung fanden, und berichtete in einem weiteren von gefährlichen Familienfehden zwischen den Hellen und Dunklen.

Auf der Suche nach einem Eintrag, der meine Situation erklären könnte, stöberte ich weiter und stieß auf eine handschriftliche Notiz meines Großvaters.

Auch wenn ich sie nicht besonders mag, sind die Roten Audienzen zur Feier der Geburtstage der Fürstenpaare doch eine sinnvolle Maßnahme, um den Blutadel im Griff zu behalten. Während die alten Geschichten erzählen, dass die Hohen Herrscherhäuser früher den Extrakt der roten Lilie einsetzten, um ungehorsame Mitglieder des Blutadels ihrer Fähigkeit zu berauben, müssen sich die Fürsten heute andere Maßnahmen einfallen lassen. Die ausgewählten Verhandlungen beim Roten Gerichtshof dienen deshalb dazu, die Roten Gesetze wieder stärker in die Gedächtnisse der Menschen zurückzuholen – auch wenn der Entzug der Gabe und die damit verbundene Verbannung aus dem Blutadel inzwischen nicht mehr in Betracht gezogen werden kann, da der letzte rote Extrakt aus dem Lilienbaum angeblich schon vor Jahrhunderten aufgebraucht wurde.

Ich überflog die weiteren Seiten, bis ich zu einem weiteren Eintrag von diesem Tiberius von Quentina kam.

Es sind Legenden, nicht mehr als das, und doch sind sie nicht wie Brotkrümel vom Tisch zu fegen. Denn in jeder Legende steckt dieser Funke, egal wie klein er ist. Und dieser Funke trägt eine Wahrheit in sich, auch wenn es nicht die eigene ist. Ich habe von Dunklen gehört, die ohne Gabe geboren wurden, und von Hellen, deren Blutgabe sogar lang verstorbene Tote länger als drei Minuten zum Leben erwecken konnte – sofern die körperliche Hülle noch vollständig war, um einen Wiedereintritt der Seele zu gewährleisten. Auch wenn sich dies fantastisch anhört, so ist nicht zu vergessen, dass auch die Blutgabe an sich fantastisch ist, weshalb ich die Existenz solcher Begebenheiten in Betracht ziehen muss. Doch bei einigen Geschichten fällt es mir schwer, das Körnchen Wahrheit zu entdecken, und ich frage mich, ob die Geschichtenerzähler lediglich von der Kraft ihrer eigenen überbordenden Fantasie mitgerissen wurden. Wer kann es ihnen vorwerfen? Und wer weiß, vielleicht haben sie ihre Fantastereien so oft geteilt, dass sie es irgendwann selbst glaubten.

Besonders unwahrscheinlich hört sich der Vorfall zwischen einer Dunklen und einem Hellen an, die durch das Teilen einer gemeinsamen Mahlzeit bei vollem Mond – oder durch einen unschuldigen Kuss (hier gehen die Meinungen auseinander) – ihre Blutgaben getauscht haben sollen. Wenn eine Dunkle auf diese Weise zu einer Hellen werden könnte, würde das unsere gesamte Welt auf den Kopf stellen, weshalb ich geneigt bin, diese Geschichte ins Reich der Märchen einzuordnen. Vor allem deshalb, weil sie von dem dunklen Dichter Gabriel von Rabenau stammt, wodurch die Quelle als nicht vertrauenswürdig einzustufen ist. Und obwohl mir dieser Text nur durch Zufall in die Hände gelangte, betrachte ich ihn mit der allergrößten Vorsicht, denn schließlich wissen wir Hellen doch alle, dass den Dunklen nicht zu trauen ist, da sie vorzügliche Lügner sind.

Ich las den vorletzten Satz immer und immer wieder und fühlte, wie mir das Blut in den Kopf schoss. *Gabriel von Rabenau* … das konnte kein Zufall sein.

Ein hässlicher Gedanke sickerte durch meine Gehirnwindungen und wurde von Sekunde zu Sekunde immer lauter: Vitus Rabenau war einer von ihnen.

Offenbar hatte seine Familie nur den Adelszusatz »von« abgelegt, um in unserer modernen Zeit weniger Aufmerksamkeit zu erregen. Das war nicht unüblich und mir wurde schlagartig schlecht. Eine Welle der Enttäuschung und Abscheu rollte über mich. Vitus von Rabenau war kein Heller, er war ein *Dunkler*.

Die Namen der Adelsfamilien hatten sich niemals vermischt, das wusste ich noch von meinem Großvater, der sich immer beschwert hatte, dass wir nur die hellen Stammbäume einsehen durften. Was war ich nur für eine Idiotin gewesen! Vitus' Faible für depressive Kunst und den Tod, sein Verhalten im Museum, diese schreckliche Distanz, die ich nach dem Vorfall mit Hendrik gespürt hatte, das alles ergab plötzlich einen Sinn. Er war als Dunkler geboren worden und ich hatte ihn dabei beobachtet, wie er die helle Blutgabe angewandt hatte – und das hatte ihm offensichtlich nicht gefallen.

Aber wieso hatte Vitus den Tiger zum Leben erwecken können, wenn er ein Dunkler war? Ging es ihm wie mir und er trug die falsche Blutgabe in sich?

Der Gedanke bohrte sich wie eine Eislanze in mich, während mein Blick an dem aufgeschlagenen Buch vor mir hängen blieb.

Besonders unwahrscheinlich hört sich der Vorfall zwischen einer Dunklen und einem Hellen an, die durch das Teilen einer gemeinsamen Mahlzeit bei vollem Mond – oder durch einen unschuldigen Kuss (hier gehen die Meinungen auseinander) – ihre Blutgaben getauscht haben sollen.

Für einen Moment glaubte ich, keine Luft mehr zu bekommen.

Konnte das tatsächlich sein? Konnten Vitus und ich durch einen Kuss unsere Fähigkeiten getauscht haben? Es war tatsächlich Vollmond gewesen, als wir uns geküsst hatten. Es kam mir unwirklich vor, dass so etwas möglich war, aber es kam mir auch unmöglich vor, dass ich plötzlich Leben nehmen konnte. Mein Großvater hatte es geliebt, uns irgendwelche Schauermärchen aufzutischen, und ich hatte immer vermutet, dass er es nur tat, um uns davon abzuhalten, einem Dunklen zu nahe zu kommen. Doch was war, wenn dies kein Schauermärchen war?

Ich blätterte noch weiter durch die Seiten, fand aber auf die Schnelle keine weiteren Informationen zu dem Thema.

Rasch packte ich das Buch der Stammbäume und der Roten Gesetze wieder in den Safe, schloss diesen und hängte die Meeresfotografie darüber. Alles sah so aus wie vorher, auch wenn es nicht so war. Das Buch meines Großvaters behielt ich bei mir, klemmte es mir unter den Arm und suchte schnell meine Sachen zusammen, um aufzubrechen.

»Was machst du denn hier?«, fragte meine Schwester, als sie mir wenig später die Tür öffnete.

Ich war froh, dass Sophie heute zu Hause war und nicht bei meinem Vater in der Praxis aushalf.

»Ich muss mit dir sprechen.« Ich drängte mich an ihr vorbei in ihre kleine Wohnung.

Sophie schloss die Tür hinter uns. »Das hört sich ja sehr dringend an. Willst du was trinken?«

Ich schüttelte den Kopf und steuerte auf das kleine Wohnzimmer zu, wo ich mich auf die gemütliche olivfarbene Couch fallen ließ.

Sophie setzte sich neben mich. »So schlimm? Du bist ja total weiß im Gesicht.«

»Sophie«, setzte ich an und wusste nicht so recht, wie ich es sagen sollte. Aber es brachte nichts, um den heißen Brei herumzureden. »Heute hat sich meine Blutgabe gezeigt.«

»Das ist doch großartig.« Sie begann zu strahlen, doch dieses Strahlen verblasste im nächsten Augenblick. »Warum siehst du denn so fertig aus? Ist es nicht großartig?«

»Nein, ganz und gar nicht«, erklärte ich und presste die Lippen zusammen. »Denn ich kann das Leben nicht geben, ich kann es nur nehmen.«

»Du kannst was?«, fragte Sophie kurz darauf zum gefühlten hundertsten Mal, während sie nervös in dem kleinen Wohnzimmer hin und her tigerte, das mit den weißen Bücherregalen und dem niedrigen Couchtisch aus Kirschholz sehr hübsch eingerichtet war.

Ich schluckte. »Ich kann töten.«

Es war die eine Sache, sich so etwas zu denken, aber die andere, es auch laut auszusprechen.

Sophie rieb sich über die Augen. »Das kann nicht sein, das ergibt doch keinen Sinn. Du bist eine Helle, Lorelai.«

»Das dachte ich auch.« Ich schob meiner Schwester das Buch unseres Großvaters über den Couchtisch. »Darin steht etwas von einem Kuss, der die Blutgabe tauschen kann, wenn er bei vollem Mond mit einem vom Gegenblut passiert. Und das habe ich wahrscheinlich getan. Ich habe einen Dunklen geküsst.«

Sophie sah mich erschrocken an. »Du hast was?!«

»Ich dachte, er ist ein Gewöhnlicher«, sagte ich schnell. »Aber wie sich herausstellte, ist er es offenbar nicht. Stattdessen hat er im Museum einen Tiger zum Leben erweckt – und es hat auch nicht so ausgesehen, als ob er mit dieser Fähigkeit gerechnet hätte.« Ich machte eine kurze Pause. »Sein Name ist Vitus Rabenau – und in Opas Buch habe ich von einem dunklen Dichter Gabriel von Rabenau gelesen … das ist sicher kein Zufall.«

Sophie starrte mich an und schien einen Moment zu brauchen, um die Informationen zu verarbeiten. Dann schüttelte sie den Kopf. »Selbst wenn du einen Dunklen geküsst hast, kannst du deshalb nicht plötzlich seine Blutgabe transferiert bekommen, auch wenn es Vollmond war. Das sind doch nur Märchen.«

»Aber wie kannst du es dir sonst erklären?«

»Vielleicht ist das nur irgendeine hormonelle Schwankung, vielleicht eine Anpassungsstörung«, mutmaßte sie, woraufhin ich eine Augenbraue hob.

»Jemanden töten zu können, ist wohl keine Anpassungsstörung.«

»Und was ist mit diesem Dunklen? Bist du dir sicher, dass er den Tiger wirklich zum Leben erweckt hat?« In ihrem Blick erkannte ich die Hoffnung, dass ich mir alles nur eingebildet hatte.

»Ja, er hat ihn zum Leben erweckt«, versicherte ich mit Nachdruck. »Mann, Sophie, so etwas bilde ich mir doch nicht ein.«

Sie sah mich an. »Natürlich nicht. Aber ich verstehe es nicht, es ergibt keinen Sinn.«

»Trotzdem ist es passiert«, entgegnete ich. »Soll ich es dir denn beweisen?«

Sophie zögerte für einen Moment und nickte dann verhalten. »Ja, ich glaube, dass ich es mit eigenen Augen sehen muss.« Sie hielt kurz inne. »Aber keine Tiere.«

Ich schnaubte. »Würdest du mir das zutrauen?«

Sie schüttelte den Kopf, fast als wäre es ihr selbst peinlich, diesen Gedanken gehabt zu haben. »Natürlich nicht.« Schnell verschwand sie in Richtung Küche, um mit einer lilafarbenen Orchidee im Topf zurückzukommen. Vorsichtig stellte sie die Pflanze vor mir auf dem Couchtisch ab.

Ich atmete tief ein und war mir überdeutlich bewusst, dass meine Schwester nun jede meiner Bewegungen verfolgte. Ohne zu zögern, berührte ich den grünen Stängel der Blume und fühlte, wie die Magie des Blutes durch mich hindurchfloss. Ich spürte die Kälte, die durch meine Fingerspitzen nach außen drang und den Tod über die Orchidee brachte. Innerhalb eines Atemzugs überzog ein Geflecht aus schwarz glitzernden Linien die Blume und sie verdorrte vor unseren Augen. Die Blütenblätter verwelkten und der Stiel wurde braun und trocken. Es war ein trostloser Anblick.

Schuldbewusst sah ich zu meiner Schwester hoch, die einen Schritt zurückwich, bevor sie nach vorn stolperte und selbst die Orchidee anfasste. Innerhalb eines Wimpernschlags explodierte ein feines Netz aus hell leuchtenden Linien im Inneren der Blume und sie blühte wieder auf. Der Halm wurde von einem Leben spendenden Grün durchzogen und die Blätter sprossen in voller Farbe.

Ich lächelte kurz, denn es war einfach wundervoll, das Geschenk des Lebens zu beobachten. Doch das Lächeln war nur von kurzer Dauer.

»Ich beneide dich«, sagte ich leise.

Sophie sog tief die Luft ein. »Es ist unglaublich, Lorelai, einfach unglaublich. Du verfügst tatsächlich über die dunkle Blutgabe.« Sie biss sich auf die Lippen. »Wir müssen sofort mit Mama und Papa sprechen.«

»Jetzt schon?«, flüsterte ich, denn aus irgendeinem Grund hatte ich gehofft, selbst eine Lösung zu finden – eine Lösung, die meine Eltern nicht mit einschloss. Eine Lösung, bei der ich ihnen nicht von Vitus erzählen musste.

»Ja, sofort«, erwiderte Sophie streng. »Das hier ist keine Kleinigkeit und ich bin selbst überfragt. Ich habe noch nie von einem Fall gehört, bei dem das möglich war – und ich habe schon einige absurde Sachen gesehen. Aber das«, sie stockte kurz und fuhr sich fahrig über ihr Gesicht, »das übertrifft alles.«

Den ganzen Weg nach Hause redeten Sophie und ich kaum ein Wort miteinander und ich ging davon aus, dass sie selbst noch ein wenig unter Schock stand, was ich ihr kaum verübeln konnte. Keiner von uns hatte mit so etwas gerechnet und ich wusste selbst nicht, ob ich es überhaupt schon verstand.

Als Sophie ihren Polo vor unserem Haus parkte, atmete ich tief durch. Meinen Eltern hatte sie kurz Bescheid gegeben, dass wir etwas Wichtiges zu besprechen hatten – etwas, das keinen Aufschub duldete. Ich war nur froh, dass Romy heute Nachmittag anscheinend verabredet war und nichts von unserem Gespräch mitbekommen würde.

»Also, was habt ihr auf dem Herzen?«, fragte meine Mutter, als wir alle in der Küche standen. »Wollen wir uns vielleicht hinsetzen?«

Ich schüttelte den Kopf. »Das macht die Sache leider auch nicht besser.«

Mein Vater lehnte sich mit seinen langen Beinen gegen den Küchentresen. Er trug noch immer die weiße Kleidung aus seiner Praxis. »Das hört sich nicht gut an. Aber jetzt raus mit der Sprache – was ist passiert, dass ich meine Praxis früher schließen musste? Ihr könnt nur froh sein, dass ich heute überraschend wenig Patienten hatte.«

Sophie sah mich auffordernd an und ich fühlte, wie sich mein Herz zusammenzog, als ich zum Sprechen ansetzte.

»Ich war heute im Museum«, begann ich zu erzählen. »Und dort hat ein Klassenkamerad, er heißt Vitus, einen ausgestopften Tiger zum Leben erweckt.«

Die Augen meines Vaters weiteten sich. »Das heißt, er ist ein Heller?« Er lächelte und auch auf den rundlichen Zügen meiner Mutter zeichnete sich so etwas wie Freude ab.

»Ach, wie schön – ein Heller. Du weißt, ich mag Dominik sehr gern, aber wenn du einen anderen netten Hellen kennenlernst, ist das natürlich auch vollkommen okay für uns. Aber warum siehst du dann so unglücklich aus?« Sie kniff misstrauisch die Augen zusammen.

»Der Tiger hat sich auf mich gestürzt«, fuhr ich fort und hörte, wie meine Mutter scharf die Luft einsog. »Und ich habe ihn berührt, um mich zu wehren. Dabei ist das Leben wieder aus ihm gewichen.«

Mein Vater rieb sich über das Kinn. »Wahrscheinlich waren seine drei Minuten einfach schon um. Du weißt doch, dass wir tote Tiere nicht länger zum Leben erwecken können, wenn sie schon länger als drei Stunden tot sind. Und der Tiger war doch sicher schon länger tot.«

Ich strich nervös über die Arbeitsplatte. »Das schon, aber es waren keine drei Minuten, die er wiedererweckt war. Wir sprechen hier von Sekunden. Außerdem war es nicht nur der Tiger.« Ich presste die Lippen aufeinander. »Es war auch eine Sonnenblume bei uns im Garten und eine Orchidee von Sophie. Es tut mir leid, aber ich bin irgendwie anders … Ich kann nicht das Leben schenken wie ihr … ich kann es nur nehmen.« Ich atmete tief ein und sah in die überraschten Gesichter meiner Eltern.

»Das kann nicht sein«, sagte meine Mutter und auch mein Vater pflichtete ihr bei.

»Lorelai, das stimmt doch nicht. Wenn das ein Scherz sein soll, dann ist es ein ziemlich schlechter.«

Ich straffte die Schultern. »Es ist kein Scherz, leider. Ich gäbe wirklich alles dafür, dass es einer wäre.«

»Aber was willst du uns damit sagen? Dass du eine Dunkle bist?« Meine Mutter sah mich erschrocken an.

»Ich weiß es auch nicht.«

»Lorelai hat recht, ich habe es gesehen«, ergriff nun auch Sophie das Wort. »Sie trägt die dunkle Blutgabe in sich.«

»Sicher?«

Sophie nickte. »Ganz sicher. Es gibt keinen Zweifel.«

»Das geht doch nicht.« Mein Vater fuhr sich über seine dunklen Haare. »Das kann doch nicht sein.« Er öffnete ein Küchenkästchen hinter sich, um ein Glas hervorzuholen. »Ich brauche jetzt erst mal einen Schnaps. Sonst noch jemand?«

»Ja, mir kannst du gleich einen doppelten einschenken«, sagte meine Mutter, die mich nicht aus den Augen ließ und dann einen Schritt auf mich zu machte. »Bist du dir wirklich hundertprozentig sicher?«

Ich nickte.

»Vielleicht ist es irgendeine Genmutation?«, fragte sie in Richtung meines Vaters, der eine Flasche aus einer der Schubladen zog.

»Vielleicht«, sagte mein Vater und schraubte die Flasche auf.

Ich räusperte mich. »Da ist noch etwas. Ich denke nicht, dass Vitus ein Heller ist. Er heißt Vitus von Rabenau.«

»Von Rabenau?«, wiederholte meine Mutter bestürzt. »Das ist eine sehr alte, dunkle Familie.«

Mir war klar, dass ich alle Karten auf den Tisch legen musste. »Ich habe ihn geküsst.«

Für einen Augenblick starrten mich meine Eltern an und es war, als würde die Zeit stillstehen.

»Ich wusste nicht, dass er ein Dunkler ist.«

Meine Mutter rieb sich nervös über die Wangen. »Aber du sagtest doch gerade, er hat den Tiger zum Leben erweckt. Wie kann er denn dann …?«

»Nun, ich schätze, es geht ihm genau wie mir. Nur eben andersrum«, sagte ich tonlos.

»Okay, okay – das ist ziemlich viel auf einmal«, sagte mein Vater. »Das muss ich erst irgendwie verarbeiten. Schritt für Schritt. Aber zuerst einmal werden wir herausfinden, was mit deiner Blutgabe los ist. Dafür werde ich sicherheitshalber dein Blut testen.«

Ich nickte und seufzte aus tiefstem Herzen. »Ich hoffe, du findest heraus, was es ist.«

Mein Vater drehte sich zu mir um. »Das werden wir.«

Meine Augen füllten sich mit Tränen, woraufhin mich meine Mutter spontan in die Arme schloss und mir sanft über den Rücken strich.

»Alles wird gut, mein Schatz«, flüsterte sie mir ins Ohr. »Alles wird gut.«

»Ich ... ich weiß auch nicht, was mit mir los ist ... Es passt doch nicht«, flüsterte ich erstickt zurück.

»Wir werden es herausfinden«, versicherte sie mir. »Du bist gut so, wie du bist. Erzähl nur niemandem von dem Kuss. Dein Vater untersucht dein Blut und in drei Tagen ist die Rote Audienz. Da sind Leute zugegen, die mehr über unsere Blutgabe wissen als wir.« Sie machte eine kurze Pause. »Und sie werden uns bestimmt weiterhelfen können.«

Aktuelle Rangordnung
in der Thronfolge der Dunklen
nach dem Fürstenpaar
Thalea & Theodor von Kaltenburg:

1. Rang: Marcus von Kaltenburg
2. Rang: Marvin von Kaltenburg
3. Rang: Arthur von Kaltenburg
4. Rang: Vincent von Rabenau
5. Rang: Justus von Breonien
6. Rang: Isabell von Lamberg
7. Rang: Katharina von Kinsky

Auszug aus dem Stammbaum der dunklen Blutlinie,
nur zugänglich für Dunkle

KAPITEL 15

»Oh mein Gott, Lori, es ist so viel schöner, als ich es mir vorgestellt habe!«, jauchzte Romy und drückte meine Hand, als wir hinter unseren Eltern den riesigen Ballsaal betraten. Tausende Lichter funkelten in den kristallenen Lüstern an der hohen Decke und der edle Marmorboden bestand aus einem Schachbrettmuster in zartem Hell- und kräftigem Dunkelrot. Eine Spezialanfertigung, direkt aus Italien, wie mir Josephine irgendwann erzählt hatte.

»Es freut mich, dass es dir gefällt«, antwortete ich bemüht fröhlich und zwang mich zu einem Lächeln. Seit klar war, dass ich tatsächlich die dunkle Blutgabe in mir trug, war es mir schwergefallen, meine normale Fassade aufrechtzuerhalten. Es war zwar erst drei Tage her, aber diese drei Tage waren mir wie eine Ewigkeit vorgekommen. Vor allem, da ich noch immer keine vernünftige Erklärung für meine Fähigkeit gefunden hatte.

Vitus war nicht mehr in der Schule aufgetaucht, worüber ich nur erleichtert war.

»Ist da drüben nicht Josephine?« Romy deutete quer durch den Saal mit den festlich gekleideten Menschen zu einer der brokatverzierten Logen, in der die Crème de la Crème des Blutadels residierte und das Geschehen von den seitlichen Balkonen aus verfolgte. Auch sie trugen opulente Gewänder in den Farben des Herbstes.

Mein Vater nickte. »Ja, das sieht ganz nach den von Sonnenbergs aus. Und dort am Ende des Saals sitzt das Hohe Herrscherhaus«, bemerkte er leise und zog Romy zu sich. Dabei streifte er mich mit einem kurzen Blick, in dem ich seine Liebe sehen konnte. Seit der Bluttest keine ungewöhnlichen Ergebnisse gebracht hatte und auch die anderen Untersuchungen nichts Besonderes gezeigt hatten, gab er sich mir gegenüber besonders stark und gefasst. Wahrscheinlich wollte er mir einfach zeigen, dass ich noch immer seine Tochter war, ganz egal, wie meine Blutgabe nun aussah – aber Fakt war, ich fühlte mich nicht mehr wie ich selbst. Wenn ich morgens in den Spiegel sah, war es, als würde ich einer Fremden in die Augen blicken.

»Darf ich heute auch zusehen, wenn das Hohe Herrscherhaus den Gerichtsvorsitz einnimmt?«, fragte Romy und zupfte an ihrem butterblumengelben Kleid herum.

»Tut mir leid, Schatz, um da zusehen zu dürfen, musst du noch ein paar Jahre warten«, sagte meine Mutter und lächelte ebenfalls bemüht. Auch sie hatte die Nachricht von meiner Fähigkeit noch immer nicht ganz verwunden und es fühlte sich an, als würden wir aktuell in einer Blase leben, in der jeder vorgab, dass alles in Ordnung war, obwohl ich in Wirklichkeit meine Wut und meine Trauer am liebsten jeden Tag in die Welt hinausgeschrien hätte.

»Unfair«, maulte Romy, wurde jedoch im nächsten Moment

von einer Fanfare abgelenkt, die durch den riesigen ovalen Ballsaal tönte.

Mein Vater griff nach der Hand meiner Mutter. »Jetzt müssen wir unsere Plätze einnehmen. Diese Fanfare bedeutet, dass der Eröffnungstanz beginnt.«

»Sophie ist sicher die Schönste«, flüsterte Romy und meine Mutter beugte sich in ihrer glänzenden roten Robe ein Stück hinunter.

»Mit Sicherheit«, flüsterte sie zurück.

Ich folgte meinen Eltern über den spiegelglatten rot gekachelten Boden zu den Seitenwänden des Ballsaals, der mit schweren roten Vorhängen und vereinzelten Kandelabern vor goldumrahmten Spiegeln geschmückt war. Dabei erhaschte ich einen Blick auf meine Familie.

Mein Vater ging erhobenen Hauptes und hatte seine Hand leicht auf die Hüfte meiner Mutter gelegt, die angestrengt alle Sorgen weglächelte. Dahinter kam ich in meinem schulterfreien smaragdgrünen Seidenkleid, das perfekt zu meinen Augen passte. Allerdings wirkten sie in dem funkelnden Spiegel riesig und ließen erahnen, dass ich heute kein bisschen in Feierstimmung war, auch wenn Mama mir eine umwerfende Hochsteckfrisur gezaubert hatte, bei der sie ein paar hellrote Blütenblätter in meine schwarzen Haare eingeflochten hatte.

Unwillkürlich verschränkte ich meine Finger ineinander. Seit ich wusste, dass in ihnen eine tödliche Gefahr lag, achtete ich darauf, keine unbedachten Bewegungen zu machen und vor allem nicht dem Nacken irgendwelcher Menschen oder Tiere zu nahe zu kommen. Normalerweise hatte jeder Dunkle einen Notfallkontakt, um Missgeschicke mit der Blutgabe schnell und effizient bereinigen zu können –

doch so wie es aussah, brauchte ich auch das nicht, da meine Familie ohnehin immer in meiner Nähe war.

Rasch versuchte ich, an etwas anderes zu denken, und ließ meinen Blick durch den Saal schweifen. An den Balkonen ringsum hingen die bordeauxfarbenen Banner mit der Florentinischen Lilie, die unsere italienischen Wurzeln ehrte und noch immer das Wappen des Hohen Herrscherhauses bildete. Der einzige Unterschied bestand darin, dass die abgebildete Lilie bei den Hellen weiß und bei den Dunklen schwarz auf jeweils rotem Grund war.

Wieder ertönte die laut schallende Fanfare – etwas lang gezogener diesmal – und ich spürte die allgemeine Aufregung ringsum. Es waren etwa dreihundert geladene Gäste anwesend, vor allem Botschafter und einflussreiche Persönlichkeiten, die in der Rangfolge relativ weit oben standen, um den Geburtstag des Hellen Fürsten zu ehren – auch wenn ich noch nie gesehen hatte, dass einer aus dem Hohen Herrscherhaus ein Geschenk bekommen hatte. Der Tradition entsprechend wurden die Geburtstage nur als Anlass genommen, um alle bedeutenden Mitglieder des Blutadels ein paar Mal im Jahr zusammenzuführen.

»Da! Da kommt Sophie!«, stieß Romy in diesem Moment hervor, als die Fanfare ein drittes Mal ertönte und klassische Musik einsetzte. Seite an Seite schritten jeweils eine Dunkle und ein Heller – oder eine Helle und ein Dunkler – in den Saal und marschierten über den glänzenden Boden in Richtung der Fürstenpaare, die das Spektakel aus ihren goldverzierten Logen an der Stirnseite des Raumes verfolgten. Während des Einzugs der gemischten Paare setzte ein goldener Blätterregen ein und aus der Decke des Raumes segelten unzählige seidene Blätter auf die Gäste nieder, die in allen Farben des Herbstes schillerten und glänzten.

»Sie ist wunderschön«, seufzte meine Mutter, als Sophie in ihrem blassroten Kleid an uns vorüberschritt. Ihre Finger lagen sanft auf dem Unterarm eines schlaksigen Dunklen, der an ihrer Seite ging und an der dunkelroten Schärpe über seinem Smoking als solcher erkennbar war.

Romy stellte sich auf die Zehenspitzen, um mehr zu sehen.

»Wie lange dauert der Tanz jetzt?«

»Nur ein paar Minuten«, gab ich leise zurück und bemerkte den Blick einer älteren Dunklen neben uns, die genervt die Augen verdrehte, weil ich mit Romy während des Einzugs sprach. »Danach wird die Tanzfläche für alle geöffnet und später wird es dann noch einen freiwilligen gemischten Tanz geben, um die Beziehungen zwischen den Hellen und Dunklen zu verbessern.«

Romy strich über den weit schwingenden Rock ihres gelben Kleides. »Meinst du, ich werde auch mal Teil des Eröffnungstanzes sein?«

»Wenn du das möchtest«, gab ich leise zurück und wollte gar nicht daran denken, dass Romy schon bald zu den begehrtesten Mädchen hier auf dem Ball gehören würde. Nicht, weil ich es ihr nicht gönnte – sondern weil mir die Art und Weise, in der die Heiratspolitik betrieben wurde, einfach widersprach.

»Ist das nicht das dritte Kind?«, hörte ich wie aufs Stichwort jemanden hinter uns tuscheln und drehte mich um. Mein dunkelgrüner Rock schwang bei der heftigen Bewegung mit herum und ich kniff die Augen zusammen, als ich die hinter mir stehenden Frauen musterte. Sie trugen alle herrliche Kleider in den Farben des Herbstballes sowie edle Hochsteckfrisuren zu funkelnden Diamantohrringen – aber das hielt sie nicht davon ab, noch während der Eröffnung wie die Klatschweiber über Romy zu tratschen.

Als ich die Hand meiner Mutter sachte auf meinen Arm spürte, drehte ich mich wieder herum. Wahrscheinlich wollte sie nicht, dass ich Aufmerksamkeit erregte.

Unwillkürlich wanderte mein Blick zum Hohen Herrscherhaus in den beiden nebeneinanderliegenden Logen an der Stirnseite des Raumes. Das Dunkle und das Helle Fürstenpaar saßen steif auf ihren Stühlen und betrachteten das Spektakel ohne die geringste Regung. Was würden sie tun, wenn sie erfuhren, dass ich die falsche Blutgabe in mir trug – und mich noch dazu unwissentlich mit einem vom Gegenblut eingelassen hatte?

Das eindringliche Gefühl, beobachtet zu werden, ließ mich den Kopf heben. Dabei begegnete ich dem sengenden Blick von Vitus, der auf der anderen Seite des Ballsaales neben einer Gruppe von gut aussehenden Dunklen stand und unversöhnlich zu mir herüberblickte. Schon allein von ihm angesehen zu werden, fühlte sich an, als würde ein elektrischer Schlag durch meine Synapsen jagen. Ich hasste es zwar, dass er nach seinem abweisenden Verhalten noch immer diese Wirkung auf mich hatte, zwang mich aber, mir nichts anmerken zu lassen. Stattdessen erwiderte ich seinen Blick mit erhobenem Kinn.

Meine Mutter hatte versucht, mehr über die Familie von Rabenau herauszufinden, und dabei erfahren, dass sein Bruder Vincent an vierter Stelle in der Rangfolge für das Hohe Herrscherhaus stand. Außerdem hatten die Rabenaus einige Zeit außer Landes gelebt, weshalb sie uns vorher nicht über den Weg gelaufen waren.

Vitus blickte schließlich als Erster weg und ich betrachtete nachdenklich die beiden hochgewachsenen jungen Männer neben ihm. Sie hatten beide schwarze Haare, eine schmale Nase und hohe Wangenknochen und waren insgesamt recht attraktiv. Offenbar kamen sie nach ihrer Mutter, die ebenfalls pechschwarze Haare hatte, während Vitus seinem Vater ähnlicher sah. Neben ihnen stand noch eine gebückte alte Frau, die sicherlich schon über achtzig war und den Eröffnungstanz mit einem zufriedenen Grinsen beobachtete. Sie trug ein brombeerfarbenes Kleid mit Spitzenbesatz am Ausschnitt und wippte ein wenig zum Takt der Musik. Das musste Vitus' Oma sein, übrigens die Einzige aus der Familie, die ein Lächeln auf den Lippen trug, während der Rest der von Rabenaus eher angespannt wirkte.

Der Eröffnungstanz dauerte noch immer an und ich erhaschte einen Blick auf meine Schwester, die sich in ihrem blassroten Kleid neben dem hageren Dunklen mit dem Muttermal auf der Wange drehte und ihre erhobene rechte Hand auf seine gelegt hatte, während sie die komplizierte Schrittfolge tanzten. Die klassische Musik erfüllte den Raum bis hin zur sanft geschwungenen Kuppel, die sich über unseren Köpfen spannte und von zahlreichen Fresken bedeckt war, die Szenen aus der Geschichte des Blutadels zeigte – angefangen von unseren florentinischen Vorfahren, dem Scharlachroten Krieg und der Krönung des ersten Herrscherhauses. Die aktuellsten Bilder zeigten die beiden Fürstenpaare auf einem hohen Thron sitzend, wo sie gerade dabei waren, zwei Brautpaare zu segnen, damit sie sich vermehrten und die Kinderlosigkeit bekämpften, unter der der Blutadel so sehr litt.

Ohne es zu wollen, fiel mein Blick auf Romy, die mit glänzenden Augen das Spektakel des Eröffnungstanzes beobachtete, der in diesem Moment endete. Die Musik verklang und die Paare verneigten sich tief voreinander. Eine kurze Stille setzte ein, bevor die Gäste ringsum zu applaudieren begannen. Auch Romy klatschte begeistert, als sich die

Tänzer wieder aufrichteten und die strenge Formation der Eröffnung aufbrachen. Dann setzte ein klassischer Walzer ein und die Paare, die bisher an den Seiten des Ballsaales zugesehen hatten, strömten auf die Tanzfläche.

Auch mein Vater verneigte sich galant vor meiner Mutter.

»Darf ich um diesen Tanz bitten, Mylady?«

Sie reagierte mit einem mädchenhaften Knicks und kicherte, ehe sie nach seiner Hand griff.

Romy blieb bei mir, als unsere Eltern tanzen gingen, und ich sah lächelnd zu, wie mein Vater unsere Mutter über die Tanzfläche wirbelte, als Sophie zu uns rüberkam. Ihre Wangen waren von der Eröffnung noch etwas erhitzt und sie hatte Phillip im Schlepptau, der mit seinen zurückgegelten Haaren noch langweiliger wirkte als sonst.

»Sophie, du warst die Allerschönste!«, empfing Romy sie. Dabei ignorierte sie Phillip völlig, der knapp hinter meiner Schwester stehen blieb und uns nacheinander zunickte. Sein Verhalten hätte auch zu dem eines älteren Mannes gepasst und ich nickte höflich zurück, während ich im Geiste nachrechnete, wie lange ich noch auf der Roten Audienz bleiben musste.

»Das ist lieb von dir«, sagte Sophie zu Romy und blickte sich dann suchend um. »Wo sind Mama und Papa?«

»Auf der Tanzfläche«, erwiderte ich. »Offenbar wollen sie den Jüngeren zeigen, was sie noch draufhaben.«

Ein Lächeln huschte über Sophies Gesicht, das von Phillip nicht geteilt wurde. Stattdessen räusperte er sich kurz.

»Ich werde uns etwas zu trinken holen. Irgendwelche Wünsche, die Damen?«

Romy blickte sich hingerissen um. »Was gibt es denn?«

Ich versuchte, mich zu erinnern, wie ich mich auf meiner ersten Roten Audienz gefühlt hatte und ob ich von den funkelnden Kleidern und dem glänzenden Schmuck ebenso fasziniert gewesen war wie meine kleine Schwester – glaubte es aber nicht.

»Es gibt definitiv Rotwein«, antwortete Phillip galant. »Möglicherweise auch normalen Traubensaft. Aber auf alle Fälle werden die Getränke rot sein.«

»Okay, dann komme ich mit und suche mir selbst etwas aus.« Romy grinste uns kurz an und folgte dann Phillip, der mit ihr in Richtung eines angrenzenden Raumes verschwand, in dem für das leibliche Wohl der Gäste gesorgt wurde.

»Und … wie fühlst du dich?«, fragte Sophie leise, nachdem ihr Verlobter und unsere kleine Schwester in der Menge verschwunden waren.

Automatisch verkrampften sich meine Schultern und ich nahm eine abwehrende Haltung ein.

»Wie meinst du das?«, fragte ich im Flüsterton zurück, da ich hier nicht über meine Besonderheit sprechen wollte.

»Ich mache mir einfach Sorgen. Du bist bleich wie die Wand. Und du starrst immer wieder zu den Dunklen dort hinüber.« Dabei nickte sie mit dem Kopf unauffällig in Richtung von Vitus und seiner Familie, deren Blutlinie an ihren dunkelroten Einstecktüchern zu erkennen war.

»Das mache ich gar nicht«, widersprach ich schnell, obwohl ich tatsächlich ein paar Mal verstohlen zu den von Rabenaus gesehen hatte. Allerdings war ich dabei kein Risiko eingegangen, aufdringlich zu wirken, da Vitus und seine Brüder von drei jungen dunklen Damen belagert wurden, die ihre komplette Aufmerksamkeit beanspruchten.

»Lorelai«, sagte meine Schwester in einem Ton, der mir zeigen sollte, dass es keinen Sinn machte, das Offensichtliche zu leugnen.

»Okay, vielleicht hab ich einmal kurz hingesehen«, wisperte ich, damit sie Ruhe gab.

Sie musterte die Familie von Rabenau. »Welcher ist es denn?«

»Der Dunkelblonde«, murmelte ich.

»Attraktiv«, bemerkte sie. »Ich kenne die Dunkle, mit der er spricht. Claire von irgendwas, ihre Schwester Faith soll nach Amerika ausgewandert sein.«

Stirnrunzelnd blickte ich hinüber. Den Name Claire hatte Vitus bei der Busfahrt zum Museum fallen lassen. Hatten sich die Anrufe um sie gedreht? War sie vielleicht die Dunkle, auf die er sich einlassen sollte? Und widerstrebte es ihm vielleicht genauso wie mir, seine Beziehung diktiert zu bekommen?

Sophies Blick wanderte währenddessen weiter. »Und wer ist das?«, fuhr sie gedämpft fort und betrachtete einen der dunkelhaarigen von Rabenaus.

»Einer seiner Brüder, Vincent oder Patric«, erwiderte ich ebenso leise. »Mama hat außer ihren Namen kaum etwas über sie rausgefunden. Sie sind offenbar gerade erst von einem längeren Auslandsaufenthalt zurückgekehrt. Und der Ältere, Vincent, ist auf Platz 4 in der Rangordnung des Dunklen Fürstenpaares.«

»Das gute Aussehen liegt anscheinend in der Familie«, bemerkte Sophie leise und verengte ihre graugrünen Augen. Da sie in den letzten drei Tagen so mit der Vorbereitung auf den Eröffnungstanz beschäftigt gewesen war, hatte Mama sie offenbar nicht auf den neuesten Stand gebracht.

»Vielleicht«, erwiderte ich und verschränkte nervös die Finger ineinander. Dabei bemerkte ich zum ersten Mal, dass deutlich mehr Mitglieder der Roten Garde als sonst im Ballsaal anwesend waren. Normalerweise beschränkte sich die Anzahl der Gardisten auf etwa acht Wachposten, doch heute mussten mindestens drei Mal so viele hier sein. Sie hatten ihre Plätze an den Wänden neben den Brokatvorhängen eingenommen und behielten die Gäste genau im Auge. Was nicht allzu verwunderlich war, da der Giftmörder ja noch immer frei herumlief.

Seufzend sah ich wieder zur Familie von Rabenau und bemerkte, dass einer der dunkelhaarigen Brüder – der muskulösere von beiden – zu uns herübersah. Sophie erwiderte seinen Blick, während eine zarte Röte in ihre Wangen kroch.

»Was soll das denn?«, flüsterte ich und griff nach ihrem Arm, um sie aus dem Blickkontakt zu holen. »Darf ich dich erinnern, dass er ein Dunkler ist?«

In diesem Moment sagte Vitus etwas zu seinem Bruder und dann blickten beide zu uns herüber. An ihrer Körpersprache war nicht zu erkennen, worum es dabei ging, aber ich fühlte, wie sich mein Herzschlag enorm beschleunigte und es in meinen Fingerkuppen zu prickeln anfing.

»Jetzt starrst aber *du* sie an«, raunte Sophie mir zu und ich senkte rasch den Blick, da sie recht hatte.

»Ich muss mit ihm reden«, wisperte ich dann.

»Was? Nein, wieso?«, zischte sie. »Du kannst nicht mit ihm reden. Schon gar nicht hier, wo so viel getratscht wird.«

Ich wusste einerseits, dass sie recht hatte, aber der Gedanke hatte sich dennoch in meinem Kopf festgesetzt. Rasch brachte ich meine Lippen ganz nah an ihr Ohr, sodass auch wirklich nur sie mich hören konnte. »Und was, wenn wir wirklich unsere Blutgabe getauscht haben?«, hauchte ich. »Vielleicht kann ich es rückgängig machen.«

Sophie schüttelte den Kopf und sah mich an. »Du weißt, dass das Blödsinn ist, oder?«

Ihre abwehrende Haltung ärgerte mich. »Wer sagt dir das denn? Er ist in der Familie der Dunklen. Ich bin in einer Familie der Hellen. Und dennoch konnte er«, ich senkte erneut die Stimme und zog sie ein Stück zur Seite in eine Nische, wo niemand stand, der uns belauschen konnte, »das Leben geben und ich kann es nehmen. Es kann nur diese Erklärung geben.«

»Du denkst noch immer, dass euer Kuss schuld ist?«, stöhnte sie.

Ich nickte vehement.

»Und du willst es rückgängig machen, indem du …« Sie riss die Augen auf. »Nein, Lorelai. Du weißt, dass du keinen Dunklen küssen darfst!«, zischte sie. »Heute werden wieder Schauprozesse für die Vergehen der Dunklen und Hellen geführt. Und für so eine Aktion kannst du bei der nächsten Roten Audienz auch vor den Roten Gerichtshof kommen. Oder schon früher, die Gerichtshöfe finden schließlich öfter statt.«

Obwohl wir uns in einer Nische befanden, in der niemand außer uns stand, blickte sie sich unsicher um und strich sich rasch über ihre perfekt sitzenden Haare.

»Ich sage dir, das ist Wahnsinn. Und jetzt lass uns nicht weiter darüber reden.« Sie wandte sich ab und marschierte wieder zurück zu der Stelle, an der wir vorhin mit Phillip und Romy gestanden hatten. Ich folgte ihr und konnte nicht glauben, dass sie die Möglichkeit, alles durch einen Kuss wieder ins Lot zu bringen, so vehement ausschloss.

»Ich finde, du bist ein wenig zu dramatisch«, sagte ich, nachdem wir wieder unsere Plätze erreicht hatten. »Schließlich handelt es sich nur um einen Kuss – ich hab doch nicht vor, mit ihm ins Bett zu steigen.«

»Wer steigt mit wem ins Bett?«, erklang die glockenhelle Stimme von Josephine neben mir und ich fuhr herum. Meine Freundin trug ein unglaublich schönes zinnoberfarbenes Kleid, das auch an den Palast von Marie Antoinette gepasst hätte. Es war in der Taille eng geschnürt und ging dann in einen weit ausgestellten Reifrock über, wodurch sie ungefähr dreimal so viel Platz wie Sophie oder ich benötigte, um sich ungehindert bewegen zu können. Dazu kam, dass das Kleid über und über mit glänzender Spitze und Rüschen bedeckt war, die an jedem anderen vielleicht etwas zu opulent gewesen wären – doch Josephine trug diesen Prinzessinnentraum mit einer solchen Selbstverständlichkeit, dass es einfach nur perfekt aussah.

»Einmal bin ich nicht da und schon redest du über das ganz schmutzige Zeug«, fügte sie mit einem Zwinkern hinzu und beugte sich nach vorn, um mich auf die Wange zu küssen. Dabei gewährte sie der umstehenden Männerwelt einen ausgiebigen Blick in ihr gewagtes Dekolleté, da ihr Busen durch das Mieder entsprechend stark nach oben gedrückt wurde.

»Ich würde doch nie über etwas Schmutziges reden«, gab ich halb im Scherz zurück und hoffte, dass sie die Sache auf sich beruhen lassen würde. Dabei fiel mir auf, dass Sophie kurz zu dem älteren Bruder von Vitus hinüberschielte.

Auch Josephine wurde aufmerksam und wedelte sich mit ihrem perlenbesetzten Fächer etwas Luft zu, bevor sie die Rabenau-Brüder aus halb geschlossenen Augen betrachtete.

»Mmmhh … ganz schön schmucke Kerlchen«, bemerkte sie. »Wirklich schade, dass sie zu den Dunklen gehören.«

»Ja, total schade«, erwiderte ich tonlos.

Josephine beugte sich etwas näher zu mir und verdeckte ihren Mund mit dem Fächer, bevor sie mir die nächsten Worte zuflüsterte. »Wusstest du, dass ich der neue Notfallkontakt von einem von ihnen bin?«

Ich runzelte die Stirn. »Soll das heißen … Hat sich etwa deine Blutgabe bei dir gezeigt?«

Sie strahlte mich an. »Ja, nachdem ich schon dachte, sie erscheint nie mehr. Zuerst hatte ich einen anderen Namen zugewiesen bekommen, aber es scheint so, als ob der besagte Dunkle nicht mehr am Leben ist.«

»Was?«, entfuhr es mir.

Sie nickte und mich erreichte eine Wolke ihres zarten Dufts. »Anscheinend handelte es sich um jenen Gardisten, der beim ersten Giftanschlag getötet wurde.«

Daraufhin schwieg ich. Es war allgemein bekannt, dass die Rote Garde ein großes Geheimnis aus der Identität ihrer Mitglieder machte, weshalb alle, die sich im Dienst befanden, die roten Gesichtsmasken tragen mussten. Deshalb war es ein beinahe seltsames Gefühl, dass die Identität des Roten Gardisten nun nach seinem Tod gelüftet worden war.

»Und welcher von ihnen hat dich als Notfallkontakt?« Ich versuchte, meiner Stimme einen ungezwungenen Klang zu geben.

Josephine runzelte kurz die Stirn. »Ach, die haben alle so ähnliche Namen. Vincent? Victor? Nein, Vitus.« Sie machte eine kurze Pause. »Ich weiß nur leider nicht, welcher das ist.«

»Der Dunkelblonde«, murmelte ich.

Sophie warf mir einen warnenden Blick zu und Josephine drehte sich erstaunt zu mir um, während die Paare knapp vor uns über die Tanzfläche wirbelten. »Du kennst ihn?«

»Wir gehen in dieselbe Klasse«, erwiderte ich unverbindlich.

Josephine schüttelte den Kopf und seufzte. »Die Welt ist klein.«

In dem Moment kamen Phillip und Romy wieder zurück. Er trug ein Tablett mit drei kristallenen Weingläsern und Romy hatte in der Hand ein Glas, dessen Inhalt nach Traubensaft aussah.

»Amüsiert ihr euch gut?« Phillip reichte sowohl Sophie als auch mir ein Glas mit Wein. Dann blickte er etwas ratlos zu Josephine, bevor er ihr nach kurzem Zögern sein Weinglas anbot.

»Aber sicher, wir amüsieren uns prächtig«, erwiderte Josephine mit einem strahlenden Lächeln und nahm das Glas entgegen, als ob es das Selbstverständlichste auf der Welt wäre, dass Sophies Verlobter ihretwegen auf sein Getränk verzichtete. Dann nippte sie daran und hinterließ mit ihrem roten Lippenstift einen Abdruck an dem geschliffenen Rand. Dabei glitt ihr Blick zu Dominik, der auf der anderen Seite des Saales stand und sich gerade mit einer Hellen unterhielt, die ein blassgelbes Kleid mit tiefem Dekolleté trug. So wie die junge Frau ihn anhimmelte, schien sie ihn ausgesprochen attraktiv zu finden, und Josephine kniff kurz die Augen zusammen, als würde ihr das nicht gefallen.

In dem Moment kam ein schlanker brünetter Mann auf sie zu und verbeugte sich knapp vor ihr. »Möchtest du tanzen?«, fragte er mit melodischer Stimme.

Josephine begann zu lächeln und drückte Phillip ihr benutztes Glas wieder in die Hand. »Gern«, erwiderte sie dann. Dabei beugte sie sich zu mir und flüsterte mir nur »Tennis-Aufschlag« ins Ohr.

Ich lächelte, während ich beobachtete, wie die beiden sich unter die anderen Tänzer mischten. Bei dem Typen musste es sich um Nicolas von Heyden handeln und Josephine schien äußerst zufrieden in seinen Armen.

»Der ist auch nur durch die Firmenübernahmen seines Vaters so reich geworden«, bemerkte Phillip wenig begeistert und betrachtete abschätzig Josephines neuen Tanzpartner, bevor er mit einem ebensolchen Blick die Lippenstiftränder auf seinem Glas musterte.

»Fast ein jeder des Blutadels ist doch durch Geschäfte mit einem anderen Haus zu Geld gekommen«, erwiderte Sophie in einem Ton, den ich nicht von ihr kannte. Er wirkte genervt und passte gar nicht zu meiner sanftmütigen Schwester.

»Das ist wahr«, mischte sich eine füllige Dame von rechts ein, die ein weit ausgeschnittenes hellrotes Taftkleid und ein Collier aus riesigen Diamanten trug. »Gute Beziehungen sind in unserer Zeit sehr wichtig, vor allem zum Fürstenpaar.«

Phillip warf ihr einen kühlen Blick zu und sie zuckte mit den Schultern, bevor sie einen kräftigen Schluck aus ihrem Weinglas nahm.

»Heutzutage ist es auch nicht mehr wichtig, wie man aussieht. Denkt nur an die gute Ute von Brockhausen – das arme Mädchen ist hässlich wie die Nacht, aber da ihr Vater eine gut gehende Immobilienfirma hat, stehen die Heiratskandidaten Schlange.« Sie kniff die Augen zusammen und richtete sie auf Romy, die mit ihrem Traubensaft ungewöhnlich still neben uns stand. »So jemand wie du ist natürlich ein Jackpot«, bemerkte sie dann und beugte sich ein Stück zu unserer kleinen Schwester hinunter. »Hübsch – wenn man den Gerüchten glauben darf, trotzdem klug. Und noch dazu fruchtbar.«

»Furchtbar?«, wiederholte Romy, die sie bei der Musik zum Glück nicht richtig verstanden hatte.

»Wunderbar wollte sie sagen«, mischte ich mich ein und warf der fülligen Hellen einen bitterbösen Blick zu. Dann sah ich mich um. Noch andere Helle schielten in unsere Richtung, besser gesagt auf meine kleine Schwester, die in ihrem gelben Kleid aus der Veranstaltung herausstach wie die Sonne.

Beschützend legte ich die Hände auf Romys Schultern und wünschte, ich könnte den Ballsaal endlich verlassen. Die Luft hier drinnen wurde von Minute zu Minute stickiger und war durchdrungen von dem Parfüm der ganzen alten und jungen Frauen, die nichts Besseres zu tun hatten, als über mögliche Heiraten zu spekulieren und immer wieder meine kleine Schwester anzustarren.

Als ich das nächste Mal aufsah, starrte Vitus wieder zu mir hinüber und ich versuchte, seinen Blick genauso abweisend zu erwidern, wie er es tat.

In dem Moment kam Dominik aus der Menge auf mich zu. Er trug einen Smoking mit einer dunkelgrünen Fliege und einem hellroten Einstecktuch. Als er mich sah, begann er schief zu grinsen und deutete eine lässige Verbeugung an.

»Wie es aussieht, haben wir uns für dieselbe Farbe entschieden. Sag bloß, dass du mich gestalkt hast.«

Schmunzelnd schüttelte ich den Kopf. »Das glaubst du nicht wirklich, oder?«

»Es muss dir nicht peinlich sein, Lorelai.« Lächelnd griff er nach meiner Hand. »Bereit für den ersten von unglaublich vielen Tänzen?«

Ich warf einen kurzen Blick zu Sophie, die mir sofort nachdrücklich signalisierte, mitzugehen, und nickte.

»Natürlich«, sagte ich und legte meine Hand in seine. Seine Finger schlossen sich um meine und er zog mich mit einer schnellen Bewegung zu sich, bis ich den Kopf heben musste, um den Blickkontakt zu halten.

»Du bist in diesem Kleid unglaublich sexy.« Dominik ließ den Blick aus seinen blauen Augen über mein Kleid wandern, bevor er mich auf die Tanzfläche führte. Verwirrt folgte ich ihm und versuchte, meine widerstreitenden Gefühle zu verstehen.

Dominik war ein Heller, wir kannten uns seit unserer Kindheit und irgendwie hatte ich den Eindruck, dass er sich wirklich in mich verliebt hatte. Wenn er mich im Arm hielt, knisterte es auch immer wieder zwischen uns – allerdings gelang es mir nicht, mich ausschließlich auf ihn zu konzentrieren, da ich mich regelmäßig dabei ertappte, Vitus anzustarren, der unversöhnlich zurückstarrte.

»Dass es mir bei deinem Anblick die Sprache verschlagen hat, okay – aber dir selbst?«, fragte Dominik lächelnd nach den ersten paar Drehungen.

»Ich versuche nur, dir nicht auf die Füße zu treten«, antwortete ich schnell und atmete tief durch. »Das hier ist einfach nicht meine Welt.«

Dominik ließ seinen Blick über die Menge gleiten. »Meine doch auch nicht. Nur alte Leute, wohin man auch sieht.« Seine blauen Augen betrachteten mich eindringlich und sein Mundwinkel zuckte sexy. »Aber dein Anblick macht diesen ganzen alten Blutadel wieder wett.«

Ich lächelte und wusste nicht so recht, was ich darauf sagen sollte. Noch während ich nach einer unverfänglichen Antwort suchte, drehten wir uns weiter über die Tanzfläche und ich bemerkte Josephine, die mir und Dominik einen seltsamen Blick zuwarf, bevor sie sich von Nicolas von Heyden löste und auf die Familie von Rabenau zuging, wo sie kurz darauf mit Vitus sprach.

Sein Gesicht zeigte keinerlei Regung, während er mit ihr redete, dennoch spürte ich einen Stich, den ich nicht spüren wollte. Wenn es stimmte, dass Josephine Vitus' neuer Notfallkontakt war, dann war es ganz normal, dass sie sich mit ihm unterhielt.

»Der schon wieder«, knurrte Dominik, der meinem Blick gefolgt war. »Ich dachte die ganze Zeit, er wäre ein Gewöhnlicher.«

»Ich auch. Ignorier ihn einfach.« Ich packte Dominiks Hand etwas fester.

»Leichter gesagt als getan. Er ist ein Arsch – eigentlich sollte es mich nicht wundern, dass er ein dunkler Arsch ist.«

In diesem Moment endete die Musik. Ich war erleichtert über die Pause. »Danke für den Tanz, Dominik«, sagte ich schnell und löste mich aus seinem Griff, bevor ich einen leichten Knicks vor ihm machte. Er wirkte etwas überrumpelt, verschränkte jedoch die Hände auf dem Rücken und verbeugte sich ebenfalls.

So schnell ich konnte, wandte ich mich ab und strebte zurück zu meiner älteren Schwester, die noch immer mit Phillip und Romy am Rande der Tanzfläche stand.

In diesem Moment ertönte ein dreifaches Klopfsignal und alle wandten ihre Aufmerksamkeit den beiden Balkonen an der Stirnseite des Ballsaales zu.

Die vier Mitglieder des Hohen Herrscherhauses standen geschlossen auf und blickten einen Moment auf die Gäste hinunter, bevor sie sich still umdrehten und vom Balkon verschwanden.

»Was passiert jetzt?«, fragte Romy und ihre Stimme war nicht mehr als ein Flüstern in der ehrfürchtigen Stille ringsum.

»Jetzt«, sagte ich leise und atmete tief ein, »beginnt der Rote Gerichtshof.«

KAPITEL 16

Die Stille im Saal dauerte so lange an, bis die Fürstenpaare nicht mehr zu sehen waren. Dann wurde das erste Gemurmel laut und die Gäste der Roten Audienz setzten sich in ihren funkelnden Roben und maßgeschneiderten Smokings in Bewegung. Auch Romy spürte die plötzliche Anspannung und blickte verwirrt zwischen Sophie und mir hin und her.

»Was passiert jetzt? Werden jetzt die Verbrecher bestraft?«

»Nur weil man vor dem Roten Gerichtshof steht, ist man nicht automatisch ein Verbrecher«, sagte Sophie schnell und ich musste an Papa denken, der zum Glück nicht für die Morde zur Verantwortung gezogen wurde. Undenkbar, was passiert wäre, wenn der Rote Offizier ihm nicht geglaubt hätte.

»Hey, da seid ihr ja.« Mein Vater kämpfte sich mit meiner Mutter gegen den Strom der Menschen, die mit raschelnden Kleidern auf eine geöffnete doppelflügelige Tür zuströmten, hinter der die Gesetzsprechung stattfinden würde.

»Geht ihr auch zu den Verhandlungen?«, fragte ich und wich einem weißhaarigen Mann aus, der sich bei jedem Schritt schwer auf seinem Stock abstützte.

»Nein, wir bleiben bei Romy.« Meine Mutter griff nach der Hand meiner kleinen Schwester. »Aber ihr müsst gehen«, fügte sie dann leiser hinzu.

Ich wusste, dass uns kaum eine andere Wahl blieb, weil es dem guten Ton entsprach, dem Roten Gerichtshof beizuwohnen. Zumindest, wenn man noch jung war und sich für Politik zu interessieren hatte.

»Komm, Lorelai. Lass uns nicht zu lange warten«, drängte Sophie, die anscheinend ebenfalls erpicht war, kein Gerede zu verursachen.

Mit einem stillen Seufzen nickte ich und setzte mich in Bewegung. Seit die Musik verstummt war, hatte die Veranstaltung ihre Leichtigkeit verloren.

»Versuch, weniger gequält dreinzusehen.«

Sophie hängte sich bei mir ein. Phillip folgte uns schweigend und es war ihm nicht anzumerken, was er dachte. Mir allerdings gingen alle möglichen Überlegungen durch den Kopf. In erster Linie beschäftigte mich meine falsche Blutgabe, aber auch der Mord an dem alten Herrn von Grottengras sowie dem Offizier der Blutgarde spukte durch meine Gedanken. Seit diesen Vorfällen waren deutlich weniger helle Patienten zu Papa in die Praxis gekommen – und obwohl offiziell keine Anklage gegen ihn erhoben worden war, konnte das kein Zufall sein. Dennoch mussten wir froh sein, wenn das die einzigen Konsequenzen für unsere Familie blieben.

Sophie, Phillip und ich traten gerade über die Schwelle der doppelflügeligen Tür, als ein erneutes Klopfsignal ertönte.

»Die ehrenwerten Mitglieder des Hohen Herrscherhauses werden in Kürze eintreffen. Bitte nehmen Sie Ihre Plätze ein«, erklang die nasale Stimme eines älteren Mannes, der mit seinem langen Stab drei Mal auf den Marmorboden klopfte. Den Knauf des Stabes zierte ein Rubin, der aus einer helleren und einer dunkleren Seite zusammengesetzt war und die beiden Blutlinien versinnbildlichte.

»Wir sind zu spät aufgebrochen, um noch gute Plätze zu ergattern«, beschwerte sich Phillip leise neben uns.

»Ich denke nicht, dass Sophie etwas dagegen hat, wenn du dich weiter nach vorn zu deiner Familie stellst«, sagte ich freundlich und sah, wie Phillip einen Moment lang zögerte, bevor er den Kopf schüttelte.

»Ich bleibe natürlich bei meiner Verlobten.«

Wortlos folgten wir daraufhin dem Rest des Blutadels zu den Sitzreihen. Der Saal, in dem wir uns befanden, war nur unwesentlich kleiner als der Ballsaal, strahlte jedoch eine völlig andere Atmosphäre aus. Harte Stühle aus schwerem Ebenholz waren rechts und links eines langen Ganges aufgestellt worden, auf dem ein blutroter Läufer zu einem erhöhten Bereich führte. Vier prunkvolle Throne mit hohen Lehnen und in Gold eingefassten Rubinen standen dort für die beiden Fürstenpaare bereit, die während der nächsten Stunde über den Angeklagten zu Gericht sitzen würde. In der Mitte des Raumes hing eine riesige, mit Blattgold verzierte Konstruktion von der Decke, die an die Blütenblätter einer geöffneten Lilie erinnerte. Hunderte von Lichtspots waren in ihrem Inneren angebracht worden, sodass es aussah, als ob eine goldene Blume den ganzen Raum mit ihrem Glanz erhellte.

»Das Hohe Herrscherhaus trifft in Kürze seine Entscheidungen.« Der ältere Mann mit dem langen Stab klopfte erneut drei Mal auf den Marmorboden.

Sophie, Phillip und ich schlüpften rasch in eine hintere Reihe und ließen uns auf den unbequemen Holzstühlen nieder. Weitere Mitglieder des Blutadels, die nach uns gekommen waren und keinen Sitzplatz mehr ergattern konnten, drängten sich an den Wänden und ich blickte hinauf zu den beiden breiten Balkonen, die seitlich des Raumes hingen.

Früher hatten jene Familien, die in der Rangfolge direkt nach den Fürstenpaaren kamen, das Rote Gericht von dort aus verfolgen können. Nach der Eheschließung Frederiks von Peruzzi mit Maria von Hartenstein war diese Tradition jedoch aufgegeben worden, da es das Helle Fürstenpaar nicht schätzte, dass unter ihnen stehende Mitglieder des Blutadels über ihnen thronten. Seitdem waren die Balkone verwaist, aber da die Anzahl des Blutadels ohnehin ständig schrumpfte, platzte der Gerichtssaal dennoch nicht aus allen Nähten – trotz der unübersehbaren Anwesenheit der Roten Garde, die ihre Offiziere ringsum platziert hatte.

»Ich bitte um Ruhe für den Einzug des Dunklen und des Hellen Fürstenpaares«, rief der ältere Mann nun und richtete seine Hakennase auf eine goldene Tür, die hinter den vier leeren Sitzplätzen in die rot tapezierte Wand eingelassen worden war.

Auch das letzte Gemurmel im Saal verstummte. Einige Sekunden später schwang die Tür auf. Auf der Schwelle standen die beiden Frauen des Hohen Herrscherhauses, Thalea von Kaltenburg und Maria von Peruzzi. Beide trugen prunkvolle Kleider im Stil unserer florentinischen Vorfahren und schritten nach einem kurzen Moment der Stille zu den beiden Stühlen in der Mitte des Podests.

Maria von Peruzzi war eine Helle mit kastanienbraunem Haar und glänzenden grünen Augen. Sie hatte einen kleinen Schönheitsfleck auf der Wange, über den hinter vorgehaltener Hand gemunkelt wurde, dass er nicht echt sei, obwohl ich sie noch nie ohne das Muttermal gesehen hatte. Ihr hellrotes Kleid wurde von goldenen Stickereien verziert, die perfekt zu der Kordel passten, die sie um ihre schlanke Taille geschlungen hatte.

Auch Thalea von Kaltenburg hielt sich streng an die italienische Mode des 15. Jahrhunderts, wobei ihr Kleid in einem satten Dunkelrot erstrahlte. Die blasse Haut der Dunklen bildete einen starken Kontrast dazu und mich durchfuhr ein Schauer, als sie ihre hellgrauen Augen über die Versammlung schweifen ließ. Ich hatte die Dunkle Fürstin noch nie lächeln gesehen und man munkelte, dass es mit ihrem Schicksal zu tun hatte. Als Drittgeborene hätte sie ihrem Mann eigentlich eine Menge Kinder schenken müssen, doch nach der Totgeburt ihres dritten Kindes hatten ihr die Ärzte die Gebärmutter entfernen müssen. Seitdem wurde immer wieder über das tragische Schicksal der Dunklen Fürstin getuschelt, die nun nie wieder ein Kind zur Welt bringen würde. In diesem Moment ließ sie sich steif auf ihrem Thron nieder und legte die Finger mit den karminrot lackierten Nägeln auf den Lehnen rechts und links ab.

»Maria von Peruzzi und Thalea von Kaltenburg«, intonierte der ältere Mann mit der Hakennase.

Danach traten die beiden Männer des Hohen Herrscherhauses über die Schwelle. Früher waren die Dunklen und Hellen jeweils als Paar eingetreten, doch als es zu Streitigkeiten über die Reihenfolge gekommen war, hatte man sich auf diese Lösung geeinigt.

Theodor von Kaltenburg war in einem ebenso dunklen Rot wie seine Frau gekleidet und hatte dichtes dunkles Haar, das er streng aus dem kantigen Gesicht gekämmt trug. Seine Söhne Marvin und Marcus hatten jedoch die aschblonden Haare ihrer Mutter geerbt, wenn auch den stechenden Blick des Vaters. Ich konnte Arthurs Cousins von meinem Platz aus nicht sehen, aber ich erinnerte mich noch genau daran, wie Marvins Augen gefunkelt hatten, nachdem er meiner Schildkröte mit seiner Gabe das Leben genommen hatte.

Einer Gabe, die ich nun auch beherrschte.

Der Gedanke daran drehte mir den Magen um.

Frederik von Peruzzi, der Helle, hatte ebenso braunes Haar wie seine Frau, wirkte jedoch nicht weniger verschlossen als Theodor von Kaltenburg. Sein lang gezogenes Gesicht zeigte ebenfalls keine Regung, während er den Blick über den Blutadel schweifen ließ, und ich fragte mich, ob die anhaltende Kinderlosigkeit zwischen ihm und seiner Frau zu seiner Stimmung beitrug.

»Theodor von Kaltenburg und Frederik von Peruzzi«, verkündete der Mann mit dem Stab und klopfte drei Mal, nachdem sich das Hohe Herrscherhaus vollständig eingefunden hatte. »Hiermit erkläre ich den Roten Gerichtshof für eröffnet.«

Dröhnende Stille folgte auf seine Worte, in der die knapp 300 geladenen Gäste des Blutadels völlig still auf den Beginn der Verhandlungen warteten. Mittlerweile kannte ich den Ablauf schon auswendig. Zuerst wurden einige Schauprozesse geführt und danach die bedeutenderen Anträge zu den Eheschließungen vorgelegt.

»Der erste Fall betrifft den möglichen Verstoß eines Hellen gegen Paragraph 11 und Paragraph 88 des Roten Gesetzes aus dem Scharlachroten Buch«, las der Mann mit der Hakennase von einer Schriftrolle vor. »Herr Gustav von Klinkenstein möge bitte vortreten.«

Hinter uns löste sich ein schmächtiger Mann mit schütterem Haar aus der Menge, der von zwei Roten Gardisten über den roten Läufer nach vorn eskortiert wurde. Hunderte Köpfe drehten sich herum, um den ersten Angeklagten zu betrachten.

»Gustav von Klinkenstein, Ihnen wird vorgeworfen, Ihre Gabe in aller Öffentlichkeit und zu Ihrem eigenen Vorteil an Ihrer verstorbenen Großmutter angewendet zu haben«, las der Typ mit der Hakennase emotionslos vor. »Zeugen berichten, dass auch Gewöhnliche anwesend waren, die nach dem Vorfall zutiefst verstört von Personen des Kriseninterventionsteams versorgt werden mussten. Wie bekennen Sie sich?«

Der angeklagte Helle senkte den Kopf und die Stille im Saal war so nachhaltig, dass ich meinen eigenen Atem hören konnte.

»Schuldig«, erwiderte er schließlich leise und ich sah, wie sich die Dunkle auf dem Thron ein wenig vorbeugte. Ihre blutroten Nägel schlossen sich fester um die Lehnen ihres Stuhles und Gustav von Klinkenstein begann zu schluchzen.

»Es war ein Unfall. Ich wusste nicht, dass Gewöhnliche im Nebenraum waren, um der Trauerfeier beizuwohnen.« Er machte eine Pause und fuhr sich durch sein schütteres Haar. »Meine Großmutter hatte kein Testament hinterlassen und ich wollte sie doch nur nach ihrem Letzten Willen fragen. Sie hätte diese Streitereien in der Familie sicher nicht gewollt …«

»Nur den Hellen im Gesundheitswesen ist es gestattet, ihre Gabe einzusetzen, um Unfallopfer wieder zum Leben zu erwecken«, sagte der Mann mit der Hakennase. »Der Einsatz der Blutgabe, um Verstorbene ohne triftigen Grund zurückzuholen, ist jedoch eine Straftat.«

»Aber ich hatte doch einen triftigen Grund!«, begehrte Herr von Klinkenstein auf.

Der Sprecher wandte sich unbewegt den Fürstenpaaren zu.

»Benötigt das Hohe Herrscherhaus weitere Informationen, um seine Entscheidung zu treffen?«

Ich sah, wie die vier Mitglieder des Hohen Herrscherhauses einen kurzen Blick wechselten und dann geschlossen die Köpfe schüttelten.

»Es werden keine weiteren Informationen benötigt«, fuhr der Redner fort und klopfte mit dem Stab. »Die Verkündung des Urteils erfolgt nach den Anhörungen, sobald das Hohe Herrscherhaus Zeit hatte, sich zu beraten.«

Ein Gong ertönte und die zwei Gardisten führten den Hellen ab, um ihn bis zur Urteilsverkündung in Gewahrsam zu nehmen.

»Der nächste Fall betrifft Frau Helena Kaltstaff«, verkündete der Sprecher mit der Hakennase. »Ihr wird vorgeworfen, gegen die ausdrückliche Anweisung des behandelnden hellen Arztes mithilfe ihrer Gabe aktive Sterbehilfe an einem Patienten verübt zu haben.«

Wieder lösten sich zwei Mitglieder der Roten Garde aus der Menge und wieder gingen alle Köpfe nach hinten, als eine hübsche junge Frau über den roten Läufer zum Hohen Herrscherhaus geführt wurde.

»Frau Kaltstaff, ist es richtig, dass Sie Ihre Gabe eingesetzt haben, um einem Patienten vor seiner Zeit das Leben zu nehmen?«, fragte der Mann mit der Hakennase.

Die junge Frau hob kämpferisch den Kopf und straffte die Schultern. »Es war nicht vor seiner Zeit. Und ja, ich habe meine Gabe gegen die Anweisung des hellen Arztes eingesetzt – aber nur weil der Patient mich ausdrücklich darum gebeten hat.«

»Frau Kaltstaff, ich nehme an, es ist Ihnen bewusst, dass Sie mit Ihrem Verhalten gegen die Paragraphen 11, 17 und 37 verstoßen haben? Sie hatten keine Genehmigung, mit Ihrer Gabe Sterbehilfe durchzuführen.«

»Genehmigung hin oder her, ich habe das getan, was ich für richtig hielt. Der Mann hat gelitten. Und ich würde es jederzeit wieder tun.«

Stille folgte auf ihre Worte und der Redner mit dem Stab richtete seinen Blick auf das Hohe Herrscherhaus.

»Benötigt das Hohe Herrscherhaus weitere Informationen, um seine Entscheidung zu treffen?«

Wieder wechselten die vier Mitglieder des Hohen Herrscherhauses einen kurzen Blick und schüttelten dann die Köpfe.

»Es werden keine weiteren Informationen benötigt«, sagte der Alte mit der Hakennase. »Die Rote Garde wird Sie bis zur Urteilsverkündung hinausbegleiten.«

Ich atmete tief durch und sah, wie die Frau sich gegen den Griff der Roten Offiziere wehrte, die sie durch dieselbe Tür aus dem Saal brachten wie den Angeklagten davor.

Als ich noch jünger gewesen war, hatte ich meinen Vater einmal gefragt, was eigentlich mit den Mitgliedern des Blutadels passierte, die beim Roten Gerichtshof verurteilt wurden. Schließlich hatten sie ja auch noch ein Leben in der modernen Welt. Doch Papa hatte mir schnell klargemacht, dass die höchsten Mitglieder des Blutadels über dermaßen viel Macht und Einfluss verfügten, dass das kein Thema war.

»Der nächste Fall betrifft den Streit zwischen einem Hellen und einem Dunklen«, sprach der Alte mit dem Stab weiter und klopfte drei Mal auf den Boden, um für Ruhe zu sorgen. »Laut Aussage des Dunklen war sein heller Notfallkontakt nicht innerhalb der erforderlichen drei Stunden vor Ort, um eine versehentliche Tötung aufzuheben. Ich rufe Herrn Oliver Krondorf und Herrn Manfred Neckenhausen auf.«

Ich atmete tief durch, als die beiden Männer vortraten. Wie ich von den anderen Roten Audienzen wusste, konnte es jetzt noch eine Zeit lang so weitergehen. Unruhig schweifte mein Blick über die Versammlung und ich ertappte mich dabei, unbewusst nach Vitus und seiner Familie Ausschau zu halten. Rasch senkte ich den Blick auf die Hände in meinem Schoß. Ich wusste nicht einmal, warum ich immer wieder an Vitus denken musste. Schließlich war er ein Dunkler und das Gegenteil von dem, was ich wollte.

Als der erste Teil des Roten Gerichtshofs mit der Verlesung der Straffälle vorbei war, folgte eine Bekanntgabe der Eheschließungen. Die Wagenbachs und Isenholds gaben ihre Verlobung bekannt, genau wie zwei Familien der Dunklen, die ich jedoch nicht näher kannte.

»Die letzte Verlautbarung betrifft die Familie von Wittgenstein«, sagte der Redner in diesem Moment und ich fühlte, wie mein Herz einen Schlag aussetzte. Beunruhigt wechselte ich einen schnellen Blick mit Sophie, die genauso überrascht wirkte wie ich.

»Das Helle Fürstenpaar ist hocherfreut, Romy von Wittgenstein, Drittgeborene aus der Linie von Wittgenstein, heute zum ersten Mal bei einer Roten Audienz willkommen zu heißen«, sprach der Mann weiter. »Möge sie zu einer fruchtbaren jungen Frau heranwachsen, die ihrer Blutlinie viele Nachkommen schenkt.«

Daraufhin brandete höflicher Applaus unter den Hellen auf und als der Redner im Anschluss den gemischten Tanz zwischen Dunklen und Hellen zur Festigung unserer Beziehungen verkündete, stand ich rasch auf. Mein Kleid war mir mit jeder Minute enger vorgekommen und ich wünschte mir nichts sehnlicher, als ein wenig frische Luft zu schnappen. Hastig wandte ich mich zu der geöffneten Tür und verließ mit ein paar anderen Mitgliedern des Blutadels den großen Raum.

Neben mir unterhielten sich zwei Frauen über Romys Chancen, in ein paar Jahren direkt ins Hohe Herrscherhaus einzuheiraten, und die Sensationsgier, die aus jedem ihrer Sätze klang, machte mich krank.

Angespannt raffte ich mein grünes Kleid und eilte durch den großen Ballsaal zu den Türen, die auf die Terrasse hinausführten. Sie waren weit geöffnet, um die milde Nachtluft hereinzulassen, und ich atmete tief den Duft der unzähligen Blumen des Palastgartens ein. Hinter mir hörte ich die Mitglieder des Blutadels zurück in den Ballsaal strömen und blickte mich um, als eine neuerliche Fanfare ertönte. Nun war der gemischte Tanz zwischen den Hellen und Dunklen an der Reihe und ich überlegte, ob ich noch schnell in den Garten abhauen konnte, als ich den Blick von Arthur von Kaltenburg auffing. Er stand etwa zwanzig Schritte von mir entfernt und betrachtete mich kühl. Schließlich setzte er sich ohne Eile in Bewegung. Ich fühlte mich wie ein Reh im Scheinwerferlicht eines heranrasenden Wagens. Obwohl ein Tanz mit Arthur von Kaltenburg wirklich das Letzte war, was ich in diesem Moment wollte, war ich einfach nicht in der Lage, mich von der Stelle zu bewegen. Am Rande bekam ich mit, dass auch andere Dunkle und Helle sich zu Tanzpaaren zusammenfanden, wobei vor allem die Jüngeren den Anfang machten, während es die älteren Mitglieder des Blutadels offenbar viel mehr Überwindung kostete.

In diesem Moment setzte die Musik ein und mein Unwille, mit Arthur zu tanzen, nahm zu. Hektisch blickte ich mich um und sah Vitus am Rande der Tanzfläche stehen. Eine Kurzschlussreaktion trieb mich nach vorn und ich bemerkte, wie mich meine Füße direkt zu ihm trugen.

»Darf ich um diesen Tanz bitten?«, presste ich hervor und hasste es, diese Worte auszusprechen. Allerdings hatte ich noch weniger Lust, mit Arthur zu tanzen, wenn ich danach ohnehin mit Vitus sprechen musste. So konnte ich zumindest gleich zwei Fliegen mit einer Klappe schlagen.

Vitus betrachtete mich einen Moment lang einfach nur kühl, bevor er mit verschlossener Miene nickte und mir seinen Arm anbot. Ich vermied jeden Blick zu Arthur, als ich meine Fingerspitzen auf seine Schulter legte und spürte, wie er meine Hand in seine nahm.

Obwohl es das Letzte war, was ich empfinden wollte, durchfuhr mich ein sanfter Schauer und ich biss mir auf die Lippen, um nichts davon preiszugeben. Als er seine Finger auf meiner Hüfte platzierte, erfasste mich ein weiteres Kribbeln.

»Was soll das?«, fragte Vitus kalt, als wir uns zwischen den anderen gemischten Paaren drehten und die Lichter des Ballsaals an uns vorüberflogen. »Was willst du von mir?«

Seine Gefühlskälte erschütterte mich und ich spürte mein Herz schmerzhaft gegen meinen Brustkorb knallen, als ich den Kopf hob, um ihn anzusehen.

»Was zum Teufel hat dich so arrogant werden lassen?«, presste ich wütend hervor und wünschte, dass ich ihn niemals geküsst hätte. Auch wenn mir die Erinnerung daran noch immer ein zartes Flattern in der Bauchgegend bescherte.

»Zuerst starrst du mich die ganze Zeit an und jetzt bittest du mich um den Tanz. Du scheinst etwas von mir zu wollen, sonst würdest du mich einfach in Ruhe lassen. Also, was ist es?«, knurrte er leise. »Willst du den anderen hier von meiner Gabe erzählen?«

Er wirbelte mich etwas schwungvoller als nötig herum, doch obwohl Vitus unter seiner kalten Fassade aufgebracht war, fühlte ich mich dennoch sicher in seinen Armen.

»Geht es dir darum? Denkst du, ich habe vor, dein Geheimnis zu verraten?«, zischte ich empört.

Er richtete seine dunklen Augen auf mich. Es fühlte sich an, als würde mich ein Blitz treffen. »Hast du es denn vor?«

»Was? Nein!«, fauchte ich und wurde langsam wirklich wütend. »Wie kommst du auf so eine absurde …«

In diesem Moment kamen wir an der offenen Terrassentür vorbei. Mitten im Tanz stoppte Vitus und zog mich hinter sich die flachen Marmorstufen der Treppe hinunter zu den Kieswegen, die im Licht des Mondes sanft leuchteten. Von dort aus zerrte er mich zwischen zwei immergrünen Hecken hindurch zu einem kleinen Seerosenteich, der spiegelglatt vor uns lag. Der Sternenhimmel spannte sich funkelnd über uns am Firmament, aber ich hatte gerade keinen Sinn für die Schönheit der Nacht. Stattdessen starrte ich Vitus mit hämmerndem Herzen an.

»Lass mich los«, fauchte ich und entriss ihm meinen Arm.

»Dann hör du auf, ständig den Kontakt zu suchen«, knurrte er zurück. »Ich habe keine Lust, dass der gesamte Blutadel von der Sache erfährt.«

»Das ist also alles, was dich interessiert? Wie der Blutadel über dich denkt?«

Vitus machte einen Schritt auf mich zu und sein anziehender Duft stieg mir in die Nase. »Wenn dir dein Ruf völlig egal ist – schön. Aber ich habe ein Problem mit dieser verdammten Gabe.«

Seine gedämpfte Stimme war genauso abweisend wie seine Körpersprache und ich verfluchte meinen eigenen Körper dafür, dass er trotzdem auf seine Nähe reagierte, indem es in meinem Bauch zu prickeln anfing.

»Denkst du denn, mir ist das egal?«, flüsterte ich ungläubig und sah mich rasch um, ob wir noch allein waren. »Ich will *das*«, ich fuchtelte mit der Hand zwischen uns hin und her, »wieder rückgängig machen. Du bist ein Dunkler und verfügst über die helle Blutgabe. Ich bin eine Helle und verfüge über die dunkle Blutgabe. Kommt dir das nicht auch irgendwie seltsam vor?«

Vitus kniff die dunklen Augen zusammen und ich versuchte, meinen wild pochenden Herzschlag zu beruhigen, während ich auf seine Antwort wartete.

»Und was willst du jetzt tun?«, fragte er schließlich. »Deinen Zauberstab schwingen und darum bitten, dass alles wieder so wird, wie es eigentlich sein sollte?«

Er funkelte mich an und ich schluckte, da es gar nicht so leicht war, meinen folgenden Vorschlag in Worte zu fassen.

»Ich glaube, wir müssen uns küssen«, sagte ich dann und zwang mich dazu, den Blickkontakt mit ihm zu halten.

Seine Augen weiteten sich für einen Moment überrascht. Ich hasste es, wieder dieses Kribbeln in meinem Bauch zu spüren, als ich mich an seine Lippen ganz nah auf meinen erinnerte. Allerdings hatte ich damals noch nicht gewusst, wer er war – beziehungsweise *was* er war.

»Du willst, dass wir uns noch mal küssen?«, hakte er nach. »Du bist eine Helle.«

Seine Worte klangen wie eine Anklage und ich schüttelte den Kopf. »Was willst du mir damit sagen?«

»Ich küsse keine Hellen.«

»Ach nein?«, erwiderte ich verärgert und wusste wieder, was ich gegen die Dunklen hatten. »Darf ich dich daran erinnern, dass du mich bereits geküsst hast? Und wenn ich mich nicht irre, haben wir auf diese Weise unsere Blutgaben getauscht.«

»Das ist unmöglich.«

»Aber du hast doch diesen Tiger zum Leben erweckt, oder nicht?«, fauchte ich ihn an und merkte, wie ich immer lauter wurde.

Er fuhr sich durch seine dunkelblonden Haare und blickte sich rasch um. »Verdammt«, stieß er dann hervor. »Denkst du wirklich ...«

»Es steht im Buch meines Großvaters«, unterbrach ich ihn. »Ich habe keine Garantie und es kommt mir selbst auch total absurd vor, aber ich kann mir einfach nicht vorstellen, was sonst der Grund sein könnte.«

Stille folgte auf meine Worte, eine Stille, die nur vom Zirpen der Grillen unterbrochen wurde und während der ich ihn einfach nur anstarrte und hoffte, dass mein Verlangen, ihn zu küssen, nur damit zu tun hatte, dass mein Körper instinktiv wusste, dass ich so meine Blutgabe zurückerhalten würde.

Vitus rieb sich mit dem Daumen über die Narbe oberhalb seiner Augenbraue und sah kopfschüttelnd zu Boden. »Das steht also in einem Buch?«

»Ja«, erwiderte ich so selbstsicher, wie ich konnte.

»Bei allen Todesgöttern«, fluchte er und griff im nächsten Moment nach meinen Hüften.

Überrumpelt schnappte ich nach Luft, als er mich mit einem Ruck an sich zog und seine Lippen auf meine senkte. Mein ganzer Körper spielte verrückt und ich konnte nichts dagegen tun, dass kleine Stromstöße durch mein System rasten, als er mich noch näher an sich presste und mit seiner Zunge meinen Mund in Besitz nahm. Unbewusst schlang ich die Arme um seinen Nacken und erwiderte seinen Kuss, der von Sekunde zu Sekunde leidenschaftlicher wurde. Vitus stieß ein Geräusch aus, das tief aus seiner Kehle zu kommen schien, und der Laut war so sexy, dass meine Beine sich in Pudding verwandelten. Mit einem Stöhnen drängte er mich gegen die Hecken und ich spürte die Hitze unserer Berührung in jeder Zelle meines Körpers, bis mir bewusst wurde, was wir hier taten. Vitus' Berührungen waren wie ein Feuer, das mich in Brand setzte, und ich stieß mich keuchend von seiner harten Brust ab und taumelte einen Schritt zur Seite.

Mein Brustkorb hob und senkte sich schnell und tausend Gedanken zischten durch meinen Kopf. In erster Linie hoffte ich, dass es funktioniert hatte, aber ich schämte mich auch, dass ich den Kuss mit Vitus so sehr genossen hatte.

Hinter uns hörte ich eine Frauenstimme etwas sagen und dann ging eine Dunkle in einem dunkelroten Abendkleid vorbei. Sie war in das Gespräch mit einer anderen Dunklen vertieft und mir wurde unsagbar schlecht, als mir bewusst wurde, wie unvorsichtig wir gewesen waren. Wenn uns nun jemand beobachtet hatte, kamen wir beide vor den Roten Gerichtshof.

In diesem Moment ertönte ein leises Stöhnen hinter uns und ich fuhr gemeinsam mit Vitus herum. Meine Augen verengten sich, als ich Marvin von Kaltenburg erkannte, der zwischen zwei Hecken hervorgetaumelt kam. Arthurs Cousin krümmte sich, als hätte er Schmerzen, und seine aschblonden Haare fielen ihm wirr in die Stirn. Trotz der Dunkelheit im Palastgarten konnte ich die Angst in seinen Augen sehen und fühlte, wie auch mein Puls nach oben schoss.

»Marvin?«, fragte Vitus alarmiert. Starr vor Schreck beobachtete ich, wie Marvin sich an die Kehle griff und mit dem Kopf voran in den Seerosenteich stürzte.

Für den Bruchteil einer Sekunde starrten wir auf das aufgewühlte Wasser, bevor Vitus losrannte. Ich folgte ihm mit wackeligen Knien und beobachtete, wie er Marvin wenige Sekunden später aus dem kniehohen Teich zog, dessen Haut bereits eine wächserne Farbe angenommen hatte.

»Scheiße«, knurrte Vitus und fuhr sich durch seine feuchten Haare. »Mit dem Typen hab ich mich vor zwei Wochen noch geprügelt.«

»Mit ihm?«, flüsterte ich ungläubig und schlug mir im nächsten Moment die Hand vor den Mund. »Oh mein Gott. Ist er …?«

Vitus fühlte nach dem Puls und es verging ein langer Moment, in dem er kein Wort sagte. Schließlich nickte er knapp und seine Lippen waren nicht mehr als zwei blutleere Striche, als er mich ansah.

»Ja, ich fürchte, er ist tot.«

KAPITEL 17

»Das darf nicht wahr sein.« Fassungslos starrte ich auf Marvin, dessen Leichnam neben dem Seerosenteich lag. »Wir müssen versuchen, ihn wiederzubeleben.«

Vitus nickte und seine dunklen Augen funkelten, als er mich ansah. »Nur zu.«

Als mir die Bedeutung seiner Worte bewusst wurde, starrte ich auf meine Hände. Meine Finger zitterten leicht, aber ich sagte mir, dass es funktioniert haben musste. Vitus und ich hatten unsere Gaben durch einen Kuss getauscht – und nun hatten wir es wieder in Ordnung gebracht.

Ich starrte auf Marvin und bewegte meine Fingerspitzen langsam in Richtung seines Nackens. Seine Haut fühlte sich kalt und klamm an, während ich meine ganze Willenskraft darauf konzentrierte, ihn wieder aufzuwecken.

Wieder trat das vertraute Prickeln in den Fingerspitzen auf, doch statt Hitze fühlte ich nur Kälte, als meine Magie knisternd durch die

Nacht jagte. Mit angehaltenem Atem blickte ich auf Marvin, aber er bewegte sich kein bisschen.

»Nein«, flüsterte ich, während Vitus leise fluchte. Dann legte er seine Fingerspitzen auf Marvins Nacken und schloss für einen Moment die Augen. Sofort breitete sich ein Netz aus glühenden Lichtfäden unter Marvins Haut aus und brachte seinen ganzen Körper zum Leuchten. Unsäglich enttäuscht sah ich zu, wie Marvin sich einen Moment später aufrichtete und sich hektisch umsah.

Es hatte nicht funktioniert.

Vitus und ich hatten die Blutgaben nicht zurückgetauscht.

Rasch versuchte ich, meine Gefühle zur Seite zu drängen und mich stattdessen auf Marvin zu konzentrieren, der stöhnend von uns wegrobbte und so aussah, als hätte er panische Angst vor uns.

»Marvin, wir wollen dir nichts tun!«, rief ich und streckte die Hand nach ihm aus, um ihn aufzuhalten. »Sag uns, wer dir das angetan hat.«

Röchelnd schüttelte er den Kopf und krümmte sich unter Schmerzen zusammen. Als er nun einen Schrei ausstieß, war dieser so laut, dass er mit Sicherheit mehrere Leute alarmierte.

»Was ist hier los?«, rief ein älterer Heller und kam zwischen den immergrünen Hecken hindurch zu uns gestürzt. »Beim Licht der Heilung«, flüsterte er dann. »Wurde er vergiftet?«

Vitus und ich tauschten einen kurzen Blick, bevor wir nickten.

»Es sieht so aus«, sagte ich. »Er hat sich an die Kehle gegriffen und ist in den Teich gefallen. Wir haben ihn wiederauferweckt, um ihn zu fragen, wer ihm das angetan hat.«

Marvin wand sich schreiend im Gras neben dem Seerosenteich und der ältere Helle bekreuzigte sich rasch. Er trug einen altmodischen Anzug und hatte einen silbergrauen Haarkranz.

»So etwas habe ich schon einmal gesehen. Das Gift zerstört die inneren Organe«, meinte er leise. »Da ihr ihn so schnell zurückgeholt habt, kann er die Schmerzen noch immer spüren. Orientierungslosigkeit und große Verwirrung sind nicht selten in so einem Fall. Ich denke nicht, dass wir irgendetwas Brauchbares aus ihm herausbekommen.«

Entsetzt starrte ich auf Marvin, der sich brüllend hin und her warf. Auch wenn er mir meine Schildkröte genommen hatte, hätte ich ihm dieses Schicksal nicht vergönnt.

Plötzlich schallte ein lauter Ruf durch die Nacht.

»Jeder bleibt, wo er steht!«, hörte ich einen Roten Gardisten mit grau melierten Haaren schreien, als seine Männer sich wie ein Rudel schwarzer Wölfe im Garten positionierten. Der ältere Helle griff beruhigend nach Marvins Schulter und ich schluchzte erstickt auf, als die drei Minuten endlich um waren und er mit einem letzten Stöhnen ein zweites Mal starb. Diese Erweckung hatte ihm nichts außer Schmerz gebracht und ich konnte in Vitus' Augen sehen, dass er es bereute, seine Gabe eingesetzt zu haben.

»Was ist hier los?« Ein muskulöser Gardist mit kurzen grauen Haaren schob eine Frau in einem dunkelroten Abendkleid zur Seite und näherte sich dem Gebiet um den Seerosenteich. Dabei starrte er den älteren Hellen an, der daraufhin die Situation kurz schilderte.

»Sie gehen jetzt alle nach drinnen, unsere Leute werden Sie führen«, erklärte der Gardist nach ein paar Minuten mit tiefer Stimme. »Keiner von Ihnen darf den Palast verlassen, solange er nicht die Erlaubnis von uns erhält. Ich wiederhole: Es ist Ihnen untersagt, die Rote Audienz auf eigenen Wunsch zu verlassen.« Er blickte den fremden Hellen, Vitus und mich nacheinander an und mir war klar, dass es

Konsequenzen haben würde, wenn man sich diesem Befehl widersetzte.

Willenlos folgte ich einem Roten Offizier ins Innere des Palastes. Vitus wurde von einem anderen Gardisten fortgeführt und ich spürte meine Beine kaum, als ich gemeinsam mit dem älteren Hellen den großen Thronsaal betrat. Nicht nur, dass der Tausch unserer Blutgaben nicht funktioniert hatte, war Marvin von Kaltenburg auch gerade direkt vor meinen Augen gestorben.

In dem Saal wurden gerade Sitzreihen aufgebaut und ich fragte mich, wie lange ich wohl noch hierbleiben musste, bis ich nach Hause gehen durfte.

In diesem Augenblick war ein schriller Schrei aus ein paar Räumen weiter zu hören und ich zuckte zusammen. Auf den Schrei folgte das haltlose Schluchzen einer Frau. Ich schluckte, als ich verstand, dass die Rote Garde Marvins Mutter offenbar gerade von seinem Tod unterrichtet hatte.

»Bewahren Sie Ruhe und sprechen Sie nicht miteinander«, erhob der Gardist über das Wehklagen von Thalea von Kaltenburg die Stimme. »Wir möchten, dass Ihre Aussagen nicht durch die Eindrücke anderer Gäste beeinflusst werden.«

Er rieb sich über seinen dunklen Bart, der zu seiner schwarzen Uniform passte. Der Rest seines Gesichtes wurde von der glatten Maske der Garde verdeckt – aber auch so war erkenntlich, dass ihm die Situation alles andere als gefiel.

»Wir werden Sie nacheinander und getrennt voneinander befragen, um den Tathergang rekonstruieren zu können.«

Mit diesen Worten ließ uns der Gardist stehen und gab einem seiner Kollegen rasch ein Zeichen.

Mein Blick glitt über die Mitglieder des Blutadels und ich konnte die Spannung im Raum förmlich spüren. Vom Hohen Herrscherhaus fehlte jede Spur und auch das Wehklagen von Marvins Mutter war verstummt.

Unruhig suchte ich unter den Anwesenden nach meiner Familie, konnte sie jedoch nicht finden. Wahrscheinlich waren sie in einem der anderen Räume untergebracht worden, versuchte ich, mich selbst zu beruhigen. Schließlich war der Palast riesig und die Rote Garde würde versuchen, uns so getrennt wie möglich zu halten, um eventuelle Abstimmungen zu vermeiden.

Ich schluckte. Wer mochte Marvin getötet haben?

Unruhig ließ ich mich auf einem der Stühle nieder und versuchte, keine Aufmerksamkeit auf mich zu ziehen. Denn auch wenn ich nichts mit Marvins Tod zu tun hatte, hoffte ich, dass die Garde mich nicht bis ins kleinste Detail über den heutigen Tag ausfragen würde. Immerhin hatte ich einen Dunklen geküsst und damit gegen wer weiß wie viele Paragraphen verstoßen.

Bei dem Gedanken an Vitus' Kuss spürte ich die Enttäuschung wieder wie eine klaffende Wunde in meiner Brust. Wie hatte ich nur hoffen können, dass Großvaters Geschichten wahr waren? Oder hätten Vitus und ich uns etwa wieder bei Vollmond küssen müssen? Lag es daran? Oder versuchte ich mir selbst nur etwas vorzumachen und mein letztes Stückchen Hoffnung in ein altes Märchen zu legen?

Ich wusste nicht mehr, was ich denken sollte, aber ich kam mir unsäglich dumm vor, Vitus zu diesem Kuss überredet zu haben. Was war bloß los mit mir? Warum konnte ich das Leben aus jemandem herausziehen?

Ich kam mir vor wie ein Fremdköper, wie etwas, das nicht in diesen Palast gehörte. Überall um mich herum standen Dunkle und Helle – und auch wenn ihr Blut unterschiedlicher nicht hätte sein können, so hatten sie doch eines gemein: Sie verfügten über die Blutgabe, über die sie auch verfügen sollten. Es gab keine Ausreißer – es gab nur mich.

Es vergingen zehn, zwanzig und dann schließlich dreißig Minuten. Immer wieder pickten sich die Roten Gardisten eine Person aus dem Saal, um sie zu befragen. Mein Puls schoss jedes Mal nach oben, wenn sie einen Namen aufriefen. Irgendwann stand ich auf, weil ich die Spannung nicht mehr aushielt. Ich streckte meine Arme und Beine aus, strich mein Kleid glatt und blickte mich um. An der Stirnseite des Saals waren weiß-goldene Tische mit Getränken aufgebaut worden und ich ging zu einer der kleinen Versorgungsstationen, um mir ein Glas Wasser zu holen.

»Wie lange wird es wohl noch dauern?«, hörte ich eine ältere Frau wispern, die sich gerade eine Tasse Kaffee einschenkte.

»Keine Ahnung«, flüsterte eine andere Frau in einem dunkelroten Abendkleid zurück, die ihren Kopf gesenkt hielt und die ich bereits vorhin beim Seerosenteich gesehen hatte. »Ich bin nur froh, wenn ich endlich nach Hause kann. So etwas ist doch noch nie vorgefallen.«

»Ich habe gehört, dass es nicht der erste Vorfall ist«, bemerkte die Ältere, als ich plötzlich einen Luftzug hinter mir wahrnahm.

Ein hochgewachsener Gardist beäugte die beiden Damen voller Misstrauen. »Die Gespräche untereinander sind verboten. Das dient Ihrer eigenen Sicherheit.«

Ich wusste zwar nicht, wie dies tatsächlich unserer Sicherheit dienen sollte, entschied aber, besser die Klappe zu halten. Auch die beiden Frauen taten es mir gleich und verschwanden still auf ihre Plätze, während ich mir aus der kristallenen Karaffe ein Glas Wasser einschenkte.

»Setzen Sie sich dann auch wieder hin«, befahl mir der Gardist. Obwohl ich nur den Bereich unterhalb seiner Nase sehen konnte, wirkte sein Gesicht jünger als das der anderen Offiziere.

»Natürlich.«

Ich marschierte mit meinem Glas Wasser zurück zu meinem Sessel, der sich in genügend Abstand zu den anderen Sitzen befand und somit keine Möglichkeit bot, mich mit den Anwesenden auszutauschen. Gierig trank ich ein paar Schlucke und überlegte, ob die Frau recht gehabt hatte. War Marvin ebenfalls ein Opfer des Giftmörders geworden? Der Gedanke fühlte sich dumpf und hässlich an und ich zuckte zusammen, als die Stimme des jungen Gardisten durch den Saal hallte.

»Fräulein Lorelai von Wittgenstein, Sie sind als Nächste dran.«

Ich folgte dem Gardisten durch einen edlen, mit Fresken geschmückten Korridor in einen kleinen Raum, in dem sich nur ein schmaler weißer Tisch befand. Die Wände, die mit opulenten Malereien verziert worden waren, passten nicht zu der spärlichen Einrichtung – allerdings schien sie perfekt für das Verhör zu sein.

Hinter dem weißen Tisch erkannte ich jenen Mann mit den grau melierten Haaren wieder, der auch beim Seerosenteich aufgetaucht war.

»Setzen Sie sich, Fräulein von Wittgenstein«, wies er mich an und ich ließ mich auf dem Sitz gegenüber von ihm nieder. »Wie Sie bereits wissen, sind wir dabei, sämtliche Teilnehmer der Roten Audienz zu befragen, ob sie etwas gesehen haben, was uns bei der Klärung der Todesursache von Herrn von Kaltenburg weiterhelfen könnte.«

»Ich kann Ihnen nicht weiterhelfen«, sagte ich und setzte mich aufrecht hin. »Ich habe nur gesehen, dass Marvin in den Teich gefallen ist und danach trotz des Einsatzes der hellen Blutgabe nicht mehr zu retten war.«

Der Gardist räusperte sich. »Marvin?«, fragte er und seine Augen verengten sich. »Sie waren also mit dem Sohn des Dunklen Fürsten bekannt?«

»So gut man jemanden bei den Roten Audienzen kennenlernen kann«, sagte ich nervös und versuchte das Ganze abzukürzen, ohne den Vorfall mit meiner Schildkröte zu erwähnen. »Hören Sie, Marvin von Kaltenburg war ein Dunkler und wir hegen, wie Sie wissen, kein besonders gutes Verhältnis zueinander. Ich habe ihn kennengelernt, als ich jünger war, und bin ihm dann aus dem Weg gegangen.«

»Verstehe.« Der Gardist kritzelte etwas auf seinen Schreibblock, der vor ihm lag. »Was haben Sie eigentlich beim Seerosenteich gemacht, Fräulein von Wittgenstein?«, wollte er als Nächstes wissen.

Für einen Moment zuckte die Erinnerung an Vitus' Kuss in meinen Kopf auf, aber ich versuchte, so gelassen wie möglich zu bleiben, während mein Puls auf hundertachtzig stieg.

»Ich wollte nur frische Luft schnappen. Und mir nach dem Tanz und der Gerichtsverhandlung die Füße vertreten.«

»Waren Sie allein?«

Der durchdringende Blick des Gardisten bohrte sich in mich. Sofort fühlte ich mich irgendwie schuldig, weil ich Vitus geküsst hatte, obwohl ich definitiv nichts mit Marvins Tod zu tun hatte.

Rasch versuchte ich, mich zusammenzureißen, und schüttelte den Kopf. »Nein, es waren noch einige Leute draußen.«

Dabei hoffte ich, dass Vitus und ich nicht zusammen beobachtet worden waren – und dass er kein Wort über unsere Begegnung fallen ließ. Denn wenn unsere Aussagen nicht übereinstimmten, würde das garantiert die Aufmerksamkeit der Roten Garde auf sich ziehen.

»Es war heute ein aufregender Tag für mich«, machte ich einfach weiter. »Meine Schwester Romy war heute das erste Mal bei einer Roten Audienz und meine Schwester Sophie durfte den Eröffnungstanz tanzen.«

Ich wusste selbst, dass ich wie ein naives Mädchen klang, aber vielleicht war das gar keine so schlechte Taktik, damit der Gardist schnell das Interesse an mir verlor.

Er fixierte mich. »Das war jedoch nicht meine Frage. Haben Sie irgendjemanden gesehen, der Ihnen verdächtig vorkam? Irgendjemand, der nicht hierherzugehören schien?«

Ich schüttelte den Kopf. »Mir ist niemand aufgefallen.«

»Und nach der Wiederbelebung, was ist dann passiert?«

Ich atmete tief durch. »Marvin war total verwirrt und schien große Schmerzen zu haben. Er hat kein einziges Wort gesagt. Ein älterer Heller hat ihn in diesem Zustand ebenfalls gesehen.«

Der Gardist machte sich eine Notiz. »Und hatten Sie heute vor seinem ersten Ableben Kontakt mit Herrn von Kaltenburg?«

Ich schüttelte abermals den Kopf. »Wie gesagt, wir gingen uns eher aus dem Weg.«

»Wie lange waren Sie draußen, um, wie Sie sagten, frische Luft zu schnappen?«, wollte der Gardist im nächsten Moment wissen. Für mich klang es, als würde er mir nicht glauben.

»Ich schätze, so circa zehn bis fünfzehn Minuten.«

»Und in dieser Zeit haben Sie was genau getan?«

»Ich habe den Garten bewundert. Meine Mutter besitzt eine Gärtnerei und ich habe ein Faible für allerlei Pflanzen entwickelt. Die Parkanlage des Palastes ist wirklich beeindruckend.« Dabei lag mir auf der Zunge zu sagen, dass die Rote Garde wohl kein Faible für Pflanzen besaß, nachdem sie ungeniert alles in unserem Gewächshaus platt getreten hatte.

Der Gardist legte seine Ellenbogen auf dem Tisch vor sich ab. »Wollen Sie mir sonst noch etwas sagen, Fräulein von Wittgenstein? Sie wissen, dass wir sämtliche Gäste heute befragen und uns jegliche Ungereimtheiten auffallen werden.«

Ich wusste nicht, ob er es nur sagte, um mir Angst zu machen, oder ob er tatsächlich den Verdacht hegte, dass ich log.

Ich bemühte mich, meine Stimme selbstsicher klingen zu lassen. »Nein, das war alles. Ich weiß wirklich nichts, was Ihnen weiterhelfen könnte. Leider.«

Der Gardist behielt mich noch einige Sekunden im Blick, die sich für mich nach einer Ewigkeit anfühlten. Eine eisige Kälte kroch über meinen Körper und ich versteifte mich instinktiv.

»In Ordnung«, sagte er schließlich und nickte mir zu. »Sie können dann gehen – aber halten Sie sich zu unserer Verfügung, falls wir noch etwas brauchen.«

»Ich bin nur froh, dass wir wieder zu Hause sind«, erklärte meine Mutter, als wir uns ein paar Stunden später in unserem Wohnzimmer befanden. Sie ging zur gebogenen Stehlampe, um sie anzuknipsen. Ich war froh, dass das Licht nur gedämpft in meine Augen drang und meine Mutter auf die große Wohnzimmerbeleuchtung verzichtete.

Müde lehnte ich mich auf der hellen Couch zurück, während Sophie ein paar Bücher auf den niedrigen Tisch räumte, um sich neben mich zu setzen.

»Alles okay?«, fragte sie fürsorglich. Ihr Make-up war nicht mehr so perfekt wie zu Beginn des Tages, ihre Mascara war etwas verwischt und ihre Augen blickten mich abwartend an.

»Es geht«, erwiderte ich, als mein Vater das Wohnzimmer betrat.

»Romy liegt schon im Bett. Es hat genau eine Minute gedauert, bis sie eingeschlafen ist.« Er öffnete erschöpft den obersten Knopf seines Hemdkragens. »Was für ein Tag.«

Meine Mutter machte es sich in dem bunten Ohrensessel gemütlich und strich sich eine blonde Haarsträhne aus dem Gesicht. »Er war zwar ein Dunkler, aber dass ihn jemand ermordet hat … direkt bei der Roten Audienz.« Sie schnaubte und begann, ihre Finger zu kneten.

Mein Vater setzte sich neben mich auf die Couch. »Es ist unfassbar. Wer ist nur zu so etwas fähig?«

»Glaubt ihr, dass Marvin tatsächlich von demselben Täter vergiftet wurde, der auch an dem Tod des Roten Gardisten und Herrn von Grottengras schuld ist?«, fragte ich müde.

Sophie zuckte mit den Schultern. »Keine Ahnung. Aber eins ist sicher: Die Rote Garde wird alles daransetzen, Marvins Tod aufzuklären. Immerhin stand er in der Thronfolge ganz weit oben.«

Meine Mutter nickte. »Ich hoffe nur, dass sie uns da raushalten. Es hat mir gereicht, dass die Garde einmal bei uns war.«

Ich atmete tief ein. Bei der Erinnerung an die schweren Stiefel, die rücksichtslos durch unser Gewächshaus marschiert waren, um irgendeinen Hinweis auf ein Vergehen meines Vaters zu finden, bei der Erinnerung an die Weise, wie sie ihn aus dem Haus abgeführt hatten, rann mir wieder ein kalter Schauer über den Rücken. Ich wollte mir nicht vorstellen, was sie erst mit einem machten, wenn sie von der Schuld einer Person überzeugt waren.

»Habt ihr auf der Roten Audienz denn noch irgendetwas über den Tausch der Blutgaben herausfinden können?«, wagte ich dann zu fragen, da der Kuss ja zu keinem Ergebnis geführt hatte.

Mein Vater betrachtete mich liebevoll von der Seite. »Ich habe mit einigen älteren Ärzten gesprochen. Natürlich musste ich immer rein hypothetisch sprechen, damit keiner etwas ahnt. Aber leider konnten sie mir von keinem ähnlichen Fall berichten, sie haben nichts in der Art gehört.«

Meine Mutter seufzte und strich sich ihr Abendkleid glatt. »Ich habe mich mit einem Historiker unterhalten. Er ist ein entfernter Verwandter der von-Bissbinger-Schwestern, die das Ballmodengeschäft führen, und kennt sich mit der Geschichte des Blutadels bestens aus. Er gehört zu jenen, die die Dunklen bis aufs Blut hassen, aber ich habe versucht, nicht zu sehr auf unsere politische Gesinnung einzugehen. Stattdessen habe ich von dem Buch deines Großvaters berichtet und er war auch sehr gesprächig – aber im Grunde konnte er mir nichts Neues sagen. Es gibt die Legenden von dem Kuss, der die Blutgabe tauscht, genauso wie es Schreckensszenarien gibt, dass nur noch dunkle Kinder geboren werden – und die Hellen nach und nach aussterben. Aber es war nichts Handfestes dabei.«

Meine Mutter holte tief Luft und ich unterließ es, meiner Familie von dem missglückten Kuss mit Vitus zu erzählen – sie machten sich sowieso schon genug Sorgen.

»Und ich will und kann diesen ganzen Schwachsinn nicht glauben«, fügte sie hinzu.

»Aber was ist dann bloß mit mir los?« Mein Puls schoss nach oben und die Hoffnung, heute eine Antwort auf meinen Zustand zu finden, erstarb in dem Moment.

Mein Vater griff nach meiner Hand. »Ich weiß es nicht. Aber wir werden es herausfinden.«

»Und wie?«

Er betrachtete mich eindringlich. »Lorelai, ich habe auch noch nicht den perfekten Plan, aber ich garantierte dir, dass deine Mutter und ich alles unternehmen werden, damit es dir wieder gut geht.«

»Das werden wir«, pflichtete meine Mutter bei. »Und bis dahin musst du Stillschweigen über deine Blutgabe bewahren. Wir wissen nicht, wie das Hohe Herrscherhaus auf eine solche Nachricht reagieren wird, und möchten nicht, dass du ihr Versuchskaninchen wirst.«

Sophie runzelte die Stirn. »Ihr denkt doch nicht wirklich, dass sie so etwas tun würden?«

Mein Vater richtete sich auf. »Ich weiß es nicht. Aber ich werde das Risiko definitiv nicht eingehen.« Er atmete tief ein. »Was würdest du denn an ihrer Stelle tun? Das Hohe Herrscherhaus wird keinen derartigen Fall kennen und sie werden verstehen wollen, warum Lorelai die dunkle Blutgabe besitzt. Vor allem jetzt … Durch die Attentate sind sie noch vorsichtiger als sonst.«

»Wir finden zuerst heraus, was mit Lorelai los ist, und dann wenden wir uns ans Hohe Herrscherhaus«, sagte meine Mutter und war sichtlich erleichtert, einen Plan zu haben – einen Plan, der nun für uns alle galt.

Mein Vater drückte meine Hand. »Bis wir wissen, was mit dir los ist, solltest du dich so normal wie möglich benehmen.«

»Und was heißt das? Soll ich nicht umhergehen und irgendwelche Tiere oder Pflanzen töten?«, erwiderte ich spöttisch, doch keiner der anderen lachte. Mir war klar, dass sie mich liebten – aber sie hatten auch Respekt vor dem, was ich nun konnte.

»Du solltest am besten meinen Nacken nicht berühren«, erklärte Sophie in die Stille hinein und ich war ihr dankbar, dass sie damit zumindest etwas Leichtigkeit in die Situation brachte.

»Es könnte schon sein, dass ich irgendwann ausrutsche, wenn du mir wieder das letzte Stück Lasagne wegschnappst.«

Sophie verdrehte demonstrativ die Augen. »Gut – aber bitte tu das nur, wenn Mama oder Papa in der Nähe sind, um mich auch wieder zurückzuholen.«

Meine Mutter hob eine Augenbraue. »Darüber macht man keine Scherze, Kinder.«

»Aber was sollen wir sonst machen? Es ist doch schon traurig genug. Was ist, wenn ich jetzt für immer«, ich stockte kurz, weil ich mich nicht als Dunkle sehen wollte, »wenn ich für immer *so* bleibe?«

Meine Mutter schüttelte vehement den Kopf. »Das wird nicht passieren, mein Schatz.«

»Aber woher willst du das wissen?«, ließ ich nicht locker. Ich konnte regelrecht fühlen, wie die Schwere der Blutgabe an mir zog. Wenn ich nur an sie dachte, begannen meine Finger zu pulsieren und ich spürte diese Eiseskälte, die mir selbst Angst einjagte.

»Weil wir es nicht zulassen werden«, sagte mein Vater bestimmt. Dabei drückte er meine Hand so fest, dass es schon wehtat. »Du bist unsere Tochter, Lorelai – und du bist ein Teil von uns. Auch wenn es deine Blutgabe aktuell anders aussehen lässt, so gehörst du zu uns.« Er sah mir tief in die Augen. »Du bist eine Helle. Und das bleibst du auch.«

KAPITEL 18

In der Nacht konnte ich kaum schlafen. Ruhelos wälzte ich mich im Bett umher, während die Erinnerungen durch meinen Kopf schossen. Ich sah den Tiger, die Sonnenblume und die Orchidee, ich spürte Vitus' Lippen auf meinen, sah, wie er mich voller Abscheu betrachtete …

Als es mir irgendwann zu viel wurde, ging ich nach unten und blätterte in dem Buch meines Großvaters. Doch obwohl ich Seite für Seite genauestens las, konnte ich nichts finden, das mir irgendwie weiterhalf. Außer der Passage, die ich schon kannte, stand auch nichts mehr über den Tausch der Blutgaben darin – und plötzlich kam mir die Hoffnung, dass ein Kuss die ganze Sache rückgängig machen könnte, genauso absurd vor wie die Vorstellung, dass uns eine gemeinsame Mahlzeit weiterhelfen würde.

Was war, wenn die dunkle Fähigkeit tatsächlich meine Blutgabe war? Wenn ich nicht mehr als eine Laune der Natur war, die die Gesetze des Scharlachroten Buches über den Haufen warf?

Bei dem Gedanken schnürte sich mir die Kehle zu und ich verdrängte ihn sofort wieder. Ich war nichts Besonderes, ich wollte nichts Besonderes sein – ich wollte nur Teil meiner Familie sein. Auch wenn meine Eltern so taten, als würden sie alles in den Griff bekommen, so war die Sorge in ihren Gesichtern unverkennbar gewesen. Mein Vater, der sonst für alles eine Lösung parat hatte, wirkte selbst hilflos – auch wenn er es niemals vor mir zugegeben hätte.

Am nächsten Morgen versuchte ich, so normal wie möglich zu sein. Ich hüpfte unter die Dusche, zog mich an und frühstückte nur kurz, um dann zur Schule aufzubrechen. Dabei entgingen mir die sorgenvollen Blicke meiner Eltern nicht und ich war froh, als ich endlich das Haus verließ.

»Du scheinst ja ein spektakuläres Wochenende gehabt zu haben«, bemerkte Lucy, als wir uns wenig später an dem kleinen Kiosk vor der Schule trafen.

Ich straffte den Riemen meines Rucksacks. »Wie kommst du denn darauf?«

»Die Schatten unter deinen Augen. Verräterisch. Ich weiß, was du jetzt brauchst.«

»Ach ja?«

»Selbstverständlich.« Sie wandte sich an den alten Kioskbesitzer, der wie jeden Tag eine braun karierte Schirmkappe trug. »Wir brauchen die doppelte Portion, Will. Das heftige Zeug.«

Ich hob eine Augenbraue, doch der alte Mann nickte nur. Dabei hatte er ein geheimnisvolles Glitzern in den grauen Augen, während sein faltengezeichnetes Gesicht unverändert starr blieb.

»Kein Problem.«

Irritiert beobachtete ich, wie er zwei Becher Kaffee vorbereitete und sie dann Lucy reichte, die ihm im Gegenzug einen Schein in die Hand drückte.

»Stimmt so.« Sie zwinkerte dem Kioskbesitzer zu.

»Sag mal, seid wann duzt du den Typen? Und woher kennst du überhaupt seinen Namen?«, fragte ich, bevor wir die Treppe zum Schulgebäude hochliefen.

»Das war Will, den kennt doch jeder.« Lucy trank von ihrem Kaffee. »Sehr gut. Der macht dich garantiert wieder wach.«

Ich betrachtete Lucy, die heute ihre dunkelbraunen Haare zu einem strengen Dutt frisiert hatte und dazu ein grünes Kleid mit gestreifter Strumpfhose trug.

»Ich habe den Kioskbesitzer noch nie mit jemandem reden gehört. Ich wusste gar nicht, dass er sprechen kann«, sagte ich und brachte Lucy damit zum Grinsen.

»Will ist eine richtige Plaudertasche. Du musst ihm nur zuhören.«

Gemeinsam betraten wir das Schulgebäude.

»Also – wie war jetzt dein Wochenende? Hast du Vitus gesehen? Hat er dich vom Schlafen abgehalten?«

Ich konnte nicht sagen, dass er mich tatsächlich vom Schlafen abgehalten hatte, aber aus anderen Gründen, als sie vermuten würde.

»Ich war mit meinen Eltern auf einer Familienfeier.«

Lucy verzog das Gesicht. »Und die war so aufregend, dass du nicht zum Schlafen gekommen bist? Was ist denn passiert?«

Ich sog tief die Luft ein und überlegte, was ich Lucy erzählen konnte, ohne ihre Neugierde allzu sehr zu wecken. Im Laufe der Jahre hatte ich Routine darin entwickelt, die Sache mit der Blutgabe zu verschweigen – was auch nicht so schwer war, da ich meine Fähigkeit noch nicht erhalten hatte. Aber jetzt wurde es langsam kompliziert.

Ich nippte an meinem Kaffee. »Es war eher sterbenslangweilig.«

Lucy grinste. »Das beruhigt mich. Warum solltest du bessere Familienfeiern haben als ich? Ich erinnere an meine Tante, die in die Vase gekotzt hat – das war schon das Aufregendste, das jemals passiert ist.« Sie seufzte. »Echt traurig. Aber warum siehst du dann so müde aus?«

Ich zuckte mit den Schultern und wir gingen die Treppen hinauf. Schüler strömten uns entgegen, die sich unbeschwert miteinander unterhielten. Wahrscheinlich wirkten Lucy und ich ebenso unbeschwert, auch wenn ich es ganz und gar nicht war.

»Hast du etwa nur schlecht geschlafen?« Lucy schmiss ihren Kaffeebecher in einen Mülleimer, als wir in den Korridor zu unserer Klasse einbogen.

»Vielleicht habe ich einfach nur was Schlechtes gegessen«, log ich und erntete dafür einen beunruhigten Blick von Lucy.

»Aber du kotzt mir nicht gleich ins Gesicht, oder?«

Ich musste schmunzeln. So einen Blödsinn konnte nur Lucy von sich geben.

»Doch, genau das war der Plan.«

Kurz darauf zog sich alles in mir zusammen, als wir die Schwelle zum Klassenzimmer überschritten. Unruhig huschte mein Blick durch den Raum. Nach allem was passiert war, hatte ich keine Ahnung, wie ich Vitus nun begegnen sollte. Kurz hatte ich sogar überlegt, heute einfach zu Hause zu bleiben – aber da mein Vater Arzt war, tat ich mir mit irgendwelchen vorgeschobenen Krankheiten ziemlich schwer. Außerdem hatte er darauf bestanden, dass ich mich so normal wie nur möglich verhielt.

Meine Normalität umfasste also, dass mein Herz wie wild zu rasen begann, als ich glaubte, hinten links den Kopf von Vitus zu entdecken. Ich erstarrte, doch im nächsten Moment drehte er sich um und ich erkannte, dass es jemand anderer war.

»Suchst du deinen Traumprinzen?«, wisperte Lucy mir zu, die meinen unsteten Blick bemerkt haben musste.

Ich schüttelte den Kopf. »Nein, ganz und gar nicht«, erklärte ich leise, als wir unseren Tisch erreichten. »Die Sache mit Vitus läuft nicht.«

»Was?!« Lucy betrachtete mich entsetzt.

»Könntest du bitte noch lauter schreien?«, fuhr ich sie an und setzte mich auf meinen Platz. »Im Sekretariat haben sie es noch nicht gehört.«

Lucy zog die Augenbrauen zusammen. »Was heißt, es läuft nichts? Ist er impotent?«

Ich seufzte und ließ mich auf meinem Stuhl zurückfallen.

»Es passt einfach nicht zwischen uns, Lucy.«

Sie schüttelte den Kopf. »Wen lügst du jetzt an, Lorelai?«

In dem Moment hasste ich es, dass ich ihr nicht einfach die Wahrheit sagen konnte. Aber ich wusste, dass das nicht möglich war.

»Im Museum sind wir aneinander geknallt und seitdem ist die Chemie raus.«

»Wie, aneinander geknallt?« Sie beugte sich ein Stück zu mir. »Er hat dir doch nicht etwa eine geknallt oder so?«

»Nein, natürlich nicht«, erwiderte ich hastig und überlegte fieberhaft, was ich ihr erzählen konnte. »Wir hatten nur eine Meinungsverschiedenheit und er hat sich einfach eigenartig benommen.«

»Wie eigenartig? Hat er gelallt? Hat er dich beschimpft? Oder plötzlich rumgepöbelt?«

Ich schüttelte den Kopf. »Nichts davon. Er ist einfach abweisend gewesen.«

Lucy schlug die Beine übereinander und betrachtete mich interessiert. »Aber ihr wart noch nicht miteinander im Bett, oder?«

Ich senkte die Stimme. »Nein, das hätte ich dir doch erzählt.«

»Gut. Ich dachte kurz, dass er vielleicht einer von den Typen Ich-krieg-dich-ins-Bett-und-dann-interessierst-du-mich-nicht-mehr ist. Aber das ist dann wohl eher ausgeschlossen. Vielleicht hat er doch eine Freundin? Was für ein Idiot«, fauchte sie und nickte sich selbst zu. »Natürlich. Darum ging es immer bei seinen Telefonaten. Er hat in Wirklichkeit eine Freundin und hat trotzdem ein bisschen rumgespielt – jetzt hat er Schiss, dass sie was rausbekommt, und deswegen macht er einen auf Mr Cool. Was für ein Riesenarsch. Ein Oberarsch. Der größte von allen. Wahrscheinlich der König der Ärsche.«

»Es ist schon gut«, behauptete ich und beschloss, es dabei zu belassen. Da ich Lucy sowieso nicht die Wahrheit erzählen konnte, war es gar nicht so schlecht, wenn sie einfach glaubte, dass Vitus eine Freundin hatte. »Ich trauere ihm auch nicht hinterher«, setzte ich noch hinzu, um das Thema abzuschließen.

»Das dürftest du auch nicht. Auf keinen Fall.« Sie atmete tief ein. »Oder wärst du gern seine Königin der Ärsche? Wohl kaum.«

»Natürlich nicht.« Ich schmunzelte und in dem Moment läutete die Schulglocke. Rasch sah ich mich in der Klasse um – von Vitus fehlte jede Spur.

»Und was für ein Weichei«, bemerkte Lucy, die meinem Blick gefolgt war. »Jetzt hat er nicht mal die Courage, im Unterricht zu erscheinen.«

In dem Moment betrat unser Biolehrer den Raum.

»Guten Morgen, meine Damen und Herren«, begrüßte uns der Kindler. »Ich hoffe, Sie hatten ein schönes Wochenende.«

Ich versuchte, nicht an meines zu denken, und beobachtete, wie das Auftauchen unseres kahlköpfigen Biolehrers ein Lächeln in Lucys Gesicht zauberte.

»Siehst du. Das ist ein Mann«, erklärte sie grinsend und seufzte tief. »Der schwänzt den Unterricht nicht.«

Auch an den folgenden zwei Tagen tauchte Vitus nicht in unserer Klasse auf. Und obwohl ich einerseits erleichtert war, wusste ich, dass das nicht ewig so weitergehen konnte – denn irgendwann würde Vitus wieder zur Schule gehen müssen. Es sei denn, er wechselte meinetwegen und verbrachte sein letztes Jahr woanders.

Am Mittwochnachmittag saß ich in meinem Bett und versuchte, nicht auf die Couch zu starren, auf der wir uns gemeinsam den *Elefantenmensch* angesehen hatten. Auch wenn ich unter keiner äußerlichen Entstellung litt, hatte ich das Gefühl, dass ich innerlich entstellt war, weil ich die falsche Blutgabe in mir trug.

Angestrengt versuchte ich, diese Gedanken zur Seite zu schieben und mich wieder auf meine Schulbücher zu konzentrieren. Doch sosehr ich mich auch bemühte – mein Kopf war einfach zu voll mit drängenden Fragen, die mich fast verrückt machten.

Irgendwann beschloss ich, mir aus der Küche etwas zu essen zu holen. Ich ging nach unten und öffnete den Kühlschrank, als ich die Stimme meines Vaters aus dem Nebenzimmer hörte.

»Ja, ich habe es abgegeben«, sagte er gedämpft.

Ich wusste nicht, ob es an seinem Ton oder der Tatsache lag, dass er jetzt schon zu Hause war, aber ich spitzte automatisch die Ohren und schlich etwas näher zur Tür, um ihn besser hören zu können.

»Natürlich mache ich mir Sorgen, Sophie.«

Ich schluckte, als ich verstand, dass es um mich ging.

»Nein, ich bekomme heute einen Anruf von ihnen. Sag nichts zu Lorelai, solange wir nichts Genaueres wissen.«

Augenblicklich erstarrte ich. Was verheimlichten sie vor mir?

»Ja, vielleicht heute noch. Er hat es mir zugesagt, aber natürlich ist er genauso beunruhigt.« Er machte eine Pause und ich lehnte mich ein Stück näher an die Wand. »Es ist mir so was von egal, was mit ihrem Ruf ist«, sagte er dann wütend. »Ich hoffe nur, dass meine Vermutung nicht zutrifft. Ich bete für uns alle, dass es nicht wahr ist. Bis dann.«

Mein Herz machte einen Satz und mir wurde schlagartig übel. Von welcher Vermutung sprach er? Und warum betete er für uns alle, dass es nicht wahr war?

Plötzlich hatte ich das Gefühl, als würde mir jemand den Boden unter den Füßen wegziehen. Egal, was mein Vater vermutete, es war nichts Schönes und er fürchtete sich davor. Schwer atmend lehnte ich mich gegen die Wand und versuchte zu verstehen, was hier vor sich ging.

»Lorelai?«, fragte in dem Moment mein Vater und betrat die Küche. Er trug nicht seine üblichen Arzthosen, sondern Jeans. Bei meinem Anblick wurde sein Gesicht beinahe ebenso weiß wie sein Hemd. »Hast du mir gerade etwa zugehört?«

Ich betrachtete meinen Vater und musste seine Frage nicht beantworten – auch so erkannte er in meinem Blick, dass ich alles mitbekommen hatte.

»Es tut mir so leid«, setzte er an und schluckte. »Du hättest das Gespräch nicht hören sollen.«

»Ich hätte das Gespräch nicht hören sollen?«, wiederholte ich zornig. »Du kannst doch nicht etwas vor mir verheimlichen, doch nicht jetzt!«

»Ich wollte dich einfach nicht beunruhigen, nicht, solange ich nicht weiß, was wirklich Sache ist.«

Ich schüttelte den Kopf. »Aber du sprichst mit Sophie? Du sprichst mit ihr, aber nicht mit mir?«

»Ja, denn sie hat eine Vermutung ausgesprochen und ich konnte nicht so tun, als wäre mir nicht auch schon eine ähnliche gekommen.«

»Was für eine Vermutung?«

Mein Vater fuhr sich über seine Stirn. »Ich erwarte noch einen Anruf, Lorelai. Wenn ich den bekommen und absolute Sicherheit habe, erzähle ich dir alles, versprochen.«

Ich schüttelte vehement den Kopf. »Das reicht mir nicht. Ich will es jetzt wissen, sofort. Sonst werde ich noch verrückt. Weißt du, wie sich das anfühlt? Zu wissen, dass ich irgendwie anders bin? Eure Blicke zu bemerken, zu sehen, wie ihr um mich herumschleicht, weil ihr Angst vor mir habt?«

»Das ist doch Blödsinn. Wir haben keine Angst vor dir«, erwiderte er bestimmt.

»Aber ihr habt Angst vor dem, was ich sein könnte.«

Ein trauriger Ausdruck huschte über das Gesicht meines Vaters. »Nein, ich habe nur eine Angst, Lorelai – und zwar, dich zu verlieren.«

Als ich ihn irritiert ansah, streckte Papa die Hand nach mir aus.

»Komm. Lass uns ins Esszimmer gehen.«

Stumm folgte ich ihm zum großen Esstisch, an den er sich mit einem Seufzen sinken ließ.

»Wir waren damals sehr glücklich, als wir dich bekommen haben«, erklärte er mir dann. »Wir hatten zwar bereits Sophie, aber wir wünschten uns noch ein Geschwisterchen für sie. Gerade in unserer Gesellschaft ist *ein* Kind natürlich schon großartig, aber wir dachten uns, wenn es bei Sophie geklappt hat, wieso sollten wir es nicht noch einmal probieren?« Er atmete tief aus. »Also sind wir wieder in dasselbe Kinderwunschzentrum gegangen, wo sie sich auf die sogenannte In-vitro-Fertilisation spezialisieren.«

»Ich weiß«, sagte ich und dachte daran, dass Romy die Einzige war, die seltsamerweise auf natürlichem Weg entstanden war, was für eine Familie des Blutadels wie ein Sechser im Lotto war und nur sehr selten vorkam. »Es ist ja nicht unüblich, so etwas zu tun.«

Mein Vater nickte. »Wir wissen nicht genau, woher die Kinderlosigkeit kommt, und es gibt bislang nur verschiedene Theorien hierzu. Die einen behaupten, dass es an der Magie unserer Fähigkeit selbst liegt. Sie gehen davon aus, dass die Stärke der Blutgabe direkten Einfluss auf die Fruchtbarkeit genommen hat. Das heißt, je mächtiger unsere Blutgabe über die Jahre wurde, desto schwächer ist ihrer Meinung nach unsere Fruchtbarkeit geworden – ein unschöner Nebeneffekt, der manchmal in der Natur vorkommt. Die eine Funktion wird gestärkt, die andere dadurch geschwächt. Es gibt auch Vermutungen, dass sich die Fertilität durch die Einnahme eines Extrakts wieder erhöhen ließe. Es soll aus dem magischen Baum, von dem unserer Gabe stammen, gewonnen und durch die Mischung aller drei Lilien erzeugt werden. Angeblich lässt das Hohe Herrscherhaus nach dem Baum suchen, von dessen Blüten unsere Gabe stammt – aber ich glaube nicht, dass er tatsächlich noch existiert. Andere wiederum glauben, dass der Rückgang in der Geburtenrate nichts mit unserer Gabe an sich zu tun hat, sondern an unserer mangelnden genetischen Vielfalt liegt – während ich davon ausgehe, dass die Veränderungen der Umweltfaktoren für ein Ungleichgewicht im Hormonhaushalt sorgen. Aber Fakt ist, keiner weiß es bislang mit Sicherheit und wir können uns glücklich schätzen, dass es überhaupt die Möglichkeit der künstlichen Befruchtung gibt. Du weißt, wie diese abläuft?«

Auch wenn es mir nicht besonders angenehm war, mit meinem Vater über solche Themen zu sprechen, wusste ich, dass es jetzt wichtig war.

»Die Eizelle wird im Labor mit der Samenzelle befruchtet, um sie dann in die Gebärmutter einzusetzen«, sagte ich.

»Das gelingt mit einer Erfolgsquote von circa 50 bis 70 Prozent«, erläuterte er und setzte dabei sein Arzt-Gesicht auf, mit dem er gleichzeitig professionell und vertrauenswürdig wirkte. »Also bei Gewöhnlichen. Bei Mitgliedern des Blutadels liegt die Erfolgsrate bei etwa 13 Prozent.«

»Wow ... das ist nicht besonders viel«, sagte ich nüchtern. »Aber worauf willst du hinaus?«

»Ich ... ich will dir sagen«, setzte er an, wurde jedoch vom Klingeln seines Telefons unterbrochen. »Da muss ich rangehen«, sagte er und atmete tief durch, als müsse er Mut sammeln für das, was ihm vielleicht gleich erzählt werden würde. »Von Wittgenstein.«

Er presste das Handy an sein Ohr, während ich nur gedämpft die Person auf der anderen Seite hörte, die hektisch mit meinem Vater sprach. Leider verstand ich kein Wort, aber ich sah den Ausdruck im Gesicht meines Vaters.

»Nein«, hauchte er nur und sah mich erschrocken an. »Sind Sie sicher?« Plötzlich wich die Farbe aus seinen Wangen und er sah aus, als wäre er soeben dem Tod begegnet. »Okay, wir kommen gleich«, erklärte er mit belegter Stimme, bevor er das Handy auf den Tisch sinken ließ. »Lorelai.« Seine Stimme bebte. »Bei der künstlichen Befruchtung hat die Klinik einen Fehler gemacht. Einen folgenschweren Fehler. Die befruchtete Eizelle …« Er stockte, als könne er die Wahrheit auf diese Weise ungeschehen machen. »Die befruchtete Eizelle wurde damals in der Klinik mit einer anderen vertauscht.«

KAPITEL 19

»Wie konnte so etwas nur passieren!«, schrie mein Vater, als wir zwei Stunden später gemeinsam mit meiner Mutter im Büro des Klinikleiters saßen. »Wie konnten Sie nur die Eizellen vertauschen?!«

Der dünne Mann, der hinter dem modernen Schreibtisch aus Glas saß, rückte emotionslos seine Brille zurecht. »Es tut mir leid, Doktor von Wittgenstein, wir sind ebenso bestürzt wie Sie, dass es zu einem solchen Vorfall gekommen ist.«

»Vorfall?«, zischte meine Mutter. »Sie sprechen von dem Leben meiner Tochter!«

»Mir ist bewusst, dass das hier eine sehr emotionale Situation ist«, entgegnete der Leiter der Klinik ruhig. »Ich kann Ihnen versichern, dass wir Ihnen natürlich eine entsprechend hohe Schadensersatzsumme zur Verfügung stellen werden …«

»Ich will Ihr Geld nicht!«, blaffte ich und umklammerte die Edelstallgriffe meines Sitzes, sodass meine Knöchel weiß hervortraten. »Ich will mein Leben zurück!«

»Es ist wirklich das erste Mal, dass so etwas passiert ist«, meinte der Klinikleiter und lehnte sich ein Stück nach vorn. Dabei klopfte er mit den Fingern auf den Schreibtisch und wirkte so kühl wie die Einrichtung seines Büros, die nur aus Glas und Metall zu bestehen schien. »Ich kann Ihnen versichern, dass unsere Klinik sich ansonsten noch nie etwas zuschulden hat kommen lassen. Und wir haben sofort versucht, zu verstehen, was damals vorgefallen ist«, fuhr er fort, als ob das die Sache irgendwie besser machen würde.

»Und was genau ist damals vorgefallen?«, fauchte meine Mutter und griff nach meiner Hand. »Was ist vorgefallen, das ein solches Versehen rechtfertigt?«

»Wir können die genauen Umstände heute nicht mehr ganz nachvollziehen«, gestand der Typ in seinem grauen Anzug. »Der damals zuständige Arzt wird sich zu den Vorwürfen auch noch äußern, aber es scheint, dass er damals ohne seine Lesebrille die genaue Aufschrift nicht lesen konnte, als er die befruchteten Eizellen aus dem Brutschrank entnommen hat. Er sagt, es ist ihm genau einmal passiert und es tut ihm unglaublich leid.«

Ich starrte den Klinikleiter fassungslos an. »Ich bin nicht das Kind meiner Eltern, weil Ihr Arzt zu faul war, seine Brille aufzusetzen?«

Der Leiter der Klinik faltete die Hände vor seinem Kinn.

»Das ist zwar eine verkürzte Darstellung der Ereignisse, aber Sie haben leider recht.« Er machte eine kurze Pause. »Wir haben die eingesandte Blutprobe mit der Ihrer Eltern verglichen und mussten aufgrund der DNA-Analyse leider feststellen, dass Sie mit Herrn und Frau von Wittgenstein genetisch nicht verwandt sind.«

Ich hörte, wie seine Worte an mein Ohr drangen, aber ich wollte sie nicht verstehen. Vor einer Woche noch war alles gut gewesen und jetzt waren meine Eltern plötzlich nicht mehr meine Eltern. Es fühlte sich an, als würde sich eine Falltür unter mir öffnen, die mich direkt nach unten katapultierte.

»Ich weiß, dass das jetzt alles sehr viel für Sie ist, und ich kann nur wiederholen, wie leid mir die Situation tut«, erklärte er und schielte auf die Uhr. »Deswegen haben wir natürlich alles unternommen, um alle Beteiligten so schnell wie möglich zu informieren, damit Sie sich mit den neuen Gegebenheiten arrangieren können.«

»Was heißt hier alle Beteiligte?«, wollte ich wissen und fühlte, wie mein Herz Achterbahn fuhr.

»Selbstverständlich haben wir so schnell wie möglich Nachforschungen betrieben, was Ihre genetische Familie anbelangt – wir haben hier wirklich keine Kosten oder Mühen gescheut, seit wir von dem Verdacht wissen.«

Aus den Augenwinkeln sah ich, wie sich meine Eltern verkrampften, und spürte, wie der Raum plötzlich immer enger und kleiner wurde, bis ich das Gefühl hatte, nicht mehr atmen zu können.

»Und auch wenn das jetzt natürlich sehr viel ist, ist es uns gelungen, die genetische Familie Ihrer Tochter ausfindig zu machen. Aber nicht nur das.« Er hielt kurz inne und ich wusste nicht, was jetzt noch kommen sollte. »Herr und Frau von Wittgenstein, wir haben damit auch Ihr genetisches Kind bestimmen können. Durch die Verwechslung der befruchteten Eizellen sind die Kinder von den falschen Müttern geboren worden und somit in den falschen Familien aufgewachsen – deshalb verfügen sie auch über die *falsche* Blutgabe, also jener, die ihnen genetisch zuteilwird.«

Ich schluckte trocken und versuchte, die Worte zu verdauen, versuchte, zu verstehen, dass ich nicht nur in der *falschen* Familie aufgewachsen war, sondern dass es jemanden gab, der dieses Schicksal mit mir teilte. Jemand, der das wahre Kind meiner Eltern war. Eine plötzliche, ungeahnte Eifersucht kam in mir hoch und ich wünschte aus tiefstem Herzen, dass das alles nie passiert wäre.

»Wie kann es denn sein, dass ich als Helle ein Kind zur Welt bringen kann, das die Erbanlagen der Dunklen in sich trägt?«, flüsterte Mama mit Tränen in den Augen. »Ich dachte, so etwas geht gar nicht.«

Der Arzt räusperte sich. »Gemischte Kinder, also Kinder von Hellen und Dunklen, können nicht überleben, da ihre Blutgaben sich schon im Mutterleib entfalten und miteinander zu konkurrieren beginnen«, antwortete er sachlich. »Doch ein zu hundert Prozent helles Kind oder ein zu hundert Prozent dunkles Kind kann in jedem Mutterleib ausgetragen werden – wahrscheinlich sogar in dem einer Gewöhnlichen.«

In dem Moment klopfte es an der Tür.

»Das ist nun die andere Familie«, erklärte der Arzt und ich hätte mich bei dem Wort *andere Familie* sofort übergeben können. »Ich ging davon aus, es ist in Ihrem Sinne, sich so schnell wie möglich kennenzulernen?«

Keiner von uns nickte, aber dennoch öffnete sich die Tür und ich glaubte, erschrocken umzufallen, als Vitus mit seinen Eltern das Büro des Klinikleiters betrat.

Seine dunklen Augen weiteten sich überrascht, als er mich sah, und für einen Moment war es, als würde die Zeit einfrieren. Als würde das hier nicht wirklich passieren, als wäre das alles keine Realität, sondern einfach nur ein verdammt schlechter Traum, aus dem ich doch irgendwann mal wieder aufwachen müsste.

»Herr und Frau von Wittgenstein mit ihrer Tochter Lorelai, das sind Herr und Frau von Rabenau mit ihrem Sohn Vitus«, hörte ich die dumpfe Stimme des Klinikleiters. »Ich bin nicht sicher, ob Sie sich schon kennen. Die Familie von Rabenau hat viel Zeit im Ausland verbracht und ist erst vor Kurzem wieder zurückgekehrt.«

Er sagte es, als würde er uns höflich auf einem Bankett vorstellen, damit wir gleich über das Wetter und das exzellente Essen sprechen konnten.

Vitus' Vater verschränkte die Arme hinter dem Rücken und seine kalten Augen musterten meine Eltern von oben bis unten, bis sein Blick an mir hängen blieb. Mit seinen dunklen Haaren, dem schwarzen Rollkragenpullover und dem unbewegten Ausdruck im Gesicht hatte er Ähnlichkeit mit einem gefährlichen Raben, der seine Umgebung genau beobachtete, um alles unter Kontrolle zu haben. Auch Vitus' Mutter stand ihm hier in nichts nach – da war kein Funke Wärme oder Freundlichkeit in ihrem Gesicht abzulesen. Mit geradem Rücken schloss sie die Tür hinter sich, ohne uns alle dabei auch nur für einen Moment aus den Augen zu lassen.

»Selbst unter anderen Umständen würde ich behaupten, dass es mir *keine* Freude ist, Sie kennenzulernen«, erhob Vitus' Vater nun als Erster das Wort. Seine Stimme klang genauso kalt, wie er aussah. »Aber die heutige Situation schlägt um Längen jegliches andere erste Treffen und ist an Freudlosigkeit wohl kaum zu überbieten.«

»Dem muss ich leider zustimmen«, pflichtete ihm mein Vater bei, der sich in seinem Stuhl aufrichtete. »Ich wünschte, es gäbe erst gar keinen Anlass für das heutige Treffen.«

»Dann sind wir zumindest in dieser Sache einer Meinung«, bemerkte Vitus' Mutter, die mit ihrem Pagenschnitt und dem dunklen Hosenanzug außerordentlich distanziert wirkte.

Aus dem hinteren Teil seines Büros holte der Klinikleiter drei Stühle und platzierte sie in ausreichendem Abstand neben unseren.

»Bitte«, sagte er und bedeutete den von Rabenaus, Platz zu nehmen. Widerwillig folgten sie seiner Aufforderung und jede ihrer Gesten spiegelte die Abneigung wider, die sie uns Hellen gegenüber empfanden.

Meinen Blick richtete ich starr nach vorn, auf den Glasschreibtisch des Klinikleiters, während sich die Gedanken schwerfällig durch meine Gehirnwindungen pressten.

Vitus … Vitus … war das Kind meiner Eltern.

Und ich … ich war die Tochter von … Nein, das konnte nicht sein. Ich konnte diesen Gedanken nicht zu Ende denken, er fühlte sich derart falsch an, dass er einfach nicht wahr sein durfte.

»Herr und Frau von Rabenau, meine Mitarbeiterin hat Sie über die aktuelle Situation informiert«, begann der Klinikleiter und setzte sich auf seinen Bürostuhl hinter den Schreibtisch.

»Das hat sie«, erklärte Frau von Rabenau und schlug die langen Beine übereinander. »Sie hat auch versucht, eine Erklärung für das Fehlverhalten der Klinik zu finden, aber diese Erklärung war alles andere als zufriedenstellend.«

Der Klinikleiter nickte. »Ich bin überzeugt, dass wir keine Antwort finden können, die die Verwechslung der befruchteten Eizellen rechtfertigt, und ich kann mich persönlich nur bei Ihnen entschuldigen, dass es zu so einem Fehler gekommen ist.«

»Fehler?«, schnaubte Vitus. »Das nennen Sie einen Fehler?!« Er lehnte sich auf seinem Sessel etwas nach vorn und sämtliche Muskeln seines Gesichtes wirkten zum Zerreißen gespannt. »Es ist ein Fehler, wenn Sie vergessen, Ihr Büro abzuschließen, oder Personalakten frei zugänglich liegen lassen – aber das, das ist kein Fehler. Das ist eine Katastrophe.« Seine dunklen Augen funkelten hasserfüllt.

»Wie ich der Familie von Wittgenstein bereits erläutert habe, werden wir den diesbezüglichen Sachverhalt noch genauer prüfen, das ist selbstverständlich«, erklärte der Klinikleiter unruhig. »Aber Fakt ist, dass Sie, Vitus, in Wirklichkeit ein von Wittgenstein sind, und Sie, Lorelai, zu der Familie von Rabenau gehören.«

Damit sagte er genau das, was ohnehin schon in unseren Köpfen war, aber es ausgesprochen zu hören, war noch viel schlimmer.

Eine hässliche Stille senkte sich über uns, eine Stille, die von dem bitteren Geschmack der Wahrheit durchzogen war. Die Vorstellung, nicht zu meiner Familie zu gehören, sondern eine herzlose von Rabenau zu sein, drehte mir den Magen um. Gleichzeitig schnürte es mir die Kehle zu und ich hatte das Gefühl, keine Luft mehr zu bekommen. Meine Finger krallten sich erneut an den Edelstahlgriffen meines Stuhles fest. Es war, als würde der gesamte Sauerstoff aus dem Raum genommen werden und die Wände mit voller Wucht auf mich niederdrücken, bis nichts mehr von mir übrig blieb.

»Ich bin kein von Wittgenstein«, presste Vitus zwischen zusammengebissenen Zähnen hervor, während sich alles um mich herum zu drehen begann, bis mein Kopf vor Erschöpfung dröhnte.

»Ich muss hier raus«, murmelte ich und sprang auf, um so schnell wie möglich hinauszurennen.

»Lorelai? Alles okay?«, hörte ich meine Mutter durch die Toilettentür rufen.

»Nein, nichts ist okay«, seufzte ich erstickt. Ich lehnte an der Toilette und strich mir mit dem Handrücken über die Augen. Mir war so unglaublich schlecht und ich wünschte mich einfach wieder in eine Zeit zurück, in der alles noch in Ordnung gewesen war – in eine Zeit, wo es mein größtes Problem gewesen war, dass meine Blutgabe noch nicht erwacht war.

»Lorelai, Schatz, ich weiß, es ist viel … Es ist auch für mich viel, und auch für deinen Vater, aber irgendwie bekommen wir das hin«, sagte meine Mutter durch die verschlossene Tür. »Wir werden einen Weg finden. Egal wie, wir haben doch immer einen Weg gefunden.«

»Ich will nicht ihr Kind sein«, wisperte ich. »Ich gehöre nicht zu ihnen.«

»Nein, das tust du auch nicht«, sagte meine Mutter und ich konnte hören, wie sie selbst um Fassung rang. »Du gehörst zu uns. Und ich werde nicht zulassen, dass dich irgendjemand uns wegnimmt.«

Ich lehnte mich an der weißen Trennwand der Toilettenkabinen zurück und atmete mehrmals tief durch, bevor ich aufstand, die Spülung betätigte und nach draußen ging.

»Lorelai«, sagte meine Mutter und strich mir eine Haarsträhne aus dem Gesicht. »Es wird alles gut.« Dabei tätschelte sie meine Wange und ihre Berührung fühlte sich einfach nur richtig an.

»Es war alles gut«, sagte ich. »Jetzt ist gar nichts mehr gut.«

Meine Mutter presste die Lippen aufeinander. »Lass uns zurückgehen und alles besprechen. Wir werden einen Weg finden. Versprochen«, meinte sie und ich nickte, auch wenn ich nicht so recht daran glaubte. Dann wusch ich mir am Waschbecken die Hände und warf einen kurzen Blick in den Spiegel. Meine dunklen Haare hingen mir in die Stirn und ich hasste es, dass ich plötzlich einen Teil der von Rabenaus in mir sah.

»Dann wiederholen Sie die Tests einfach noch einmal«, hörte ich Vitus' Vater sagen, als ich mit meiner Mutter wieder das Büro betrat. »Wer sagt uns, dass die Ergebnisse diesmal zuverlässig sind?«

»Wir haben die Proben mehrfach überprüft und auch von unterschiedlichen Personen untersuchen lassen«, erklärte der Klinikleiter und schob sich die eckige Brille auf seiner Nase zurecht.

Vitus war der Einzige, der nicht mehr saß, sondern in dem Büro auf und ab tigerte, als könnte er damit irgendetwas an der beschissenen Misere verändern.

»Ich bestehe darauf, mit dem damals verantwortlichen Arzt zu sprechen«, erklärte Frau von Rabenau und fixierte den Klinikleiter mit ihren grünen Augen. »Ich möchte, dass er mir persönlich Rede und Antwort steht.«

»Das ist meines Erachtens keine gute Idee«, antwortete der Klinikleiter beherrscht, der sichtlich keine Lust hatte, seinen Arzt dem Zorn einer Dunklen auszuliefern.

»Es ist uninteressant, was Sie für eine gute Idee halten und was nicht. Es ist mein Wunsch«, sagte Vitus' Mutter, die meine und die Anwesenheit meiner Eltern vollständig ignorierte.

Der Klinikleiter stützte die Ellenbogen auf seinem Schreibtisch ab und verschränkte seine Finger ineinander.

»Das entspricht aber nicht dem Prozedere des Hohen Herrscherhauses.«

»Und was entspricht dem Prozedere des Hohen Herrscherhauses?«, wollte mein Vater verärgert wissen, der Vitus einen unruhigen Seitenblick zuwarf. »Es war mir nicht bewusst, dass das Hohe Herrscherhaus schon einmal mit so einem Fall konfrontiert wurde. Oder passiert so etwas in Ihrem Haus öfter?«

»Das Hohe Herrscherhaus wird die nächsten Schritte bestimmen«, meinte der Leiter, ohne auf die Anschuldigung meines Vaters einzugehen. »Sie sind bereits informiert.«

»Sie sind bereits informiert?!«, wiederholte mein Vater wütend und ich fühlte, wie ein Felsbrocken gegen meinen Magen donnerte und mir sofort wieder übel wurde. »Sie haben Sie in Kenntnis gesetzt, bevor Sie mit uns gesprochen haben?!« Die Stimme meines Vaters schwoll an und mir war bewusst, was darin mitschwang: Angst. Angst vor der Entscheidung, die das Hohe Herrscherhaus treffen würde.

»Das hier ist eine absolute Ausnahmesituation«, bemerkte der Leiter. »Eine Ausnahmesituation, für die es noch keine genaue Regelung gibt. Es ist meine Pflicht, bei solchen Vorfällen das Hohe Herrscherhaus zu informieren. Hier geht es nicht um eine einfache Verwechslung innerhalb der Blutlinie, die an sich schon schwerwiegend genug wäre. Wir sprechen hier von einer Verwechslung mit dem *Gegenblut*.«

Ein kalter Schauer rann mir über den Rücken und ich schluckte. Ich war jetzt keine Helle mehr. Ich war eine vom Gegenblut.

Der Klinikleiter machte eine kurze Pause, in der er uns alle der Reihe nach ansah.

»Deswegen hat das Hohe Herrscherhaus befohlen, dass Sie zu ihnen kommen sollen. Und zwar sofort.«

Jeder Kilometer, den wir zurücklegten und der uns näher zum Palast brachte, fühlte sich an, als würde man mich meinem Todesurteil näher bringen.

»Alles wird gut«, flüsterte meine Mutter mir zu, nachdem Papa den Wagen auf dem weitläufigen Platz neben dem Palastgebäude geparkt hatte.

»Wir bekommen das schon hin«, stimmte auch mein Vater zu, aber die Unsicherheit in seinen Gesichtszügen war nicht zu übersehen. »Wir werden das schon hinbekommen. Irgendwie.«

Seine Beteuerungen waren gut gemeint, aber sie waren ohne Gehalt. Schließlich wusste keiner von uns, was uns erwartete, und meine Eltern schienen genauso hilflos wie ich zu sein.

»Sie sind schrecklich.« Ich schlug die Autotür zu, die mit einem dumpfen Geräusch ins Schloss fiel. Dabei sog ich die frische Luft tief in meine Lungen.

Mein Vater strich mir über meinen Rücken, als wir auf den Eingang des Palastes zusteuerten. »Das Helle Fürstenpaar ist nicht so schrecklich, wie du denkst. Sie sind für ihre harten, aber fairen Urteile bekannt.«

Ich schüttelte den Kopf. »Ich meinte nicht das Fürstenpaar. Ich meinte die von Rabenaus.«

»Die sind mehr als gewöhnungsbedürftig«, meinte auch meine Mutter.

In dem Moment fuhr ein teurer schwarzer Mercedes an der Straße neben uns vorbei. Am Steuer saß Herr von Rabenau und warf mir einen abfälligen Blick zu, bevor er seinen Wagen gleich neben dem Palasteingang parkte.

»Wir müssen jetzt aber nicht auf sie warten«, meinte meine Mutter und mein Vater schüttelte sofort den Kopf.

»Nein, das müssen wir nicht.«

Eine breite herrschaftliche Treppe führte hinauf zum Palasteingang, der von zwei Mitgliedern der Roten Garde flankiert wurde. Die beiden Gardisten trugen wie immer ihre schwarzen Uniformen und die rote Maske, die ihr Gesicht verbarg.

»Familie von Wittgenstein«, bemerkte mein Vater, als wir vor den Offizieren standen. »Das Hohe Herrscherhaus erwartet uns.«

Der Gardist nickte uns zu, bevor er etwas in sein Headset sprach. Nur einen Augenblick später öffnete sich das riesige Tor, das mit unzähligen feinen Goldlinien geschmückt war, und eine Dame in einem roten Kostüm dirigierte uns hinein.

»Familie von Wittgenstein?«, fragte die Frau mit den kurzen blonden Haaren, die ein Klemmbrett in der rechten Hand trug.

»Das sind wir«, bestätigte mein Vater.

Die Dame nickte uns zu. »Gut. Das Fürstenpaar erwartet Sie bereits.«

Wir folgten der Frau, die sich uns nicht weiter vorstellte, in einen Flügel des Palastes, den ich von den Roten Audienzen noch nicht kannte. Das Klackern ihrer Stöckelschuhe hallte bei jedem Schritt in den verwirrend angelegten Gängen wider, die vor Prunk und Verzierungen nur so strotzten. Unter anderen Umständen hätte ich wahrscheinlich die mit Brokatmuster geschmückten Wände sowie die hohen Deckenfresken bewundert, doch heute hatte ich absolut keinen Kopf dafür.

Wie würde das Hohe Herrscherpaar entscheiden? Hatte ich unbewusst gegen irgendein Gesetz verstoßen und würde dafür bestraft werden? Oder noch schlimmer – würden sie meine Eltern für den Fehler des Arztes zur Verantwortung ziehen?

Die Fragen drängten durch meinen Kopf und ich fühlte mich immer mehr, als würden wir gerade zum Schafott geführt werden. Meine Mutter hielt meine Hand, aber auch sie wirkte total nervös und mein Herz klopfte wie verrückt, als die Dame in dem roten Kostüm vor einer großen goldenen Tür stehen blieb. Das Tor war bogenförmig und wies sowohl das florentinische Wappen der Dunklen als auch der Hellen auf.

In diesem Augenblick drückte die Frau in dem roten Kostüm ihren Finger an ihr Ohr und ich realisierte, dass sie ihre Anweisungen anscheinend über einen Sender empfing.

»Sehr gut. Gleich müsste auch die dunkle Familie zu uns stoßen«, sagte sie. In dem Moment bogen die von Rabenaus mit einem Gardisten um die Ecke. Die rot gekleidete Dame nickte meinen Eltern und den von Rabenaus zu. »Folgen Sie mir bitte.«

Wir setzten uns alle in Bewegung, doch sie schüttelte den Kopf. »Nur die Erwachsenen«, erklärte sie schmallippig und ich blickte zögernd zu meinen Eltern.

»Ist das denn wirklich notwendig?«, wollte mein Vater wissen.

»Es geschieht auf Anweisung des Hohen Herrscherhauses. Und ja, das erachte ich als *notwendig*«, bemerkte die Frau sachlich.

»Lorelai?«, fragte meine Mutter unsicher. Ich nickte ihr zu.

»Geht ruhig. Ich warte hier.«

Bei den von Rabenaus schien es anscheinend keine Diskussion zu geben, ob Vitus hier draußen warten sollte, denn seine Eltern setzten sich stumm in Bewegung. Erst als die goldene Tür ins Schloss fiel, blickte ich Vitus an.

Seine Hände hatte er in den Jeanstaschen vergraben, während er wieder in dem Gang auf und ab tigerte. Die dunkelblonden Haare hingen ihm dabei wild in die Stirn und ich hasste es, in seinen Gesichtszügen plötzlich Parallelen zu Sophie und Romy ausmachen zu können. Konnte es sein, dass er sich damals in dem Blumenladen von mir angezogen gefühlt hatte, weil ich ihm ebenfalls ein wenig vertraut vorgekommen war?

Widerwillig verzog ich das Gesicht.

»Was ist? Du machst es nicht besser, wenn du mich anstarrst«, fuhr er mich an.

»Und du machst es nicht besser, wenn du auf und ab rennst.«

Vitus strich sich mit beiden Händen seine Haare aus dem Gesicht. »Wenigstens tue ich dann etwas.«

»Ja, mich noch nervöser machen«, sagte ich und lehnte mich an die Wand.

Vitus blieb abrupt stehen. »Es tut mir leid, wenn ich dich nervös mache, Lorelai.« Ich verabscheute den selbstgefälligen Ton in seiner Aussage. »Das war ganz und gar nicht meine Absicht.«

Ich verschränkte die Arme vor der Brust. »Keine Sorge, *so* nervös machst du mich nicht.«

»Ach nein?« Seine dunklen Augen funkelten mich provokant an. »Das hat sich aber letztens anders angefühlt.«

Ich schnaubte. »Vielleicht hast du nur das gefühlt, was du fühlen wolltest.«

Er kniff die Augen zusammen. »Warum habe ich nicht gleich gemerkt, dass du eine Helle bist?«

»Nun ja, genau genommen bin ich das ja nicht«, entgegnete ich. Die Worte kamen derart schnell und unkontrolliert aus meinem Mund, dass ich sie nicht mehr zurücknehmen konnte. *Ich war eine Dunkle.*

Vitus fixierte mich auf eine Weise, als hätte ich gerade eine Grenze übertreten. »Ich wusste, dass ihr kein Ehrgefühl kennt«, sagte er eiskalt. »Dass ich dich jemals geküsst habe … Wie ich das bereue.«

»Keine Sorge, es geht mir nicht anders.« Ich versuchte, meine Stimme so emotionslos wie möglich klingen zu lassen, auch wenn mir seine Worte einen Stich versetzten. Einen kleinen, dunklen Stich, den ich geflissentlich ignorierte – denn Vitus war zwar ein Heller, aber in seinem Herzen trotzdem ein Dunkler.

Und der würde er auch bleiben, egal, was das Hohe Herrscherhaus heute beschließen würde.

Den Rest des Wartens verbrachten wir schweigend und ich war froh, mich nicht weiter mit ihm auseinandersetzen zu müssen. Als nach einer gefühlten Ewigkeit schließlich die Tür aufging, schoss mein Puls in die Höhe. Die Dame in dem roten Kostüm verzog keine Miene und bat uns hinein. Vor Aufregung wurde mir ganz schlecht, als ich hinter ihr den opulenten Raum betrat.

Eine beeindruckende Fensterfront befand sich an der Stirnseite und davor saßen die zwei Fürstenpaare an einer langen goldenen Tafel, deren Tischplatte im Licht der Sonne glänzte.

Meine Eltern saßen auf gepolsterten Stühlen mit geschwungenen Beinen direkt vor dem hellen Herrscherpaar, während Vitus' Eltern gegenüber der dunklen Regenten Platz genommen hatten. Die Dame in dem roten Kostüm bedeutete Vitus und mir, uns jeweils neben unseren Eltern niederzulassen, bevor sie durch eine unscheinbare Tür rechts verschwand.

»Lorelai von Wittgenstein«, erhob Frederik von Peruzzi als Erster das Wort und nickte mir freundlich zu, als ich mich hinsetzte. Ich erwiderte seinen Gruß, während Theodor von Kaltenburg sein kantiges Gesicht Vitus zuwandte.

»Vitus von Rabenau.«

Auch er nickte in Vitus' Richtung, aber sein Nicken wirkte viel kühler und distanzierter als das des Hellen Fürsten.

»Wir wollten zuerst eure Eltern anhören, bevor wir euch zu diesem Treffen dazuholen«, erklärte nun die Helle Fürstin, Maria von Peruzzi. Ihre Stimme klang weich und passte zu ihren kastanienbraunen Haaren, die ihr herzförmiges Gesicht umrandeten. »Wir verstehen, dass diese Situation für euch eine schwere Last darstellt.«

»Die Klinik wird für ihr Vergehen zur Verantwortung gezogen werden, das versichern wir«, erklärte Thalea von Kaltenburg tonlos. Es schien, dass jeder der Anwesenden genau darauf bedacht war, seinen Redeanteil einzuhalten. Die dunkle Fürstin strich sich mit ihren karminrot lackierten Fingernägeln eine aschblonde Haarsträhne aus dem schmalen Gesicht, das von der Trauer um ihren verstorbenen Sohn Marvin gezeichnet war. »Nichtsdestotrotz wird es nicht nur Konsequenzen für die Klinik geben.«

Ein ungutes Gefühl breitete sich in meinem Körper aus, und ich fühlte, wie mich eine Vorahnung erfasste, die mir ganz und gar nicht gefiel.

»Wie ihr wisst, steht die Sicherheit der Blutsfamilien an oberster Stelle in unserer Prioritätenliste«, fuhr nun der Helle Fürst fort. »Es geht nicht nur darum, die Nachkommenschaft zu sichern, sondern auch das Leben der hellen und«, er zögerte einen Moment, »der dunklen Familien zu schützen.«

Theodor von Kaltenburg nickte knapp und richtete seinen stechenden Blick abwechselnd auf Vitus und auf mich, bevor er sich auf seinem Stuhl zurücklehnte. »Eure Leben sind kostbar – zumal sich durch die neue Familienkonstellation einige Veränderungen ergeben.«

Ich wusste nicht genau, was er damit meinte, aber ich war auch zu nervös, um irgendetwas zu sagen. Mein Herz klopfte mir bis in den Hals und ich hoffte, dass sie gleich sagen würden, was sie zu sagen hatten.

»Ihr seid noch jung und eure Blutgaben befinden sich gerade in ihrer

Entwicklung«, erklärte die dunkle Fürstin, deren helle Haut in starkem Kontrast zu ihrem dunkelroten Kleid stand. »Euer Immunsystem wird sich die nächste Zeit gegen eure Fähigkeit wehren, in 33 Prozent der Fälle führt diese Abwehrreaktion bis zum Tod, wenn nicht schnell Hilfe geleistet wird.«

Maria von Peruzzi räusperte sich und ich glaubte, so etwas wie Mitleid in ihren grünen Augen zu erkennen, als sie mich mit ihrem Blick streifte. »Hilfe, die nur von jemandem der eigenen Blutlinie gegeben werden kann. Auch wenn es schwerfällt, zu akzeptieren, wer ihr seid, seid ihr von nun an eine Dunkle und ein Heller.«

»Es wäre unverantwortlich, euch in euren Familien zu lassen«, machte ihr Mann weiter, der einen grauen Anzug mit einem hellroten Einstecktuch trug. »Denn nur *eure Blutlinie* kann eure Sicherheit garantieren. Außerdem ist es höchste Zeit, dass ihr euch mit den Gepflogenheiten und Gebräuchen eurer eigenen Blutlinie vertraut macht. Deswegen haben wir entschieden, euch von euren bisherigen Familien zu isolieren.«

»Nein!«, stieß ich hervor und sah, wie sich die Augen meiner Mutter mit Tränen füllten. »Das können Sie doch nicht machen!«

»Das können wir nicht nur machen«, erklärte Thalea von Kaltenburg kühl. »Das werden wir auch machen. Ihr werdet ab sofort zu euren genetischen Eltern ziehen und den Kontakt zu eurer anderen Familie abbrechen. Nur so können wir gewährleisten, dass ihr lernt, euch entsprechend eurer Herkunft zu verhalten – und dass ihr so schnell wie möglich Hilfe bekommt, falls es zu einem tödlichen Anfall kommt.«

»Nein, das kann ich nicht«, stieß ich hervor, bevor Vitus, dessen Gesicht kreidebleich geworden war, etwas sagen konnte. Die Vorstellung, von nun an bei den Rabenaus zu wohnen, von nun an als Dunkle zu existieren, war zu schrecklich. Ich wusste, dass meine Gene nicht mehr rückgängig gemacht werden konnten, aber es musste doch eine andere Lösung geben.

»Ich kann doch nicht bei ihnen wohnen«, wisperte ich und fühlte, wie die Tränen meine Wangen herunterkullerten, während Vitus' Eltern mich unfreundlich anstarrten. Frau von Rabenau griff nach Vitus' Hand.

»Das ist nicht deine Entscheidung«, bemerkte der dunkle Fürst hart. »Aufgrund deiner familiären Stellung bist du von besonderer Bedeutung und musst geschützt werden, Lorelai. Du bist jetzt eine von uns.«

Verzweifelt zog ich die Augenbrauen zusammen. »Aufgrund meiner familiären Stellung?«, fragte ich irritiert, während mich ihre Entscheidung noch immer komplett fertigmachte.

»Vitus hat zwei ältere Brüder«, erklärte die dunkle Fürstin und fuhr sich über die blasse Haut ihres Handgelenks, bevor sie mich aus ihren hellgrauen Augen eindringlich fixierte. »Was nun bedeutet, dass wir äußerst glücklich sind, dich in unserem Kreis zu wissen – weil du, Lorelai von Rabenau, nun eine dunkle Drittgeborene bist.«

Erlass

Auf Erlass der Fürstenpaare

Maria & Frederik von Peruzzi sowie
Thalea & Theodor von Kaltenburg

werden mit sofortiger Wirkung
Lorelai von Rabenau und Vitus von Wittgenstein
in die Obhut ihrer Blutsfamilien gegeben.

Diese Regelung tritt ab sofort in Kraft.

Freue dich auf Band 2 & 3

Band 2

Band 3

Ravensburger

LESEPROBE

3 Lilien

Das zweite Buch des Blutadels

von Rose Snow

ISBN 978-3-473-58566-3

KAPITEL 1

3 Monate.

92 Tage.

2208 Stunden.

132480 Minuten.

7948800 Sekunden.

Die Zahlen zogen durch meinen Kopf und fühlten sich nach Unendlichkeit an.

»Es wird schon«, versuchte Sophie mich aufzumuntern, als sie ihren Polo in die Straße der von Rabenaus lenkte. Von Romy und meinen Eltern hatte ich mich bereits zu Hause verabschiedet – und sogar Dominik war vorbeigekommen, um mir Lebewohl zu sagen. Es war nicht weil sie wusste, dass ich recht hatte. »Es sind nur drei Monate. Du bekommst das hin.« Sie strich mir sanft über den Oberarm.

»Ich weiß nicht.« Ich fühlte, wie die Angst schwer auf mir lastete. Alles in mir wehrte sich dagegen, eine Dunkle zu sein – und auch wenn mein Kopf verstand, dass es so war, spürte ich es noch nicht. Ich war eine Helle, ich wollte Leben spenden und geben, ich wollte nicht den Tod über andere bringen.

Sophie umarmte mich. »Pass auf dich auf«, flüsterte sie mir tränenerstickt ins Ohr, bevor sie mich losließ und mit dem Auto davonfuhr.

Ich starrte auf das graue Haus, dessen Vorgarten mit schwarzen Steinbeeten ausgelegt war. Vielleicht stand ich noch immer unter Schock und das war der Grund, warum sich meine Beine nicht weiterbewegen wollten, aber ich konnte es einfach nicht tun.

»Das ist keine gute Entscheidung«, sagte jemand hinter mir und ich drehte mich mit dem Blumenstock im Arm langsam um. Von der Straße kam ein hochgewachsener junger Mann auf mich zu, der sich auf der Roten Audienz in der Nähe von Vitus aufgehalten hatte. Er hatte pechschwarze Haare, eine schmale Nase und den durchdringenden, dunklen Blick seines Vaters, mit dem er mich musterte.

»Es war nicht meine Entscheidung«, erklärte ich Vitus' Bruder Vincent reserviert, auch wenn ich ihm zustimmte, dass das Hohe Herrscherhaus den falschen Erlass getätigt hatte.

Er streifte die Pflanze in meiner Hand mit einem kühlen Blick. »Dass du hier draußen stehen bleibst, anstatt reinzugehen, ist definitiv deine Entscheidung. Das Hohe Herrscherhaus wird dies jedoch nicht gelten lassen. Ihr Beschluss sieht vor, dass du bei uns wohnst.«

»Keine Sorge, ich habe auch nicht vor, die nächsten drei Monate in eurem Vorgarten zu verbringen.« Ich griff nach meiner Reisetasche, doch Vincent kam mir zuvor.

»Darum kümmere ich mich schon«, sagte er ruppig.

»Ich kann meine Tasche auch allein tragen«, erwiderte ich und fühlte mich irgendwie beobachtet. Schnell sah ich zu den schmalen Fenstern des oberen Stockwerks hoch und bemerkte einen Schatten, der sich in dem Moment zurückzog.

»Wenn du meinst.« Vincent ließ die Reisetasche auf den Asphalt donnern, bevor er mit einem freudlosen Lächeln seinen Arm ausstreckte. »Nach dir, Lorelai.«

Es war seltsam, wie er meinen Namen aussprach, weil es nach unangemessener Vertrautheit klang. Einer Vertrautheit, die unter Geschwistern absolut natürlich war, für uns aber einfach nicht passte. Wir waren keine Geschwister. Wir waren höchstens Mitbewohner für die nächsten Monate, mehr nicht.

Mit wenigen Schritten stand ich an der Haustür und klingelte. Dabei fühlte es sich gar nicht gut an, Vincent hinter mir zu wissen.

»Lorelai, wir hatten dich erwartet«, begrüßte mich Frau von Rabenau, als sie die Tür öffnete. Ihr Tonfall trug keine herzliche Note in sich und harmonierte mit ihrem dunkelgrauen Hosenanzug, der auch gut zu einer Mitarbeiterin eines Bestattungsinstituts gepasst hätte.

»Ich weiß«, erwiderte ich nur und betrat vor Vincent den Eingangsbereich, der mit dezenten Einbauschränken ausgestattet war und über eine breite Glastreppe verfügte, die in die erste Etage führte.

»Vincent, ihr habt euch schon bekannt gemacht?«, fragte Frau von Rabenau und legte den Kopf leicht schief. Wie beim letzten Mal waren ihre Haare zu einem schwarzen Bob frisiert, der in einer geraden Linie mit ihrem Kinn abschloss.

Vincent schlüpfte aus seinen schwarzen Sneakers und zog sich seine graue Jeansjacke aus, um alles in einem der Schränke zu verstauen. »Wir hatten das Vergnügen bereits.«

»Gut.« Frau von Rabenau richtete ihre Aufmerksamkeit auf mich. »Aleksander ist noch bei einem seiner diplomatischen Termine und wird erst am Abend zu uns stoßen. Ich werde dir jetzt Vitus'«, sie stockte und schüttelte den Kopf, als könnte sie sich damit selbst korrigieren, »dein Zimmer zeigen. Dein Gepäck kann das Hausmädchen später mit hinaufnehmen.«

»Das kann ich auch selbst machen«, sagte ich nun schon zum zweiten Mal und fragte mich, ob die von Rabenaus vielleicht einfach meine Sachen durchsuchen wollten – um sicherzugehen, dass ich nichts Gefährliches bei mir trug und keinen Anschlag auf sie plante.

Frau von Rabenau betrachtete kurz meinen Blumenstock und sog tief die Luft ein. »Wie du meinst.« Sie war anscheinend keine Frau, die Widerrede von ihren Kindern gewohnt war. Trotzdem zwang sie sich zu einem Lächeln, aber es erreichte ihre grünen Augen nicht.

»Ist Patric da?«, wollte Vincent wissen.

Seine Mutter nickte. »Er ist oben«, sagte sie, bevor sie mir bedeutete, ihr über die Treppe in den ersten Stock zu folgen.

Als ich hinter ihr die Glasstufen nach oben ging, atmete ich den Duft ihres Parfums ein. Es roch sehr teuer und hatte eine erdige, bittere Note, die zum Haus passte. Überall an den Wänden hingen riesige abstrakte Gemälde. Wahrscheinlich handelte es sich dabei um Kunst, auch wenn ich nicht unbedingt welche darin sah. Bei mir hinterließen die Bilder ein beklemmendes Gefühl, denn ihre tiefen, dunklen Pinselstriche wirkten beinahe bedrohlich.

»Dein Zimmer ist im ersten Stock. Genauso wie die Zimmer von

Vincent, Patric, Aleksander und mir. Harriet bewohnt die zweite Etage, es ist ihr Privatbereich und für dich nur zugänglich, wenn sie es dir erlaubt.«

»Wer ist Harriet?«, fragte ich, als wir den Korridor Richtung Straßenseite folgten.

»Harriet ist Vitus' –«, sie presste kurz die Lippen aufeinander, »– deine Großmutter. Sie ist Aleksanders Mutter und hat oben ihr Atelier.«

Automatisch fragte ich mich, ob damit die ältere Frau mit dem zufriedenen Grinsen gemeint sein könnte, die ich auf der Roten Audienz gesehen hatte – und ob diese Frau auch die Künstlerin war, die für die schrecklichen Gemälde in diesem Haus verantwortlich war.

»Hier ist es.«

Wir blieben bei einer weißen Metalltür stehen.

»Möchtest du zuerst hineingehen?«, fragte sie höflich. »Immerhin ist es jetzt dein Zimmer.«

Ich schüttelte den Kopf und erwähnte nicht, dass ich am liebsten gar nicht hineingehen wollte. »Nein, Sie können den Raum ruhig zuerst betreten.«

Frau von Rabenau wirkte für einen Moment irritiert. »Du musst mich nicht siezen. Das ist in unserer Situation auch nicht angebracht.«

Es kam mir falsch vor, Frau von Rabenau zu duzen, auch wenn sie meine genetische Mutter war. Denn sie war das absolute Gegenstück zu meiner echten Mutter.

»Ich bin Annegret.« Es fehlte nur noch, dass mir Frau von Rabenau ihre langen Finger entgegenstreckte, damit wir uns die Hände schütteln konnten. »Du kannst mich gern bei meinem Vornamen nennen.«

»Okay«, sagte ich nur, froh darüber, sie nicht mit *Mutter* ansprechen zu müssen.

Annegret nickte mir zu und öffnete die Tür zu einem Schlafzimmer, das genauso modern und nüchtern eingerichtet war wie der Rest des Hauses. Ein breites Metallbett mit dunklen Bezügen stand an der gegenüberliegenden Wand, darüber hing eines der grässlichen Bilder. Auf der anderen Seite entdeckte ich einen großen Schreibtisch aus Glas, auf dem ein Familienfoto der von Rabenaus zu finden war. Es zeigte Vitus mit seinen Brüdern und seinen Eltern auf einer Foto-Safari mit einem Wahnsinns-Panorama hinter sich. Alle fünf wirkten gelöst und glücklich.

Als Annegret sah, worauf mein Blick gefallen war, ging sie rasch zu dem Schreibtisch und drückte das Bild an ihre Brust. Dann räusperte sie sich. »Wir hätten auch noch andere Räumlichkeiten zur Verfügung gehabt, aber das Hohe Herrscherhaus hat darauf bestanden, dass ihr, also Vitus und du, die Zimmer des anderen Kindes bezieht.« Sie straffte die Schultern und marschierte zu einer Milchglastür, die sich unweit der schmalen Fenster befand. »Das hier ist das Badezimmer«, erklärte sie knapp und ich stellte meinen Blumenstock auf dem Glastisch ab, bevor ich einen Blick in das elegante Bad warf, in dem sich ein großer Spiegel, ein Waschbecken und eine bodentiefe Dusche befanden.

Ein kurzes Lächeln umspielte meinen Mund, denn Vitus würde in seinem neuen Schlafzimmer kein eigenes Bad vorfinden, sondern sich morgens das Waschbecken mit Romy und ihrer Schildkröte teilen müssen.

»Gefällt es dir?«, fragte Annegret und ich nickte nur. »Das ist gut.« Sie hielt das Familienfoto noch immer mit einer Hand fest und strich sich mit der anderen eine abtrünnige Haarsträhne aus ihrer Stirn.

»Wir essen um Punkt sieben. Bis dahin hast du Zeit, dich hier etwas einzugewöhnen. Falls du irgendwelche Fragen hast, findest du mich unten in meinem Arbeitszimmer.«

»Und wo ist Ihr Arbeitszimmer?«, fragte ich und erntete einen tadelnden Blick. Ich atmete tief ein. »Und wo ist dein Arbeitszimmer?«

»Es befindet sich zwischen dem Wohnzimmer und Aleksanders Arbeitsbereich«, erklärte sie. »Das Wohnzimmer ist nicht zu übersehen.«

Mit diesen Worten verließ sie den Raum und ich glaubte, dass sie ebenso erleichtert war wie ich, als sie die Tür hinter sich schloss.

Langsam ließ ich meine Reisetasche auf den Boden sinken und drehte mich einmal im Kreis. Dieser Raum war derart lieblos eingerichtet, dass ich mir sicher war, dass ich mich hier keinesfalls wohlfühlen würde. Das einzig Gute war mein eigenes Badezimmer, aber ich hätte alles dafür gegeben, mich wieder morgens mit Romy um das Waschbecken zu streiten.

Langsam ging ich zu dem in der Wand eingelassenen Schrank, den ich beinahe übersehen hätte, und öffnete ihn, indem ich auf die Front drückte. Mit einem Klick sprang er auf und ich begann, meine Klamotten einzuordnen. Ich hatte nicht viel mitgenommen – vielleicht in der Hoffnung, dass ich doch nicht die ganzen drei Monate hier abzusitzen hatte.

Den Rest meiner Kleidung hatte ich mit meiner Mutter im Keller verstaut. Nach dem Treffen im Palast hatte uns das Hohe Herrscherhaus drei Tage gegeben, um unsere Angelegenheiten zu ordnen, das Wichtigste zu packen und unser Zimmer für das vertauschte Kind frei zu machen.

Bei dem Gedanken, dass Vitus nun meinen Platz einnahm, dass er mit meinen Eltern beim Abendessen saß, schnürte es mir die Kehle zu. Blut schoss mir in die Wangen und ich atmete mehrmals tief in den Bauch, um mich zu beruhigen. Als sich mein Puls wieder normalisiert hatte, zog ich mein Handy aus meiner Jeanstasche und schrieb Josephine eine WhatsApp-Nachricht, auch wenn es nicht erlaubt war. Das Hohe Herrscherhaus hatte erlassen, dass ich ausschließlich Kontakt mit der dunklen Blutlinie zu halten hatte, aber es war mir in dem Moment egal. Seit meinem Besuch im Palast hatte ich Josephine nicht mehr gesprochen und ich hoffte inständig, dass es nichts damit zu tun hatte, dass ich nun eine Dunkle war.

Der Gedanke fühlte sich viel zu hässlich an und ich schob ihn schnell beiseite. Dann ging ich ins Bad und spritzte mir etwas Wasser ins Gesicht, um meine Wangen zu kühlen. Dabei blieb mein Blick an meinem Spiegelbild haften und ich verteufelte jede Ähnlichkeit, die ich mit Annegret hatte. Die grünen Augen, die dunklen Haaren – sie gehörten plötzlich mehr zu ihr als zu mir.

Den Rest des Nachmittags verbrachte ich damit, im Bett zu liegen, Musik zu hören und mir völlig fremd vorzukommen. Ich fühlte mich wie mein kleiner Blumenstock, der einfach nicht in dieses Haus gehörte. Wie sollte ich die nächsten Tage, die nächsten Wochen hier bloß überleben?

Als ich mir gerade eine Strategie zurechtlegte, wie ich den Kontakt mit den von Rabenaus so gering wie möglich halten konnte, klopfte es an der Tür. Noch bevor ich etwas sagen konnte, wurde die glänzende Tür auch schon geöffnet und eine kleine Frau mit kurzen schwarzen Haaren schlüpfte geduckt herein.

»Es hat mich niemand gesehen«, sagte sie und strich sich mit dem

Handrücken über die Stirn. »Den Todesgöttern und dunklen Hexen sei Dank.«

Ich rückte auf meinem Bett ein Stück zurück, bis ich mit dem Rücken an der Wand saß.

Die alte Frau zwinkerte mir zufrieden zu. »Das war nur ein Scherz. Ich glaube doch nicht an Hexen«, sagte sie trocken und machte ein paar Schritte durch den Raum. Trotz ihres hohen Alters wirkte sie total beweglich und setzte sich schwungvoll zu mir aufs Bett. Dann senkte sie ihre Stimme. »Lorelai, ich muss dich warnen.«

»Wovor müssen Sie mich warnen?«, fragte ich irritiert.

Sie beugte sich ein Stück vor. »Vor der Pilzsuppe meiner Schwiegertochter«, wisperte sie. »Die ist immer versalzen.«

Die alte Frau grinste mich verschwörerisch an und ich musste lächeln.

»Jaja, jetzt lächelst du noch, aber wenn du sie erst mal gekostet hast, Schätzchen, lachst du nicht mehr. Damit könnte man glatt einen Mord begehen.« Sie hob belustigt die Augenbrauen.

Obwohl es nur ein Scherz gewesen war, musste ich automatisch an Marvin denken, der vor meinen Augen in den Seerosenteich gestürzt und nach dem Einsatz von Vitus' Blutgabe noch ein zweites Mal gestorben war. Bei der Erinnerung daran verging mir das Lächeln tatsächlich.

»Ach herrje. Morde sind im Moment vermutlich ein ziemlich heikles Thema, oder?«, fragte die alte Frau.

Ich zuckte mit den Schultern. »Als Dunkle sollte ich mich wahrscheinlich daran gewöhnen.«

Die alte Dame nickte bestätigend. »Natürlich. Als Dunkle sprechen wir nur zu gern über unser nächstes Opfer und unsere Blutmessen.

Ich habe da zum Beispiel eine Cousine, die ich furchtbar gern opfern würde.« Bei meinem irritierten Blick begann sie zu kichern. »Entspann dich, das war nur ein Scherz. Ich kann die alte Schnepfe zwar wirklich nicht leiden, aber ich würde sie niemals umbringen. Schon eher würde ich ihr Annegret mit einem Teller ihrer Pilzsuppe vorbeischicken. Meine Schwiegertochter mag ein oder zwei Talente haben, aber das Kochen sollte sie wirklich anderen überlassen. Leider hat sie es sich heute nicht nehmen lassen.«

»Solange die Suppe nicht vergiftet ist«, sagte ich schneller, als ich wollte. Doch anstatt mich überrascht anzustarren, schlich sich ein Schmunzeln in das faltige Gesicht der alten Dame.

»Ich dachte mir tatsächlich schon einige Male, dass mich Annegret mit ihrer Suppe um die Ecke bringen will. Aber sieh her«, sie deutete auf sich, »ich lebe noch. Und du wirst den heutigen Abend auch überleben, selbst wenn du dir das jetzt vielleicht noch nicht vorstellen kannst.« Sie grinste breit und stand dann wieder auf. »Wann essen wir noch einmal?«, fragte sie.

»Um sieben.«

»Gut, dann komme ich fünf Minuten zu spät – das mag sie gar nicht«, bemerkte die Frau und ging zur Tür. »Übrigens, Schätzchen, ich bin Harriet, falls du dir das noch nicht selbst gedacht hast.« Mit diesen Worten verschwand sie so schnell, wie sie aufgetaucht war.

Es war tatsächlich nicht schwer, sich im unteren Stockwerk zurechtzufinden, zumal es fast nur aus einem großen Wohn-Ess-Bereich bestand, der von einer riesigen Fensterfront begrenzt wurde. Von hier aus hatte man einen guten Blick in den Steingarten der von Rabenaus und ich konnte nicht nachvollziehen, wie man so etwas Karges aus seinem Garten machen konnte. Deswegen wandte ich meine Aufmerksamkeit lieber auf den Innenbereich, in dem sich eine weitläufige graue Sitzlandschaft neben dem gedeckten Esstisch aus Glas befand, an dessen Stirnseite bereits Herr von Rabenau Platz genommen hatte.

»Lorelai«, begrüßte mich Aleksander. Wie bei unserer letzten Begegnung trug er einen schwarzen Rollkragenpullover sowie eine dunkle Stoffhose. Sein Blick war so stechend, dass ich mich schlagartig noch unwohler fühlte.

»Aleksander«, erwiderte ich seine Begrüßung ebenso kühl. Nachdem Annegret auf das Duzen bestanden hatte, war ich so frei, dies bei Herrn von Rabenau gleich von Beginn an zu tun.

»Nimm doch bitte Platz.« Er wies mir den Stuhl gegenüber von ihm zu, wahrscheinlich, um maximalen Abstand zwischen uns zu bringen.

»Okay«, sagte ich nur und setzte mich hin, da ich diesem Abendessen sowieso nicht ausweichen konnte.

»Wie gefällt dir dein Zimmer?«

»Es ist sauber.«

»Alles andere wäre nachlässig«, meinte er und ich konnte nicht glauben, dass dieser Mann mein genetischer Vater war. Alles an ihm wirkte so glatt und unnahbar. Er blickte auf die Uhr.

»Es ist drei Minuten vor sieben«, erklang Vincents Stimme, der gerade die Treppe hinuntergeschlendert kam.

Aleksander verschränkte die Finger ineinander. »Und wo ist dann dein Bruder?«

»Er hat noch drei Minuten. Aber er wird nicht kommen.«

»Und wieso?«

Vincent setzte sich neben seinen Vater. »Er hatte noch einen Termin. Und er hat sich bei Mutter entschuldigt.«